Korea-Vietnam Anthology
Lotus in the Land of the Calm Morning

한국·베트남 앤솔로지
고요한 아침 나라의 연꽃

Korea-Vietnam Anthology
Lotus in the Land of the Calm Morning

한국·베트남 앤솔로지
고요한 아침 나라의 연꽃

저 자 | 한국세계문학협회
발행자 | 오혜정
펴낸곳 | 글나무
주 소 | 서울시 은평구 진관2로 12, 912호(메이플카운티2차)
전 화 | 02)2272-6006
e-mail | wordtree@hanmail.net
등 록 | 1988년 9월 9일(제301-1988-095)

2024년 9월 15일 초판 인쇄 · 발행

ISBN 979-11-93913-08-6 03810

값 25,000원

Lotus in the Land of the Calm Morning
고요한 아침 나라의 연꽃

Korea-Vietnam Anthology
한국·베트남 앤솔로지

한국세계문학협회

한·베트남 문인들의 우정을 담은 『한·베트남 앤솔로지』를 발간하게 된 것을 매우 기쁘고 감사하게 생각합니다.

우정의 유대는 같은 하늘 아래에 사는 같은 지구의 거주자라는 이유로 강화될 수 있고, 문학적 유대는 작품을 통해 강화될 수 있습니다. 글을 쓰는 우리는 문학적 유대와 우정의 유대를 통해 세계를 통합하는 힘을 발휘할 수 있습니다.

2022년에 한·베트남 수교 30주년을 기념한 한-베트남 문인들이 참석한 문학 교류 행사가 베트남 하노이에서 개최되었습니다. 저도 제주PEN 부회장으로 참석했는데 이 행사에는 전)주한베트남대사를 비롯하여 베트남 대표 문인들 수십 명과 제주PEN 회원들이 참석하여 우정을 교환했습니다. 이를 계기로 베트남 작가의 작품 수십 편이 강병철 교수님의 수고로 한국어로 번역되어 중앙과 제주의 언론에 소개되기 시작했으며, 한국 문인들의 문학작품이 키이우 비크 하우(Kieu Bich Hau) 시인의 수고로 베트남어로 번역되어 베트남 문학잡지와 언론에 소개되면서 문학적 교류가 활성화되기 시작했습니다.

한국세계문학협회 강병철 창립회장님과 키이우 비크 하우(Kieu Bich Hau) 시인의 문학적 유대와 우정의 유대가 수천 킬로미터 거리를 좁히고 한·베트남 문인들에게 우정의 다리를 놓았습니다. 그런 유대는 『한·베트남 앤솔로지』를 완성하기 위해 서로 긴밀히 협력하는 힘을 일으켰으며, 국경을 초월하여 문학집 발간이라는 놀라운 성과를 이루어내었습니다.

『한·베트남 앤솔로지』를 출간할 수 있도록 온 힘을 다해 한국 시인들의 작품을 베트남어로 번역해 베트남 언론에 소개해 주신 키이우 비크 하우(Kieu Bich Hau) 시인과 동료 시인들의 헌신적인 봉사와 수고에 경의를 표합니다. 또한, 한국 시인들의 작품을 번역하여 베트남에 소개하고, 베트남 시인들의 작품을 번역하여 한국 언론과 문학지에 소개하여 양국 시인들의 문학적 교류와 위상을 드높일 수 있도록 수고와 헌신을 해주신 강병철 박사께도 경의를 표합니다. 아울러 옥고를 보내 주신 양국 시인들의 협조에도 감사드립니다.

언어와 문화가 달라도 국경을 초월하여 문학이라는 유대를 통해 한·베트남 문인들은 펜의 힘이 강하다는 것을 보여 주었습니다. 문학 외교의 성과입니다. 문학이 이런 역할을 하고 있습니다.

언어의 최고 미학인 시가 독자들에게는 위로의 꽃이 되고, 마음의 평화를 위한 희망이 될 수 있으며, 시인들에게는 시적 영감과 깊은 통찰력을 제공하여 성장의 기회가 될 수 있습니다. 문학은 더 높은 이상을 꿈꾸는 사람들에게 그 꿈을 실현할 수 있는 발판이 될 것이라 믿습니다.

문학 교류의 가교 역할로서 한국세계문학협회가 전 세계인들과의 문학 교류의 중추적인 역할을 할 수 있는 단체로 성장해 나갈 수 있기를 바라며, 함께 활동하는 문인들이 자부심과 긍지를 가진 단체로서의 문학적 위상이 더욱 드높아지기를 기원합니다.

『한·베트남 앤솔로지』에 참여한 한국과 베트남 문인의 앞날에 축복이 가득하길 기원합니다. 감사합니다.

2024년 9월
한국세계문학협회 회장 양금희

1부
특집기획(Special Section)

2부
베트남 문학(Vietnamese Literature)

3부
한국문학(Korean Literature)

1부

특　집
기　획

키이우 비크 하우
(Kieu Bich Hau)

작 품
세 계

키이우 비크 하우(Kieu Bich Hau)

베트남문인협회 회원(Member of Vietnam Writers' Association)이며 1972년생으로 베트남 홍옌 성(Hung Yen Province) 출신이다. 하노이 대학의 외국어(영어)사범대학을 1993년 졸업하며 본격적인 작가의 길을 걸었다. 베트남문인협회 대외업무이사(2019년부터 현재까지)를 맡고 있다. 베트남 패션잡지 《New Fashion Magazine》의 편집 담당, 《Intellectual Magazine》의 부편집장 《Garment》의 부편집자를 역임하였으며 현재 하노이에 거주하고 있다. 문학상 수상은 1992년에 《티엔퐁(Tien Phong)》 신문사와 응우옌 두(Nguyen Du School) 학교가 공동주최한 문학상을 수상하였고, 2007년에 《문학신문》이 주최한 문학상에서 2등 수상을 하였다. 2009년에 《무술과 문학 잡지(Military Arts & Literature Magazine)》가 주최한 문학상에서 우수 단편소설상을 수상하였다. 2015년에는 해군사령부(Naval Command)에서 주최한 문학상의 단편소설 부문 최우수상을 수상하였다. 2022년에 베트남과 헝가리 문화와 문학 관계를 풍부하게 심화시킨 공적으로 다누비우스 예술상(The ART Danubius Prize)을 수상하였다. 시집과 산문집 등 22권의 저서를 출간하였다.

Cất tiếng gọi trời

Ấn tay thằng nhỏ tám tuổi vào tay con gái lớn, dặn nó trông giữ em, Hạt quày quả chạy ra khỏi ngôi nhà cấp bốn cuối ngõ, tay nắm chặt mấy đồng tiền lẻ. Chị định ra cửa hàng tạp hóa đầu ngõ mua dây sữa cho con dùng bữa sáng.

Chọn loại sữa rẻ tiền nhất, Hạt vừa định xỉa tiền trả thì bà Lợi, chủ cửa hàng đã nhớn nhác chạy ra khỏi quầy tính tiền. Tay trái bà giật dây sữa ra khỏi tay chị, tay phải bà xoay người chị đẩy ra phía cửa. Hạt chưa kịp ngạc nhiên vì hành động bất thường của bà Lợi, thì đã nhìn thấy thằng Đậu đũa con trai chị, cũng bị đẩy cùng chị bật khỏi cửa hàng tạp hóa:

—Đi đi, không mua bán gì hết. Cái đồ dở người!

Thế quái nào mà thằng Đậu đũa lại bám theo chị được. Hạt nhìn con thở dài. Chắc con Bông — chị nó không giữ nổi em. Cái thằng dở người dở ngợm này càng lớn càng khó trông. Nó cứ bám dính vào mẹ như một cái đuôi vừa khó chịu, vừa bất trắc. Không chỉ một lần, chính tại cửa hàng tạp hóa bà Lợi, trong khi Hạt đang trả tiền mua hàng và bà Lợi mải tính tiền, thì bé Đậu đũa tranh thủ phá hoại. Lúc nó gạt đổ vỡ cánh quạt cây, lúc nó đập bể bình cá cảnh, lúc nó mở toang tủ đông lạnh bốc cá ném lên tường…

Những lần thằng con dở người gây thiệt hại, Hạt có muốn đền cũng không đủ tiền đền. Thế nên, bà Lợi đẩy chị ra khỏi cửa khi thấy 'cái đuôi bất trắc' xuất hiện cũng phải thôi.

Nhưng không mua sữa, thì lấy gì cho con ăn sáng. Thằng Đậu đũa chỉ uống sữa, ăn bim bim, ngoài ra, dù có banh miệng nó đổ thức ăn khác vào, nó cũng sẽ phì ra bằng hết. Hạt mím môi, nắm chặt tay con, tiến lại cánh cửa đóng chặt, đập mạnh:

— Bà Lợi ơi, nhà cháu giữ chặt thằng bé rồi, bà chỉ cần hé cửa đưa sữa cho cháu thôi.

— Đi đi, đồ mắc dịch xui xẻo. Ta không bao giờ bán cho nhà mày! – Tiếng bà Lợi vóng ra.

Hạt sững lại một vài giây, rồi đành dắt con về nhà. Cục nghẹn chẹn lên họng, vừa tức giận, vừa xấu hổ, xen lẫn cảm giác chán nản khiến Hạt nhìn trân trối vào thằng con trai nhỏ đi bên chị. Nó đang cố gỡ tay chị ra. Bàn tay chị tóm chặt đến bợt trắng cẳng tay con. Chẳng lẽ ông trời đưa thằng con này đến để triệt đường sống của chị!?

***

Rải một vỏ bao tải dứa vốn đựng phân hóa học xuống bên góc mả ông Sùng gần khu đất ruộng nhà mình, Hạt ấn thằng Đậu đũa ngồi xuống đó, xếp quanh nó một gói bim bim, dây sữa rẻ tiền, hai món chung thân của con trai. Chị xắn quần thật chặt cao trên gối, vun đất thành luống trồng khoai. Dùng vồ đập vỡ những viên đất to cứng đầu còn lại, thỉnh thoảng cúi nhặt những búi cỏ bám keo vào đất, vứt vào một góc ruộng, mồ hôi từ trên đầu lăn xuống thành giọt, chảy xuống mũi, nhỏ tới tấp xuống đất. Mồ hôi tràn cả vào mắt cay cay. Hạt đưa tay lên quệt trán, hai ống tay áo đã ướt đẫm mồ hôi.

Hạt dưỡn người lên nhòm thằng con, xem nó có ở yên góc mả ông Sùng hay không. Thoáng thấy cái đầu với lớp tóc lơ thơ đỏ như râu ngô của Đậu đũa, chị lại vội cúi xuống làm đất. Phải trồng khoai cho thửa đất này xong, thì lại sang trồng đậu cho thửa đất bên kia. Một mình làm mười sào ruộng. Năm hai vụ lúa, lại múa sang vụ khoai, đỗ, Hạt rạc người đi vì làm một mình. Trong khi đó, vừa làm chị lại vừa phải trông con trai, cái thằng con bị ông trời kết án tự kỷ.

Mà chị biết tự kỷ là cái quái gì đâu. Đang học dở lớp chín thì mẹ ốm nằm viện, chị phải bỏ học để đi chăm sóc mẹ, rồi đi làm thuê ở thành phố Hà Tĩnh để có tiền mua thuốc cho mẹ. Mẹ vừa khỏi bệnh, Hạt vừa tích cóp được hai tháng lương còm, thì bố mẹ gọi giật chị về nhà lấy chồng. Chồng Hạt làm công nhân ở một công ty chăn nuôi, lương không cao nhưng ổn định. Được cái chồng lành, nên Hạt bắt nạt được chồng, lương về bao nhiêu chị vặt bằng hết, chừa lại cho anh đủ tiền đổ xăng và trà nước. Vợ chồng sinh con gái đầu lòng, mãi tám năm sau mới sinh đứa con trai. Mừng như đào được đống vàng, vái trời vái đất, thế là giờ đây, vợ chồng đã yên tâm có nếp có tẻ, chẳng sợ họ hàng làng xóm nói ra nói vào nữa rồi, chỉ lo làm mà nuôi con. Nào ngờ, trời thương mà không thương cho trót. Thằng Đậu đũa càng lớn, chị càng thấy nó hơi khác thường. Nó không chịu ăn dặm, ăn cháo, cơm, không tập nói, chỉ khóc u ơ, mỗi khi gần mẹ thì bấu chặt tím cả thịt. Chị hỏi chồng, anh chỉ bảo nó chậm mà thôi, lo gì. Đậu đũa lên bốn tuổi, càng ù lì hơn, chỉ uống sữa, không nói tròn một tiếng nào. Đôi lúc, con có những cơn cáu giận rất đáng sợ. Hạt bấm bụng đưa con đi bệnh viện khám, bác sĩ ngó chị vẻ thông cảm rồi bảo − Con chị bị rối loạn phổ tự kỷ, tăng động". − Chị nghe mà ù cả tai, trình độ lớp chín của chị chẳng đủ để hiểu nổi tự kỷ là gì. Bác sĩ khuyên chị cho con ở lại bệnh viện can thiệp. Chị hỏi ngu ngơ − Can thiệp trong một tuần cháu có khỏi không? Nhà em bận lắm, em phải về đi làm mới có tiền chữa cho cháu. − Bác sĩ im lặng không nói gì. Chị tưởng ông ấy không nghe rõ câu chị hỏi nên nhắc lại. Bác sĩ nhìn chị thở dài − Đây là bệnh chung thân, thế giới chẳng ai chữa được, chỉ can thiệp giảm nhẹ thôi.

Hạt chỉ còn biết ôm đầu than trời. Chị ôm con về nhà, cố vượt qua cú sốc đó. Chị nói với chồng, chồng cũng chẳng biết gì hơn, bó tay như chị thôi. Anh chỉ biết cun cút đi làm, hết tháng có lương mang về nộp vợ. Ông trời cho anh chị thằng con trai, rồi lại kết án tự kỷ chung thân. Việc của trời thì người xoay sao đặng!

Khổ mấy Hạt cũng chịu được, miễn là thằng con có tương lai. Đôi lúc thấy con ngửa mặt nhìn mẹ cười, Hạt lại le lói hy vọng, vào một điều thần kỳ sẽ đến, con chị sẽ hết bệnh. Nhưng rồi chỉ một cơn điên giận của Đậu đũa nổi lên trong một lần chị dắt con ra chợ, đã làm chị kiệt lực hoàn toàn. Cả chợ chứng kiến cảnh Đậu đũa la hét, lao vào người đi chợ, hay tay phạt ngang vèo vèo như chặt như đẵn cây, tấn công hết người này sang người khác. Nó bị ba người đàn ông tóm chặt giao lại cho chị. Nhưng sau đó cả làng biết bệnh của

Đậu đũa, gọi nó là thằng dở người. Những đứa trẻ khác ném đất, đá theo Đậu đũa, những người lắm điều cho rằng kiếp trước Hạt đã hại người nên kiếp này người ta đầu thai vào nhà Hạt, thành thằng Đậu đũa hành hạ Hạt cả đời.

Những lời xì xào của người làng khiến Hạt mất ngủ. Bước ra khỏi ngõ, chị đã nhờn nhột như có ánh mắt của vạn người xiên vào chị. Khốn nỗi Hạt chẳng thể giấu thằng con đi đâu được. Nó là cái đuôi bất trắc dính chặt vào chị. Chị đành mang con đi làm ruộng. Con cứ ở trên bờ, mẹ ở dưới ruộng vần mình trong đất, tay làm đầu nghĩ nhiều đến long cả óc. Làm sao, cách nào cho con tôi khỏi bệnh hỡi trời!

Bỗng có tiếng ùng oàng phía xa nghe như tiếng nổ. Hạt đứng thẳng người lên nhìn về phía làng Đức Lạc, thấy những đụn mây ùn lên từ phía sau làng. Cơn mưa đằng Đông,… Bỗng như có luồng điện từ đất, chạy lên người chị rần rần, cơn đau nhức xương khớp lan từ ngón chân lên cổ chân, lên khớp gối, lên háng… Phải chạy trước khi trời mưa. Hạt bị viêm khớp dạng thấp dăm năm nay nhưng chị vẫn cố chịu đựng. Chỉ cần không được để dính nước mưa. Nước mưa là cửa ông trời. Người viêm khớp dính nước mưa là dính cái chết! Đau đến mức chết còn sướng hơn.

Mà thằng Đậu đũa đâu rồi! Hạt hoảng loạn khi liếc sang góc mả ông Sùng, không thấy mái tóc râu ngô của con trai. Chị nhảo lên bờ ruộng:

— Đậu đũa ơi! Con đâu rồi? – Giọng Hạt thất thanh.

Chị chạy quanh đám mả, chạy khắp khu ruộng bên cạnh, không

thấy con. — Có lẽ nào thằng bé lao xuống mương? — Nỗi sợ mất con át cả cơn đau nhức xương khớp, Hạt liều mình lao xuống khúc mương mà chị linh cảm rằng con trai có thể đã mò xuống đó. Chân chị quờ trên bùn, hụp cả mặt xuống nước, hai tay quờ khắp xung quanh. — Không thấy con! — Chị trồi lên thở, thấy mây đã vần vũ trên đầu. Mò quanh khúc mương gần bờ ruộng nhà chị nhất, vẫn không thấy con, nước mắt Hạt đã trào ra hòa lẫn nước mương trên má. Chị vừa khóc vừa bám túm cỏ chân rết bò lên khỏi lòng mương. Chị chợt hiểu ra, chị cần Đậu đũa tới mức nào. Thế mà lâu nay, tuyệt vọng vì biết bệnh con không chữa được, tủi hận vì bị người làng thị phi, chị từng thầm ước giá như chị đừng sinh ra Đậu đũa.

Chị thất thểu bước lại ruộng nhà mình, hoảng loạn.

— Cái gì thế kia? — Mái tóc râu ngô của thằng Đậu đũa, ngay góc ruộng chị. Hạt lao bổ tới. Đậu đũa nhìn chị cười. Chị kéo xốc nó dậy, phát vào mông nó một cái đau điếng! — Mày rúc xó nào mà mẹ gọi không thưa! — Đậu đũa bị đau, tức tối lia tay phạt ngang người mẹ. Cả hai mẹ con cùng khóc.

Hạt đã sai rồi, con chị đâu có biết nói mà thưa khi mẹ gọi.

Có ánh chớp rạch ngang bầu trời kèm theo tiếng sét rung chuyển cả đất. Những giọt mưa giận dữ ném rào rào xuống ruộng, xuống người hai mẹ con. Đất nuốt chửng nước cái xèo, bung lên làn hơi nóng mơ hồ run rẩy. Hạt ôm con chạy về hướng làng Đức Lạc, bỏ lại cả cuốc, vồ, quang gánh ở ruộng. Nước mưa lạnh từ trời đổ xuống, hơi nóng từ đất hầm hập ngái xịt bốc lên thiêu đốt, hai nguồn năng lượng đối nghịch ập lại nơi thân thể Hạt, kích hoạt cơn đau chết chóc khiến Hạt kiệt sức. Chị muốn khuỵu xuống đất, nhưng còn thằng Đậu đũa trên tay, chị phải chạy trốn ông trời. Cơn điên giận của trời trút xuống nhân gian, những lớp nước mưa dội xuống ngay lập tức khiến bụi, đất trên đường thành bùn nhão, trơn nhẫy. Hạt bấm ngón chân đau tê dại xuống đường, vẫn trượt ngã. Cằm chị đập lên trán Đậu đũa, nó khóc to hơn, bùn đất nhoe nhoét tràn cả vào miệng con. Hạt ôm con chống tay đứng dậy, chạy tiếp. Nước mắt hòa nước mưa.

***

Sau trận ngấm nước mưa, Hạt nằm liệt giường. Chị sốt nóng, người đau như tử, trong khớp xương như có vạn con dòi, bọ đục khoét ngày đêm. Hai đầu gối chảy dịch sưng to nhất. Chồng Hạt đành ứng trước công ty một tháng lương, đưa vợ từ Hà Tĩnh lên bệnh viện Bạch Mai ở Hà Nội chữa bệnh. Hạt không có sổ bảo hiểm y tế, bệnh viện đòi chị phải đặt cọc mười triệu đồng mới cho nhập viện. Hai vợ chồng lột hết cả túi mới được hơn sáu triệu đồng. Chồng Hạt phải đặt lại chứng minh nhân dân, ký sổ nợ cho vợ nhập viện, còn anh lập tức bắt xe về Hà Tĩnh vay tiền. Hạt mê sảng trong đau đớn quá mức chịu đựng, chị không thể tự đi lại được, cứ đứng lên là ngã dụi.

Nằm viện điều trị tích cực được nửa tháng, Hạt đã có thể đứng dậy nhúc nhắc đi lại. Chị xin bác sĩ cho về quê. Bác sĩ đồng ý cấp thuốc cho chị điều trị tại nhà, nhưng khuyên chị không nên làm nghề nông nữa. Làm ruộng ngâm nước, ngấm bùn thường xuyên, lại chịu nắng mưa thất thường, rất có hại với người bị bệnh khớp. Nếu không đổi nghề khác, tránh bùn, tránh nước, nhất là nước mưa, thì bệnh khớp của chị sẽ càng nặng thêm.

— Nếu em chuyển nghề khác, không dính bùn, không vã nước mưa, thì có khỏi bệnh không? – Hạt đánh liều hỏi bác sĩ.

— Chỉ đỡ, chứ khỏi thì e hơi khó đấy. Bệnh của chị mãn tính rồi.

— Mãn tính là gì ạ? – Hạt chẳng hiểu nên hỏi lại.

— Là bệnh chung thân đó. Chị phải sống với nó suốt đời!

Lại chung thân! Hạt giơ tay kêu trời. Con trai thì tự kỷ chung thân, mẹ lại đau xương khớp chung thân. Hạt thoáng nghĩ, phải chăng kiếp trước mình là người ác? Phải chăng người làng Đức Lạc nói đúng?

Chị phải làm nghề khác thôi!

Làm nghề gì bây giờ, khi thằng con trai cứ dính nhằng lấy chị?

Chị quyết định gửi con vào trường can thiệp tự kỷ ở Hà Tĩnh, với mức phí năm triệu đồng một tháng. Thế là hết xoẳn suất lương của chồng! Chồng chị nghe chị bàn vậy thì cũng gật. Thậm chí chị đòi anh đưa cái xe máy anh vẫn dùng để đi làm hàng ngày, cho chị dùng đưa con đi học và đi mua gom ve chai dạo, anh cũng ừ. Trong cái rủi có cái may, đó là chị lấy được chồng hiền.

Trường học của Đậu đũa cách nhà hơn ba mươi cây số. Hạt dậy từ bốn giờ sáng, chuẩn bị đồ ăn cho chồng và con gái xong thì lôi con trai dậy đưa đến trường. Vượt quãng đường xa, đưa con tới trường xong thì Hạt chạy xe vào các làng ngoại ô thu mua ve chai về bán cho cơ sở đồng nát. Chị cần căng não nghĩ cách làm sao mỗi ngày phải kiếm được ít nhất năm mươi ngàn đồng đổ bình xăng, dư ra một chút mới có tiền mua thức ăn cho mình, cho con. Buổi chiều, sau xe chất cồng kềnh ve chai, phía trước là thằng con tự kỷ, Hạt chạy xe về cơ sở đồng nát đổ những thứ chị gom được trong ngày cho họ, nhận tiền, rồi mới chở con về nhà. Chẳng hôm nào chị được về nhà trước tám giờ tối. Lại một vòng xoay dọn nhà, nấu nướng, giặt giũ, tắm rửa cho con, nên bữa tối của chị, nếu có, cũng không thể trước nửa đêm.

Dù vất vả, nhưng Hạt có chút hy vọng, khi cô giáo khen Đậu đũa có tiến bộ. Con không chọc phá bạn trong lớp, con đã chịu ăn chút cơm, con không ném vỡ đồ, bớt lia tay chặt chém người khác⋯

Nhưng Đậu đũa chỉ ngoan ở lớp thôi, lúc về nhà nó vẫn phá phách, chọc con Bông — chị nó đến phát khóc. Hạt vừa làm việc nhà, vừa phải giữ con, oải không để đâu cho hết. Chị hy vọng đó, rồi lại tuyệt vọng, trời sụt chẳng khác gì sóng bể.

***

Hôm nay Hạt gom được gần gấp đôi ve chai so với thường ngày. Chị may mắn được một người dọn nhà gọi vào, cho chị tất cả những thứ họ không dùng tới, chỉ cần chị dọn đi cho sạch. Người này còn ân cần hỏi han hoàn cảnh, tỏ ra thông cảm và mách chị một trường nội trú cho trẻ tự kỷ. Hóa ra, con gái người đó cũng bị tự kỷ, và đang học tại ngôi trường có tên 'Thế giới cổ tích'. Người phụ nữ đồng cảnh khuyên Hạt, phải gửi con nội trú, thì mình mới rảnh tay đi làm kiếm tiền được. Tối về còn có thể có được giấc ngủ an yên. Chứ cứ như Hạt, chạy đi chạy lại đưa đón con rạc người, liệu chịu đựng được bao lâu!? Quả vậy, mới qua ba tháng cho con đi học mà Hạt rạc người đi như con vạc, chị chỉ còn vỏn vẹn 35 cân.

Hạt chạy xe chầm chậm, ve chai chất cao hơn người. Đúng lúc ấy thì sấm chớp, mây đen vần vũ kéo tới. Thôi chết cha bây! Mưa tới nơi rồi. Mới nghĩ tới đó mà các khớp xương trong người Hạt lại cục cựa, cơn đau xối lập tức nổi lên. Tránh vào đâu bây giờ? Chẳng có một nhà nào ven đường. Nhà quán trang cũng không. Con đường liên xã đầy ổ trâu ổ voi, mưa xối xuống lập tức thành vũng trũng khó lường. Hạt muốn đi nhanh, nhưng đường trơn, xe chở nặng cồng kềnh, loạng choạng chực đổ. Chị dừng xe, mặc áo mưa, trùm lên người con. Thằng Đậu đũa thấy vướng tầm nhìn, tay lại lia ngang khiến chị rất khó lái xe.

— Ngồi im! — Hạt quát con.

Miệng Hạt liên tục quát con, nhưng Đậu đũa vẫn vùng vằng. Mưa như ném đá lạnh lên mặt chị rát rạt. Cơn đau từng khớp xương tống lực xói lên tận óc. Hạt xây xẩm mặt mày. Gió mạnh lật ngược tấm áo mưa, cuốn lên mặt chị khiến chị chẳng nhìn thấy đường, chưa kịp phanh xe thì đã lao hập xuống vũng nước. Cả người, xe, ve chai ngập trong vũng nước bùn.

Hạt vùng dậy, lóp ngóp kéo con ra khỏi vũng nước. Để con đứng rệ đường, chị lội xuống vũng dựng xe lên, nhưng cái xe nặng quá. Chị kéo, đẩy hết sức, xương sống bệnh tật của chị không chịu nổi, lên cơn đau rút rồi khục xuống. Chị ngã ngất bên rìa vũng nước.

Tiếng ú ớ của Đậu đũa khiến chị tỉnh lại. Không biết chị ngất đi bao lâu. Nước mưa vẫn xối xuống người hai mẹ con. Hạt vuốt nước trên mặt, nước mắt chan cùng nước mưa. Chị nhìn cái xe máy nằm trong vũng nước. Có lẽ phải tháo mấy cái bao ve chai ra thì mới đẩy được nó lên khỏi vũng. Chị sẽ cố sức đẩy nó lên bằng được, với cái lưng đau này, hoặc chị sẽ chết luôn ở đây. Nếu như ông trời muốn thế.

Hạt lẩy bẩy tháo bao ve chai khỏi xe máy. Bác sĩ bảo chị phải thôi làm nghề nông, chị đã bỏ nghề nông. Bác sĩ bảo chị không được để người ngấm nước mưa, chị cố tránh mưa, nhưng ông trời không chịu. Ông ấy bắt chị phải chịu cơn đau chung thân này. Người chị rét run, lẩy bẩy.

Dựng xe máy lên bằng chút hơi tàn cuối cùng, Hạt đặt thằng con ngồi lên xe, nổ máy. Nhưng máy xe tắt ngấm. Hạt ra sức đề, đạp, khởi động máy nhưng cái xe không hoạt động.

Chị sẽ lấy đâu ra sức mà đẩy cái xe này về nhà? Quãng đường hai chục cây số nữa!

Ông trời hành chị còn chưa đủ hay sao! Chị đã khóc cạn nước mắt, khóc cùng trời, nước mắt chẳng nhiều bằng nước mưa, nhưng nước mưa sao mặn bằng nước mắt. Nếu ông trời biết khóc, thì nước mưa đã mặn. Nếu ông trời biết thương, thì sao cứ nhằm lúc chị đi trên đường mà mưa xối? Ông trời muốn mẹ con chị phải chết ư?

Đừng hòng!

Hạt ngửa mặt cất tiếng gọi trời. — Trời hỡi! Nếu không giết được tôi trận này, ông phải giúp tôi! Nếu thực có ông trên trời!

Cơn giận dữ chợt nổi lên, át cả cơn đau xương cùng cực, át cả nỗi kiệt lực. Hạt vùng dậy, xốc thằng Đậu đũa lên, ôm con chạy dưới trời mưa.

***

Bán cái xe máy cũ được hơn năm triệu đồng, Hạt khăn gói ôm thằng Đậu đũa bỏ làng Đức Lạc ra đi. Chị không nói với chồng là chị đi đâu. Chị chỉ dặn lại là đi tìm nơi chữa bệnh cho Đậu đũa, anh ở nhà coi sóc con gái lớn. Nếu Hạt không chữa được bệnh cho con, chị sẽ không trở về làng. Hạt chẳng thiết tha gì ở làng ấy nữa, toàn những người ác miệng, ác tâm. Thấy mẹ con chị là đóng sập cửa. Đằng sau lưng chị thì đồn ác, rằng chị chỉ còn cách mang thằng con sang nước láng giềng mà bán tạng nuôi thân, chứ chạy chữa cùng trời cũng chẳng nổi.

Hạt ngơ ngác dắt con tới ngôi trường 'Thế giới cổ tích'. Một lần nữa chị hy vọng, dè dặt nói mong muốn của mình với anh bảo vệ ở cổng trường. Người bảo vệ dẫn chị tới gặp ông Hiệu trưởng. Chị khá ngạc nhiên, sao gặp Hiệu trưởng quá dễ. Chị càng ngạc nhiên hơn khi chạm mặt thầy Hiệu trưởng tên Phúc. Chị cứ ngỡ Hiệu trưởng phải là một ông trung niên mặc đồ tây sang trọng, đeo cravat ngồi bên bàn máy tính. Nhưng Hiệu trưởng Phúc lại là một ông già tóc luống bạc, râu cũng bạc, giản dị trong bộ đồ nâu kiểu áo nhà chùa. Vừa nhìn thấy chị, ông đã cất 'giọng Nghệ' gần gũi, thân thuộc chào chị khiến chị bỗng an lòng đến lạ. Làm sao chị mới chỉ hỏi người bảo vệ, mà ông đã biết chị ở Hà Tĩnh tới?

Nghe chị kể lể chưa đầy ba phút, thầy Phúc đã bảo luôn: − Mi định đi làm giúp việc lấy tiền nuôi con, mà choa thì đang thiếu người nấu bếp. Như ri cho tiện, mi ở lại trường làm cấp dưỡng, choa sẽ trả lương đủ nuôi hai mệ con mi.

Hạt như rơi tõm vào một thế giới cổ tích. Cứ như Thầy Hiệu trưởng đọc được mong muốn thầm kín của chị, mà đáp ứng ngay lập tức. Dễ dàng như cô Lọ Lem vừa mở một hạt dẻ!

Chị chỉ có thể biết chắp hai tay lại, cảm ơn Thầy. Có lẽ ông trời cuối cùng đã thấu tiếng gọi của chị.

Và rồi chuyện thần kỳ cứ tuần tự diễn ra. Phương pháp cân bằng động của Thầy Phúc áp dụng cho Đậu đũa tỏ ra phù hợp. Sau ba tháng, con đã bập bẹ nói được vài từ, đã tự vệ sinh cá nhân, biết ăn cơm đúng bữa cùng các bạn, đã biết đi xe đạp thành thục và còn giúp bạn mới tập đi xe đạp nữa.

Thầy Phúc nói: — Con mi không bị bệnh chi hết. Con mi chỉ khác người thôi.

Chưa ai nói điều kỳ diệu đó với Hạt. Trước kia, bác sĩ từng nói con chị bị bệnh chung thân cơ đấy! Thầy Phúc đã tặng cho Hạt món quà vô giá. Sự tự tin dần được khơi dậy trong Hạt. Nhưng chị vẫn chưa dám gọi điện về cho chồng ở làng.

Con trai Hạt tiến bộ theo tháng. Còn Hạt tiến bộ theo tuần. Ngoài thời gian nấu bếp, Hạt giúp các thầy cô huấn luyện các con tự kỷ tập những bài đơn giản như xúc cơm, rửa mặt, tắm, gội, lau nhà, đi xe đạp, chơi bóng··· Vất vả cùng cực đã quen, nên mọi việc làm ở trường này, với Hạt, cứ nhẹ như lông hồng. Chị làm bất cứ việc gì ở đây, không nề hà, với tất cả tâm sức và lòng biết ơn. Sau mỗi một thành công của chị, chị lại được Thầy Hiệu trưởng thăng chức, tăng lương. Chị hạnh phúc vô vàn khi giờ đây được các con gọi là cô Hạt, thậm chí có phụ huynh đến thăm con cũng gọi chị là cô giáo Hạt. Từ một nông dân lam lũ, có đứa con tật bệnh, bị người làng khinh rẻ, giờ đây Hạt được những phụ huynh ăn trắng mặc trơn trân trọng gọi chị là cô giáo, chỉ vì chị chăm sóc con họ tận tình. Chị như bay trên mây. Tinh thần thoải mái hơn hẳn, lại được ăn uống đủ chất, làm việc nghỉ ngơi điều độ, Hạt lên cân, người đầy đặn, bệnh đau xương khớp cũng tự dần hết, chị không phải dùng thuốc nữa.

Chị đã nhìn thấy một con đường, một tương lai, cho mình, cho con, ở 'Thế giới cổ tích' này. Đậu đũa đã biết gọi mẹ, chào mẹ mỗi khi chị đi mua thực phẩm về trường. Đợi con tiến bộ thêm chút nữa, chị sẽ đưa con về thăm quê Đức Lạc, chị và con sẽ ngẩng cao đầu, mọi cánh cửa nhà trong làng sẽ mở ra, mọi ánh mắt ngạc nhiên sẽ dõi theo mẹ con chị, khi con cất tiếng chào người⋯

하늘이여!(Cất tiếng gọi trời)

햇(Hat)은 큰딸에게 여덟 살 동생 손을 쥐어 주며 잘 돌보라고 말하고 잔돈을 챙겨 밖으로 나갔다. 허름한 집들의 골목을 나와 아이의 아침 식사를 위해 잡화점으로 우유를 사러 달려갔다.

가장 값싼 우유를 고르고 계산을 하려고 잔돈을 세고 있을 때 갑자기 주인 할머니 로이(Lợi)가 계산대에서 뛰쳐나왔다. 할머니는 한 손으로 그녀가 들고 있던 우유를 낚아채고 다른 한 손으로는 그녀를 문 쪽으로 밀쳤다. 주인 할머니의 갑작스런 행동에 놀라기도 전에 식료품점에서 쫓겨나오는 아들을 보았다.

"가, 너희에게 장사 안 해. 이놈아!"

어떻게 아들인 다우다우(Đậu đũa)가 그녀를 따라 여기까지 왔을까? 그녀는 한숨을 쉬었다. 아마도 누나인 봉(Bông)이 동생을 지키지 못한 것 같았다. 아들이 자랄수록 가족들은 돌보기 힘들어졌다. 지금도 아들은 엄마에게 불행하고 불쾌한 꼬리표처럼 매달리고 있었다.

햇(Hat)이 가게에 물건을 사러 왔을 때 한 번이 아니라 여러 번 아들이 가게를 엉망으로 만들었다. 주인 할머니와 그녀가 계산하느라 바빠서 아들이 가게를 엉망으로 만들고 있는 것을 알아채지 못할 때도 있었다. 한번은 그녀의 선풍기를 부쉈고, 어떤 때는 어항을 부쉈고, 또 다른 때에는 냉장고에서 생선을 꺼내 가게 벽에 던졌다. 아들이 잘못해서 피해를 줘도 돈이 없었던 햇(Hat)

은 보상하고 싶어도 보상할 수 없었다. 그래서 주인 할머니는 이 '불쾌한 꼬리표'가 나타나면 그를 문밖으로 밀어냈다.

우유를 사지 않으면 아들에게는 아침 식사 거리가 없다. 아들은 우유와 과자만 먹었다. 다른 음식을 입에 넣어 주면 토해버렸다. 햇(Hat)은 입을 앙다물고 아이의 손을 꼭 잡으면서 굳게 닫힌 가게 문을 세게 두드렸다. 그러면서도 하느님이 자신의 목숨을 **빼앗**으려고 이 아이를 보낸 것은 아닌가 생각했다.

"할머니, 제가 아들을 꼭 잡고 있으니 문을 열고 우유를 좀 팔아주세요."

햇(Hat)은 가게 문에 매달려 사정했다.

"가, 이 재수가 없는 놈아. 나는 너희에게 절대 아무것도 팔지 않아!"

주인 할머니가 소리쳤다. 그녀는 꼼짝 않고 있다가 할 수 없이 아들을 데리고 집으로 돌아올 수밖에 없었다. 그녀는 목이 메고, 화가 났으며 수치감과 낙담으로 혼란스러웠다. 그녀는 원망스러운 눈으로 옆에 있는 아들을 쏘아보았다. 아이는 잡혀 있는 손을 놓으려고 애썼다. 그럴수록 그녀는 핏기 없는 아들의 팔뚝을 세게 움켜쥐었다. 정말 하느님은 왜 이 아이를 보낸 것일까? 햇(Hat)은 생각이 끊이지 않았다.

햇(Hat)은 경작하고 있는 밭 근처 썽(Sùng)씨 무덤 한구석에 화학비료가 담긴 파인애플 자루를 눕혀 놓고 그 위에 아들을 앉혔다. 그리고 아들이 좋아하는 음식인 과자와 값싼 우유를 곁에 놓아두었다. 그녀는 바지를 발목 위로 걷어올리고 감자를 심기 위한 이랑을 만들기 시작했다. 괭이로 단단한 흙덩어리를 부수고, 때때로 땅에 찰싹 달라붙은 풀들을 주워 밭 한구석에 버렸다. 이마에서 땀방울이 흘러 콧등을 타고 땅바닥으로 뚝뚝 떨어졌다. 흘린 땀이 눈으로 들어가서 따끔거릴 때마다 손을 들어 이마를 닦아서 두 소매는 땀으로 흠뻑 젖었다. 그녀는 가끔 아들이 밭 근처 묘지 모퉁이에 얌전히 있는지 살펴보았다.

옥수수수염처럼 창백한 아들의 머리카락을 확인하고 서둘러 다시 허리를 굽혀 일했다. 이 밭에는 감자를 심어야 하고 옆 밭에는 콩을 심어야 하고 고구마도 심어야 했다. 한 해에 이모작 농사를 했기 때문에 바쁜 농사철이 두 번이었지만 그녀는 혼자서 논 열 마지기 농사일을 해내고 있었다. 몸은 많이 야위었지만 고된 노동 속에서도 그녀는 하늘이 자폐증 선고를 내린 아들을 돌봐야 했다.

사실, 그녀는 처음에는 자폐증이 뭔지 몰랐다. 그녀가 중학교 4학년일 때 어머니가 아파서 병원에 입원했다. 어머니 간병을 하고 약값을 벌기 위해 학교를 중퇴하고 회사에 취직했었다. 어머니는 두 달 뒤 병이 나았지만 어느 날 갑자기 부모님은 그녀를 시집 보내버렸다. 그 후 다시는 배울 수 없었기 때문에 몸으로 일하는 것밖에 아는 것이 없었다.

햇(Hat)의 남편은 축산 회사의 근로자로 급여는 높지 않아도 안정적인 직장이었다. 성격이 온순하고 착한 남편이었기에 두 사람은 잘 지낼 수 있었다. 월급에서 남편의 주유비와 식사비만 주고 절약하며 살았다.

부부는 첫딸을 낳고 8년 후에 아들을 낳았을 때 금을 캔 듯이 기뻤다. 아들이 없다고 수군거리는 이웃들을 신경을 쓰지 않아도 되어 마음을 놓았다. 하지만 하느님은 좋은 것만 주지 않았다.

아이가 자랄수록 그녀는 아이가 조금 이상하다고 느꼈다. 아이는 죽도, 밥도 잘 먹지 않고, 옹알거리며 말을 배우지도 않았다. 그저 울면서 엄마를 찾아 손을 꼭 잡고 살았다. 남편에게 아이가 이상하다고 말했지만 남편은 아이가 말을 배우는 것이 느릴 뿐일 것이라며 걱정할 필요가 없다고 했다. 그런데 네 살이 되어도 변하지 않았고 아들은 더 무뚝뚝해졌다.

아들은 겨우 우유만 마시고, 어떤 말도 명확하게 발음을 하지 못 했다. 때때로 아들은 매우 사납게 화를 냈다. 햇(Hat)은 어쩔 수 없이 아이를 병원에 데려가 진찰을 받았다.

의사는 그녀를 동정하는 표정으로 "아이가 자폐증, 충동 장애가 있어요."라고 말했다.

의사의 말을 들은 그녀는 잠시 혼란스러웠다. 중학교 중퇴의 그녀에겐 자폐증이 무엇인지 이해하기가 어려웠기 때문이다. 의사는 그녀에게 아이를 병원에 입원시켜야 한다고 말했다.

그녀는 "일주일 동안 치료하면 우리 아이는 나을까요? 우리 집은 바쁘고, 일해야 아이 치료비를 벌 수 있어요." 하고 물었지만, 의사는 아무 말도 하지 않았다. 그녀는 의사가 그녀의 말을 잘 못 알아들은 것으로 생각하고 다시 물었더니 의사가 그녀를 바라보면서 담담히 말하였다.

"이 병은 평생토록 가는 병이에요. 전 세계에서 아무도 치료할 수 없고, 단지 병이 완화될 수 있도록 도움을 줄 수 있을 뿐이에요."

의사는 안타깝다는 듯이 한숨을 내쉬었다.

햇(Hat)은 하늘이 무너지는 소리를 들은 듯이 머리를 두 손으로 감싸며 주저앉았다. 집으로 돌아와서도 그 충격은 가시지 않았다. 그녀는 남편에게 아들의 장래에 관하여 이야기를 했지만, 남편도 그녀처럼 어떻게 해야 할지 몰랐다. 남편은 출근해서 일하고 아내에게 월급을 가져다주는 것 뿐 다른 방법을 알지 못했다. 하늘은 딸 하나뿐이던 그녀에게 기다리고 기다리던 아들을 주면서 평생 자폐증을 앓게 했다. 하느님이 하는 일을 인간이 어떻게 해결할 수 있단 말인가!

아들의 미래만 있다면 그녀는 아무리 힘들어도 견딜 수 있었다. 때때로 아들이 엄마를 보고 웃는 것을 보며 그녀는 아들의 병이 기적적으로 나을 수 있다고 믿기도 했다. 그러나 이러한 믿음은 곧 깨졌다. 한 번은 아들과 시장에 갔었다.

시장 전체가 떠들썩할 정도로 아들이 분노하여 소리를 지르고 다른 사람에게 돌진하며 공격하는 장면을 그녀는 눈물을 흘리며 목격했다. 낯선 남자 셋이 아들을 꽉 붙잡아서 그녀에게 데려다주었다. 그러나 그 후 마을 전체가 아들의 병을 알게 되었고, 몹쓸 놈이라고 부르기 시작했고 다른 아이들은 흙과 돌을 던졌다. 마을 사람들은 그녀가 전생에 악행을 저질러서 그 업보를 받는다고 생각했다. 그래서 이번 생에는 그녀에게 고통받았던 사람이 아들로 환생하여 평생 괴롭히는 것이라고 믿었다.

마을 사람들의 수군거림 때문에 햇(Hat)은 편히 잠 잘 수 없었고, 집에서 나가면 수천, 수만의 시선이 자신을 찌르는 것처럼 느껴졌다. 하지만 그녀는 아들을 숨길 수가 없다. 아이는 그녀에게 불행하고 불쾌한 꼬리표였다. 그녀는 어쩔 수 없이 아이를 데리고 농사를 지어야 했다. 아들을 논둑에 두고 일하면서 마음속으로 기원했다.

"하늘이시여! 어떻게, 어떻게 하면 내 아이가 치료될 수 있을까요. 제발 낫게 해주세요!"

그 순간, 갑자기 멀리서 무언가 폭발하는 것처럼 쿵쿵거리는 소리가 들렸다. 햇(Hat)은 하던 일을 멈추고 똑바로 서서 마을 쪽을 살펴보았고, 마을 뒤편에서 먹구름이 올라오는 것을 발견했다. 동쪽 하늘에서부터 먹구름이 비를 뿌리기 시작했다. 비가 쏟아지기 시작하자 갑자기 땅에서 전류가 흘러 그녀의 몸으로 들어오는 것 같았다. 발가락부터 발목, 무릎, 사타구니까지 관절통이… 비가 오기 전에 뛰어야 했다.

햇(Hat)은 몇 년 동안 관절염에 시달렸지만 계속 참아 왔다. 비만 맞지 않으면 비에 젖지만 않으면 참을 수 있었다. 그녀에게 빗물은 하늘이 주는 고통이었다. 관절염이 있는 사람은 빗물을 맞으면 차라리 죽었으면 좋겠다 싶게 매우 고통스럽다.

비를 피하려던 그녀는 아들이 있는 곳으로 달리며 소리쳤다.

"다우다우(Dau Dua)! 어딨어!"

햇(Hat)은 아들이 있던 무덤 모퉁이를 돌아봤으나 옥수수수염 머리카락이 보이지 않았다. 그녀는 당황하여 밭둑으로 뛰어올랐다.

"아들! 어디 있어?"

그녀는 비명을 질렀다. 무덤 주위를 뛰어다니고 옆의 논을 뛰어다녀봐도 아이를 찾을 수 없었다.

"설마 아이가 도랑에 빠진 것은 아니겠지?"

아이를 잃을지 모른다는 두려움이 뼈와 관절의 고통을 잊게 했다. 햇(Hat)은 목숨을 걸고 아들이 기어들어 갔을지도 모를 도랑에 뛰어들었다. 그녀는 발로 도랑 밑의 진흙을 더듬었다. 때로 얼굴을 물속으로 넣고 양손으로 주위를 더듬었다.

"아들이 안 보여!"

그녀는 숨을 쉬기 위해 머리를 들었을 때 더 무겁고 어두운 구름이 몰려오는 것을 보았다. 그녀는 집 논둑에서부터 둘러보았지만, 여전히 아이를 찾을 수 없었다. 눈물이 뺨에서 흘러내려 도랑물과 섞였다. 그녀는 눈물을 흘리면서 잡초를 붙잡고 도랑에서 둑으로 기어 올라갔다. 몸이 흙투성이가 되고 젖었지만 아들을 찾아야 했다.

오랫동안, 그녀는 아이의 병을 치료할 수 없다는 사실과 마을 사람들에게 당한 멸시 때문에 절망했었다. 그래서 남몰래 아들을 낳지 않았다면 좋았을 것이라고 생각한 적도 있었다. 하지만 지금 그녀는 자신에게 아들이 얼마나 필요한지 깨달았다. 자신의 생각들을 되짚으며 아들을 찾기 위해 달리고 또 달렸다. 그녀가 다시 논과 밭으로 아이를 찾으러 왔을 때 밭 구석에서 뭔가 움직이는 것이 보였다.

"저게 뭐야?"

햇(Hat)은 밭모퉁이에서 옥수수수염 같은 아들의 머리카락을 보고 서둘러 달려갔다. 아들은 비를 맞으면서도 그녀를 보고 미소를 지었다. 그녀는 아들을 일으켜 아들의 엉덩이를 찰싹 때리며 말했다.

"어디 숨어서 뭘 하고 있었길래 엄마가 불러도 대답을 안 해?"

아들은 아파서 울고 엄마는 안도감에 울면서 둘은 얼싸안고 함께 울었다. 엄마가 크게 부른들 아들이 어떻게 말하는 법을 알고 대답할 수 있었겠는가 생각하며 한없이 눈물을 흘렸다. 하늘을 가로지르는 번갯불과 함께 천둥소리로 온 땅이 흔들렸다. 화난 빗방울이 밭 울타리를 때리고 그들의 몸에도 떨어졌다. 땅이 물을 삼키면서 흔들리는 오묘한 열기를 내뿜었다. 그녀는 아이를 안고 마을로 달려갔다. 이랑을 파던 곡괭이와 나머지 짐은 모두 논둑에 남겨둔 채였다.

하늘에서는 차가운 빗물이 쏟아졌지만, 몸에서는 열기가 일었다. 두 개의 상반된 에너지가 그녀의 몸에 감싸고 죽을 정도의 통증을 줬다. 햇(Hat)은 지쳐 땅에 주저앉고 싶었지만, 여전히 아이를 팔에 안고 있어 하늘로부터 도망쳐야 했다. 하늘이 분노를 퍼붓는 것처럼 쏟아지는 빗물로 길은 진흙탕이 되어 미끄러웠다. 그녀는 발가락으로 바닥을 누르며 달렸지만, 미끄러워서 넘어졌다. 그녀의 턱이 아들의 이마에 부딪혀 아들은 더 크게 울었고 그 때문에 진흙이 아이 입에 가득 찼다. 그녀는 아이를 안고 다시 계속 뛰었다. 눈물이 빗물과 섞여 흘렀지만 아랑곳하지 않았다.

비에 젖어 집으로 돌아온 햇(Hat)은 관절염이 도져서 침대에 눕게 되었다. 열이 나고 관절에서 벌레들이 밤낮으로 구멍을 뚫는 것 같았고 양쪽 무릎이 퉁퉁 부어서 고통스러웠다. 남편은 어쩔 수 없이 한 달 치 월급을 가불(假拂) 받아서 그녀를 병원으로 옮겨서 치료를 받게 했지만 그녀는 의료 보험 통장이 없어서 병원에 입원하려면 1천만 VND(한화 약 54만 원)을 예치해야 했다. 부부는 주머니를 모두 털어 겨우 600만 동을 마련했다.

햇(Hat)의 남편은 아내가 입원할 수 있도록 신분증을 맡겨 두고 돌아가서 돈을 빌리러 다녔지만 그녀는 참을 수 없는 고통에 정신을 차릴 수 없었다. 스스로 걸을 수 없었고 일어설 때마다 넘어졌다. 병원에서 보름 동안 집중 치료를 받은 후에야 겨우 일어설 수 있었다. 그녀는 의사에게 집으로 보내 달라고 부탁했다. 의사는 그녀에게 집에서 먹을 약을 주며 다시는 농사를 짓지 말라고 충고했다. 논에서 일하면서 발을 물에 담그고 진흙을 만지고 비를 맞는 것은 관절염 환자에게 매우 해로운 것이었다. 다른 직업을 찾지 않고 계속 농사를 지으면 관절 질환이 더 심해질 것이었다.

그녀는 의사에게 "진흙도 안 묻히고 빗물도 안 맞으면 나을까요?" 하고 물었다.

의사는 고개를 저으면서 대답하였다.

"완치는 어려울 거예요. 관절염은 만성병입니다."

그녀는 이해가 되지 않아 다시 물었다.

"만성이 무슨 뜻이지요?"

의사는 당황했지만 가벼운 미소를 지으면서 말했다.

"평생 고칠 수 없는 병이라는 뜻이에요."

그녀는 그 말을 듣고 마음이 쓰라렸다.

"또 평생을 고칠 수 없는 병이라니! 세상에! 아들은 평생 자폐증을 앓고 어머니는 평생 관절통을 앓다니."

그녀는 마을 사람들의 말처럼 기억할 수 없는 오랜 전생에 무슨 악업을 많이 쌓았던 것이기에 이런 벌을 받는 것인지 알 수 없었다. 아! 아! 다시는 악업을 짓지 않으리라. 그녀는 고통 속에서 맹세할 뿐이었다.

그녀는 다른 직업을 찾기로 했다. 하지만 아들을 돌보면서 무슨 일을 할 수 있겠는지 앞날을 생각하면 막막했다. 그녀는 한 달에 500만 동의 비용을 내고 자폐증 치료 학교에 아들을 보내기로 했다. 이 비용으로 남편의 월급은 다 날아갔지만 남편은 그녀의 의견에 동의했다. 그녀는 아이를 학교에 데려다준 후에 폐품을 모았다. 남편은 자신의 출퇴근용 오토바이를 그녀가 폐품을 모으는 데 쓰도록 허락했다. 불행 중 다행으로 남편은 착한 심성을 가지고 있었다.

아들의 학교는 집에서 30km 이상 떨어져 있었다. 햇(Hat)은 새벽 4시부터 남편과 딸을 위해 음식을 준비한 뒤 아들을 학교에 데려다주었다. 그리고 교외 마을로 가서 버려진 물건을 모아 고물상에 팔았다. 그녀는 하루에 적어도 5만 동을 벌어야만 했다. 그만큼 벌어야 오토바이 연료를 넣고, 남은 돈이 있으면 가족을 위한 식품들을 살 수 있었다.

햇(Hat)은 오후에 오토바이 뒤에는 폐품을 잔뜩 싣고 앞에는 하교하는 아들을 태웠다. 하루 동안 모은 물건들을 고물상에 가서 팔고 난 후 아들과 집으로 돌아갔다. 그녀는 저녁 8시 이전에 집으로 돌아가지 못했다. 집에 돌아오면 청소하고, 요리하고, 빨래하고, 아이들을 씻겼다. 그래서 저녁을 먹고 싶어도 12시 전에는 먹지 못했다. 그녀는 하루하루가 힘들었지만 선생님이 아들에게 긍정적인 차도가 생겼다고 말했을 때 희망이 보였다. 아들은 학교에서 반 친구들을 괴롭히지 않았고, 밥도 좀 먹으려고 했다. 또한, 물건을 던져 깨트리지 않았고 다른 사람을 때리지도 않았다. 하지만 집에서는 난동을 부리고 누나가 울 때까지 놀렸다. 햇(Hat)은 집안일도 하면서 아이를 돌봐야 하니 힘들었다. 희망을 품다가도 절망이 파도처럼 밀려와 그녀의 감정도 기복이 심했다.

어느 날, 햇(Hat)은 평소보다 거의 두 배 더 많은 폐품을 모을 수 있게 되었다. 운이 좋게도 이사하는 사람이 깨끗하게 청소만 잘해 달라면서 쓸 만한 물건을 많이 주었기 때문이다. 이 집 주인은 그녀에게 친절하게 대해 주면서 그녀의 사정을 알고 아들에게 학교를 추천했다. 알고 보니, 집 주인의 딸도 자폐증이 있었고 '동화 세계'라는 자폐아 전용 학교에 다니고 있다는 것이었다. 동병상련의 아픔을 가진 여주인은 햇(Hat)에게 아이를 학교에 보내야 일을 할 시간이 많아지고 돈을 더 벌 수 있다고 말했다.

그녀는 지금처럼 지내면 얼마나 더 버틸 수 있을까 생각해 보았다. 하지만 아이를 학교에 보낸 지 석 달밖에 되지 않았는데 벌써 몸무게가 35kg밖에 되지 않을 정도로 수척해졌다. 그날도 아들을 태우고 천천히 운전하며 많은 폐품을 모으고 있었다. 산더미처럼 물건을 모았을 때 천둥 번개가 치고, 운명의 먹구름이 몰려왔다.

"세상에! 비가 오겠네."

생각만으로도 그녀의 관절이 경련을 일으키며 통증이 떠올랐다. 하지만 비를 피할 수 있는 묘지 같은 곳도 집도 없는 코뮌도로였다. 이곳은 버팔로와 코끼리 둥지로 가득 차 있었다. 비가 쏟아지기 시작했다. 갑작스런 큰비에 땅엔 골이 패여 빗물 계곡을 만들고 있었다. 그녀는 빨리 가고 싶었지만 길이 너무 미끄러웠다.

오토바이는 짐을 너무 많이 실어서 무겁고 비틀거리다가 넘어지려고 했다. 그녀는 오토바이를 세우고 비옷으로 오토바이 앞자리에 타고 있던 아들을 덮었다. 아이는 앞을 가려서 아무것도 볼 수 없게 되자 계속 손을 흔들며 운전을 방해했다.

"가만히 있어!"

그녀는 소리를 질렀지만 오토바이가 웅덩이에 빠지고 말았다.

햇(Hat)은 일어나서 먼저 아들을 웅덩이에서 끌어냈다. 그녀는 아들을 길가에 세워 두고 웅덩이에 들어가 오토바이를 들어 올리려 했지만, 너무 무거웠다. 있는 힘을 다해 당기고 밀었지만 병든 그녀의 척추가 더는 견디지 못해서 웅덩이 가장자리에서 기절하고 말았다.

엄마를 부르는 아들의 울음소리가 그녀를 깨웠다. 시간이 얼마나 지났는지 알 수 없었다. 빗물은 여전히 그녀와 아들의 몸에 퍼붓고 있었다. 얼굴에 쏟아지는 빗물과 눈물이 섞였다. 그녀는 물웅덩이에 있는 오토바이를 쳐다봤다. 아마도 빈 병 포대를 빼내야 오토바이를 웅덩이에서 끌어올릴 수 있을 것 같았다. 아픈 허리로 오토바이를 밀어 올릴 수 있어야 했다. 아니면 하늘의 뜻으로 여기면서 그녀는 죽어야 할 것이다.

햇(Hat)은 떨면서 오토바이에서 병 포대를 떼어 냈다. 의사가 그녀에게 농사를 그만둬야 한다고 해서 그녀는 농사를 그만두었다. 의사가 빗물을 맞지 말라고 해서 비를 피하려고 했다. 하지만 하느님은 그녀에게 평생 고통을 안겨주고 있었다. 그녀는 푸들푸들 떠는 손으로 오토바이에서 폐품들을 떼어 냈다. 가쁜 숨을 헐떡이며 오토바이를 웅덩이에서 들어 올려 아들을 오토바이에 태우고 시동을 걸었다. 하지만 엔진이 멈췄다. 몇 번이나 시동을 걸려고 했지만 꼼짝도 하지 않았다.

그녀는 이 오토바이를 어떻게 집으로 끌고 갈 건지 생각하니 막막했다. 집까지 가려면 아직 20㎞나 남아 있었다. 이 정도면 하느님이 그녀를 충분히 괴롭히지 않았을까? 흘릴 눈물이 더는 없었지만 남은 힘으로 하느님과 함께 울었다. 눈물은 빗물만큼 많지 않지만, 빗물은 눈물처럼 짜지 않았다.

하느님이 진정으로 울 줄 알았다면 빗물은 아마도 눈물처럼 짰을 것이다. 하느님이 인간을 사랑할 줄 알았다면 왜 그녀가 길을 갈 때마다 비를 쏟아지게 했는가? 하느님은 그녀와 그녀의 아들이 죽기를 원하는 걸까?

"절대로 안 된다!"

햇(Hat)은 고개를 들고 하늘에 기원했다.

"하느님! 이 비로 저를 죽이지 않겠다면, 저를 도와주셔야 합니다! 정말로 하느님이 있다면!"

간절한 기도는 극도의 뼈아픔과 기진맥진한 몸을 이길 수 있었다. 그녀는 일어나서 아이를 추슬러 안고 비를 맞으며 달렸다.

그 사건 이후, 낡은 오토바이를 5백만 동에 팔고 햇(Hat)은 아들을 안고 마을을 떠났다. 남편한테는 아들의 병을 고칠 곳을 찾아가겠다고 말했다. 그리고 집에 남아서 큰딸을 잘 돌봐달라고 간청했다. 만약 그녀가 아들의 병을 고칠 수 없다면 다시는 마을로 돌아오지 않기로 다짐했다. 그 마을에 대해서는 정이 떨어졌으며 마을 사람들은 악의로 가득 차 있다고 느꼈기 때문이다. 마을 사람들은 그녀와 그녀의 아들을 보면 문을 닫았고 그녀 뒤에서는 사악한 소리를 해댔다. 햇(Hat)이 생계를 위해 아들을 이웃 나라로 데려가서 장기를 팔아야 할 수밖에 없을 것이고, 하느님도 치료할 수 없을 것이라고 수군댔던 것이다. 그녀는 이들의 말에 어처구니가 없었다.

마을을 떠난 그녀는 아들을 '동화 세계' 학교로 데려갔다. 학교 정문에 있는 경비원에게 아들을 이 학교에 입학시키고 싶다는 자신의 소망을 조심스럽게 말하자 경비원이 그녀를 교장 선생님에게 데려갔다.

햇(Hat)은 '동화세계' 학교의 가장 높은 사람인 푹(Phúc)이라는 교장 선생님을 만나는 게 너무 쉽다는 것에 놀랐다. 그녀는 교장과 마주쳤을 때 더 놀랐다. 그녀는 교장 선생님이 컴퓨터 책상 옆에 넥타이를 매고 고급 양복을 입은 중년일 것으로 생각했다.

그러나 그녀가 만난 교장 선생님은 사원 스타일의 갈색 옷을 입은 머리와 수염이 하얗게 변한 소박한 노인이었다. 교장은 그녀를 보자마자 친근하게 햇(Hat)의 고향 말투인 베트남 중부 지방의 사투리인 '응에안(Nghệ An)'어로 그녀에게 인사를 했다. 고향 사투리로 인사말을 듣자 갑자기 그녀의 마음이 편안해졌다.

혹시 경비원에게 이야기할 때 경비원이 말투에서 내 고향을 알아챘던 것일까? 교장 선생님은 어떻게 그녀가 하띤(Hà Tĩnh) 출신이라는 걸 알고 그녀 고향 언어로 말을 하는 걸까?

상담한 지 3분도 채 되지 않았을 때 교장 선생님이 그녀에게 일자리를 제안하였다.

"당신은 아이를 키우기 위하여 일이 필요하고 나는 학교 조리사가 필요해요. 당신이 우리 학교 조리사가 되어 주세요. 그러면 당신이 아이를 키울 수 있을 정도의 월급을 주겠어요."

햇(Hat)은 마치 자신의 동화 속으로 풍덩 빠진 것 같았다. 교장이 그녀의 은

밀한 소원을 읽고 즉시 응답해 주는 것 같았다. 신데렐라가 된 기분이었다. 그녀는 두 손을 모으고 교장 선생님께 감사할 수밖에 없었다. 아마도 하느님이 마침내 그녀의 기원을 알아차린 것 같았다.

신기한 일들이 계속 일어났다. '동화세계' 학교의 교장 선생님 교육 방법이 아들에게 효과가 있었다. 동적 균형 교육 방법을 적용하고 3개월 후 그녀의 아들은 몇 마디 말을 할 수 있게 되었고, 친구들과 함께 식사도 할 수 있었다. 마침내, 자전거를 능숙하게 탈 줄 알게 되었을 뿐 아니라 새로 들어온 친구들이 자전거 타는 것도 도와줄 수 있었다.

교장 선생님이 그녀에게 말하였다.

"당신의 아이는 전혀 아프지 않아요. 단지 다른 사람들과 다를 뿐이에요."

교장 선생님의 말씀이 그녀한테 신기하게 들렸다. 예전에 의사는 "당신의 아이의 병은 평생 치료할 수 없다"고 했었다. 그런데, 교장 선생님은 지금 그녀에게 귀중한 선물을 주었다. 그녀는 자신감이 서서히 생겼다. 그렇지만 그녀는 아직 남편에게 전화를 걸지는 못했다.

햇(Hat)의 아들은 하루가 다르게 발전했다. 그녀도 함께 발전했다. 조리하는 시간 외에도 아이들이 숟가락을 씻고, 샤워, 청소, 자전거 타기, 공놀이 등과 같은 간단한 운동을 하도록 교사처럼 아이들을 가르쳤다. 힘든 고생을 많이 했던 그녀는 이 학교에서 하는 모든 일이 손쉬운 것처럼 느껴졌다.

그녀는 이곳에서 어떤 일이든지 모든 정성과 감사의 마음으로 했으며 힘들어하지 않았다. 그녀가 열심히 일하자 교장 선생님은 그녀를 승진시켰고 월급도 올라갔다. 아이들이 그녀를 햇(Hat) 선생님이라고 부르는 소리를 들으면 그녀는 행복했다.

심지어 아이를 보러 오는 부모님들도 그녀를 선생님이라고 불렀다. 홍수를 겪던 농부에서, 아픈 아이 때문에 마을 사람에게 무시당하던 햇(Hat)을 선생님이라고 부르고 있었다. 그것은 그녀가 그들의 아이들을 정성껏 돌봤기 때문이다.

햇(Hạt)은 자긍심으로 구름 위로 날아가는 것처럼 기쁜 날들을 보냈다. 그녀의 마음이 많이 편안해졌고, 밥도 잘 챙겨 먹고 규칙적으로 휴식을 취하여서 살이 점점 올랐다. 그래서 그녀는 살이 쪘고, 관절염도 저절로 없어져서 더는 약을 쓰지 않아도 되었다.

그녀는 이 '동화세계'에서 자신과 아들을 위한 길! 미래를 보았다. 그녀가 식료품을 사서 학교로 돌아올 때마다 아들은 그녀에게 엄마라고 부르며 인사를 하게 되었다. 아이가 조금 더 나아질 때까지 기다렸다가 남편과 딸이 기다리는 고향 뚝락(Đức Lạc) 마을로 함께 돌아갈 것이다.

마을의 모든 문이 열릴 때, 그녀와 아이는 고개를 높이 들고 당당히 그들을 보게 될 것이고, 아들이 말을 하면 마을 사람들이 다 놀란 눈빛으로 그녀와 아들을 쳐다보게 될 것이다.

남편의 비밀

　남편과 결혼한 지 거의 일 년이 다 되어 가고 있다. 둘 다 '한 부모'이었지만 꽤 행복하게 살고 있다. 히엔(Hien)은 나의 아들에게 착하고 엄한 아빠다. 히엔은 훌륭한 남편이긴 하지만 결혼하기 전 약조 한 가지를 받아들여야 했다. 그것은 '남편의 비밀'에 대해 건드리지 말라는 것이었다.

　그 비밀은 과거에 있었던 것이고 나랑 전혀 상관이 없는 것이다. 결혼하기 위해 그것을 건드리지 않기로 약속했다. 남편은 한 번 이혼했다는 사실만 알려 줬다. 이혼의 이유, 그 결과에 관한 이야기를 절대로 알려 주지 않을 것이다. 현대 여자로서 오늘의 남편을 사랑하는 것이지, 과거에 무엇을 했는지 신경을 쓰지 않는다. 사랑! 과거를 뒤로하고 현재 우리가 서로에게 집중하는 것이 바로 지혜이다.

　그러나, 결국 나는 '남편의 비밀'을 더는 견딜 수 없었다. 거의 1년 동안 남편은 매주 토요일 오후부터 일요일 밤까지 '가방을 들고 나갔다' 돌아왔다. 그가 어디에 갔었는지, 누구랑 갔었는지, 무엇을 했는지, 어디에서 잤는지 알 수 없었다. 수많은 질문이 머릿속을 맴돌았지만 나는 침묵했다. 결혼하기 전에 남편과 한 약속을 아직 깨고 싶지 않다. 남편은 한 번도 설명하지 않았지만 내가 전화할 때마다 끄거나 간혹, 끊지 않고 받을 때도 있었다. 가끔 전화 속에서 아이들이 토라지고 비명을 지르는 소리, 어른들이 꾸짖는 소리가 들린다. 이런 소음을 듣고 그가 아이들이 있고, 많은 사람이 모여 있는 장소에 있을 거로 추측하였다. 토요일 밤 내 전화를 받을 때 남편은 목소리를 낮추고 가끔 속삭였는데 그 옆에서 아이들의 비명과 어른들이 야단치는 소리가 들렸다.

직감으로 남편이 주말에 항상 사라지지만 나쁜 짓을 하는 것은 아니라는 생각이 들었다. 하지만 좋은 일이라면 왜 그렇게 비밀스러울까? 그리고 내가 마음에 안 드는 또 하나가 있다. 그것은 바로 나는 아이를 갖고 싶어 하지만 남편은 원하지 않는다는 것이다. 그는 단순히 우리가 톡(Thoc)만 있으면 충분하다고 말했다. 그는 내 아들 톡을 친자식처럼 사랑하고 있으며 아이가 더 필요하지 않다고 말하였다.

이상하다! 남편처럼 결혼했지만, 아이를 낳고 싶지 않은 남자가 있는가? 의붓자식을 진정으로 사랑해 주는 그의 너그럽고 고귀한 마음을 존경했다. 하지만 그에게는 여전히 내가 이해할 수 없는 어두운 면이 있다.

남편을 추적하기 위해 탐정을 고용하는 것은 원하지 않는다. 그에게 비밀을 말하라고 강요한다면 결혼 전에 한 약속을 내가 어기는 것이고 우리는 분명히 헤어지게 될 것이다. 남편은 그 비밀을 원한다면 헤어지자고 명확히 말하였다. 결혼 전에는 나는 그 비밀을 받아들일 수 있는 줄 알았다. 하지만 이제는 참을 수 없다는 것을 깨닫게 되었다. 날이 갈수록 주말에 남편이 사라지면 점점 짜증이 난다.

방법을 찾아야 하겠다!

머리를 짜내어 생각했지만, 방법이 떠오르지 않았고 나는 현실을 직시하기로 했다.

토요일 오후, 히엔이 배낭에 물건들을 넣었을 때 나는 그의 손을 잡았다.

"당신 나를 믿어?"

"무슨 일이야? 왜 그렇게 말해?"

"우리 서로 믿음이 있어야 행복하게 살 수 있을 거 아냐?"

나는 침착하게 말했다.

"나는 무력감을 느끼고 있어. 정말 열심히 노력했지만, 사랑만으로는 아직 부족한 것 같아. 나를 믿게 하려면 어떻게 해야 할까?"

"난 당신을 믿어."

남편은 내 눈을 피하면서 단언하듯이 말하였다.

"진짜 믿으면 우리가 결혼 전에 한 약속을 취소하자."

나는 과감하게 말했다.

"안 돼!"

남편은 찡그린 표정을 지었다.

"나를 이해해 줘, 당신을 위해 그 비밀을 지키는 거야. 나 혼자만 힘들면 돼. 이것만은 기억해 줬으면 좋겠어. 난 당신을 사랑하고 있으며 잃고 싶지 않다는 걸."

나는 남편의 손을 잡으며 간절한 눈빛으로 말하였다.

"나를 사랑한다면 왜 당신 인생 끝까지 같이 가게 해 주지 않아? 당신과 함께 기쁘고, 아프고, 걱정하고 싶은데 왜 안 돼? 당신의 마음이 어디에 두는지 모르겠어. 난 바보 같이 약조를 하고 당신의 비밀을 지켜 주면 행복하게 살 수 있는 줄 알았는데 이제 그렇게 살면 안 되는 걸 깨달았어. 당신이 계속 이렇게 지내는 것을 견디기 힘들어."

그는 내가 잡은 손을 가볍게 떨며 말하였다.

"후이엔, 그런 말 하지 마."

그는 마치 위험에 처한 강아지처럼 절망적인 눈빛으로 나를 바라보았다. 하지만 나는 여기서 포기한다면 이 불편한 생활을 얼마나 더 견딜 수 있을지 자신이 없었다.

"뭐라도 알려줘. 나는 떠날 수도 있고, 머물 수도 있어. 당신은 그것을 받아들여야 해. 약속하지 않고, 약조도 하지 못하겠어. 나는 진실을 알 권리가 있기 때문이야. 내 삶을 당신과 공유할 권리가 있어."

내 말을 듣고 남편은 절망적인 표정을 지으며 말하였다.

"전처가 감당할 수 없어서 가버렸는데…. 당신은 그래도 알고 싶어?"

히엔은 그 말을 하고 난 후, 너무 절망적이고 우울한 표정이어서 내가 더는 질문을 할 수가 없었다. 한마디만 더 하면 그가 무너질 것 같았다. 남편을 안아 주고, 키스하며 마음속 응어리를 풀어 주고 싶었다. 그러나 그냥 가만히 서 있었다.

"그렇게 진실을 알고 싶다면 몇 가지를 챙겨서 나와 함께 가자!"

결국, 남편은 어쩔 수 없다는 듯이 동행을 허락하였다.

나는 남편이 말한 대로 옷, 음식, 돈을 조금 가방에 챙겨 넣었다. 갑자기 두려운 마음이 들었다. 잘못하면 남편을 잃게 될지도 모른다. 전처도 비밀을 알고 떠났다는데, 나는 그 사실이 얼마나 끔찍한지 전혀 몰랐다. 하지만 이제 물러설 수 없다. 이 두려움 때문에 멈출 수는 없었다.

택시는 고르지 못한 곳에서 속도를 내서 달리다가 덜컹하고 튀었다가 누에(Nhue)강 위의 작은 다리를 건너면서 속도를 줄였다. 남편은 이 범람원 지역에서 무엇을 했을까? 강을 따라 자란 풀들이 바람에 흔들리고, 오리들이 꼬물꼬물 헤엄친다. 나는 히엔을 힐끗 보았고, 남편은 나에게서 한 좌석 걸러 떨어진 곳에 앉았다. 그 순간부터 그가 이상하게 멀어진 느낌이었다. 매일 밤에 나를 안아 준 그 남자가 맞을까?

택시는 시골 휴양지처럼 매우 크고 매우 높은 장엄한 나무 대문 앞에 멈췄다. 문이 열렸고, 15~16세쯤 된 아주 뚱뚱한 소년이 옷을 입지 않은 채 환한 미소를 지으며 우리를 맞이했다.

"히엔 삼촌, 안녕하세요. 아주머니 안녕하세요."

"여기는 후이엔, 내 아내야."

남편이 나를 소개했다.

입구를 막는 7인승 차량 두 대를 지나 실내로 들어와 옛 봉건 양식의 벽돌집이 줄지어 서 있고, 중간에 달리기 트랙의 한쪽 끝을 가로막는 뒤집어엎은 돌절구들이 있는 것을 보았다. 갑자기 주황색 제복을 입고 외발자전거를 타고 서커스를 하듯 공을 저글링하고 돌절구들이 있는 쪽으로 빠르게 오는 아이들이 보였다. 아이들 몇 명은 우리를 보고 공을 던져서 뛰어왔다. 나보다 키가 큰 소년이 웃으면서도 어딘가 머나먼 곳을 보는 눈으로 다가와서 갑자기 나를 꽉 안고는 뺨에 뽀뽀해서 당황하였다. 소년은 계속 나를 붙잡고 다른 뺨에 뽀뽀하려고 했지만 나는 황급히 아이를 밀어냈다. 내 뺨은 아이의 침으로 젖어 있었다. 이제 어떡하지, 조금 역겹다는 듯 뒤로 물러나 손으로 볼을 닦았다.

"뚠(Ton), 쯔어(Dua), 꾼(Cun) 인사만 하고 안으로 연습하러 가!"

어떤 남자가 크게 말했다.

"안녕하십니까!"

아이들은 서둘러 인사를 하고 몸을 구부려 공을 줍고, 외발자전거를 다시 타고 빙빙 돌며 서커스 공연자처럼 공을 저글링 했다.

나는 안도의 한숨을 쉬었다. 무슨 일이 일어나고 있는지 이해가 안 되었다.

'아이들이 정신병자인가, 서커스 공연자인가?'

외발자전거를 탈 때는 서커스 공연단이지만, 낯선 사람을 만날 때는 각자 어리둥절하거나, 얼이 빠져 멍하거나, 과하게 기뻐하거나 해서 정말 이상하였다. 의사소통이 잘되지 않고 예의 바르지 않게 느껴졌다.

"땀(Tam) 선생님 안녕하십니까!"

남편이 인사했다.

"여기 제 아내, 후이엔입니다."

"깜(Cam), 이리로 와."

남편이 인사를 한 남자는 땀 선생이었다. 그는 내게 눈인사를 한 후 누군가를 불렀다. 10세쯤 된 낯익은 피부가 하얀 소년이 외발자전거를 두고 우리에게 달려왔다. 그는 히엔을 껴안았다.

"히엔 아빠, 히엔 아빠! 하노이로 데려가 주세요!"

소년이 크게 외쳤다.

나는 충격을 받고 뒤로 한 발 뒤로 물러났다.

'이 아이가 내 남편의 자식인가? 정신질환을 앓은 아이가? 나는 어떡하지, 도망갈까?'

아이가 다시 나에게 달려들어 뺨에 뽀뽀할 것 같았다. 아까 몰래 닦아 냈는데도 그의 침은 아직 내 뺨에 묻어 있었다.

"깜아, 아빠 말을 잘 들어봐."

남편이 아이의 손을 잡고 이야기했다.

"이분은 후이엔이라고 해, 너를 보러 오셨어. 인사해."

소년은 나를 온순하게 쳐다보더니 다가와 내 왼손을 잡고 흔들었다.

"후이엔 아주머니, 저의 어머니입니까?"

나는 당황해서 어떻게 대답해야 할지 몰랐다.

"왜요, 당신이 이 아이의 어머니라고 하지 못하겠어요?"

땀 선생이 나에게 다가와 부드럽게 말했지만, 그의 목소리는 협박처럼 들렸다.

"왜 인제야 왔어요?"

그 소년은 갑자기 내 손을 놓고 빠른 속도로 돌절구 쪽으로 달려가 돌에 머리를 부딪치며 비명을 질렀다.

"엄마가 아니야! 엄마가 아니야! 트랑(Trang) 엄마를 원해! 트랑 엄마!"

히엔은 당황하여 아이를 잡으러 달려갔다. 그의 머리에서 흐르는 피가 볼로 흘러내렸다. 나는 거의 기절할 뻔했다.

남편이 떨리는 손으로 아들을 닦아 주려고 주머니에서 수건을 꺼내고 있는데, 갑자기 주황색 제복을 입은 젊은 여자가 나타났다. 그 여자는 내 남편의 손에서 아이를 빼앗아 데려갔다. 남편은 손을 놓고 여자와 순순히 따라가는 아이를 멍하게 바라봤다. 소년은 걸어가면서 히엔을 돌아보며 여자를 가리키며 말했다.

"트랑 엄마가 여기 있다. 트랑 엄마가 여기 있네."

"아이의 엄마가 되려면 쉽지가 않아요!"

땀 선생이 나에게 목소리를 깔았다.

"당신이 결혼했는데 남편에 대해 아무것도 모르네요. 딱 보니 엄마가 될 수 없는 걸 알겠군요. 남편의 자식을 보러 내려오면서 긴 치마를 입고 하이힐을 신은 걸 보니 참 이해가 안 됩니다."

말이 끝나자마자 그는 휙 뒤로 돌아서 자전거를 타는 아이들 사이에서 중앙을 가로지르는 거리를 향해 걸었다.

나는 눈물을 찔끔 흘렸다. 화난 걸까, 미안한 걸까, 놀란 걸까, 아니면 후회하는 걸까? 이 갑작스러운 일격에 어떻게 대처해야 할지 모르겠다.

"깜이 내 아들이야."

남편이 무거운 목소리로 말했다.

"아이가 자폐증이 있어. 집에서 그는 매우 감정적이거나 무언가를 요구하고 싶을 때 종종 머리를 부딪쳐. 눈앞의 것들을 마구 부숴버렸어. 깨진 물건, 특히 도자기와 유리의 깨진 소리를 듣는 것을 좋아해. 밤에는 잠들지 않고 비명만 질러. 일반 학교는 받아 주지 않았어. 친어머니조차 쟤의 병을 받아들이지 못하고 떠났어…. 3년 동안 난 아이를 혼자 키웠고, 당신과 결혼하기로 하고 이 센터로 데려왔어."

그를 이해해 줘야 할지 화를 내야 할지 모르겠다. 모든 것이 한 번에 내 머리를 강타했다.

'당신은 엄마가 될 수 없다'라는 땀 선생의 말이 떠올라 머리가 찌릿해졌다. 왜 그런 식으로 날 책망했을까! 나는 이 너무나 끔찍한 일에 대해 준비가 되어 있지 않았다.

"왜 선생님이 나에 대해 그렇게 심하게 말씀하셨을까?"

나는 한탄하였다.

"그분은 내가 완전히 수동적이라는 것을 알고 계셨을까?"

남편이 위로하듯이 말하였다.

"선생님을 오해하지 마. 그분이야말로 살아 있는 성자이셔. 그분은 단지 당신을 심리 테스트하셨을 뿐이야."

남편이 땀 선생에 대하여 설명하였다.

"깜과 같이 외면받는 아이들은 온 가족의 재앙인데 선생님이 구해 주셨어. 조금만 참아줘. 여기 더 오래 있으면 선생님이 어떻게 아이들의 운명을 바꾸셨는지 이해하게 될 거야."

남편은 나를 진정시키려고 애쓰면서 나직하게 말하였다. 그 순간에 결정해야 했다. 히엔의 전처처럼 떠나거나 아니면 남아야 했다. 찰나의 순간에 나는 선택을 해야 했고, 그 선택은 내 인생을 완전히 바꿔 놓았다. 마음의 준비도 되어 있지 않았고 상황을 완전히 파악한 것도 아니었고 시간도 없었다. 단지 지검으로 판단하여야만 하였다.

나는 구두를 벗었다. 드레스 대신 편한 운동복으로 갈아입었다. 긴 호흡을 하고 일을 시작했다. 나는 자폐아의 집, 화장실과 침실을 청소했다. 배변 후 몰래 문틈에 똥을 묻힌 아이들이 있다. 나는 땀이 날 정도로 닦고, 쓸고, 문지르며 열심히 청소하였다. 속이 쓰렸다.

나는 왜 이런 일을 해야 하는 건가? 왜 여기에 있는가? 나의 노력, 남편의 노력, 땀 선생, 트랑 엄마가 되기로 자원한 여자의 노력은 자폐아에게 무엇을 가져다줄 것이고, 아이들은 이번 생에서 무엇이 될 것인가? 내 사랑스러운 아들 톡이 저런 자폐아 중에 하나라면 어떻게 되었을까? 히엔과 아이를 낳으면 톡과 닮을까 깜과 닮을까? 그렇게 생각하니 눈물이 핑 돌았고, 남편에게 정말 미안하게 느껴졌다.

나는 이 모든 의문에 대한 답을 알 수 없었다. 그렇지만 이런 의문의 해답을 알아보기 위해서 여기에서 배우기로 하였다. 첫 번째 교훈은 이 모든 오물을 손으로 청소하면서 배우게 되었다. 이것이 나의 첫 번째 교훈, 사랑에 대하여 배운 첫 번째 교훈이었다. 그날 밤, 아주 늦게 침대에 누웠을 때, 마음이 편안해졌다. 몸은 고단했으나 마음은 행복감을 느꼈다. 그렇지만 남편은 내 옆에서 안절부절못하였다. 그의 비밀이 나에게 노출되었으며 나의 반응을 예측할 수 없었기 때문이다. 우리의 장래가 어떻게 될지 몰라 불안해하는 남편을 보니 갑자기 또 눈물이 핑 돌고 목이 막혔다.

히엔은 나를 껴안았다. 잠시 후 그는 조용히 말했다.

"나는 당신이 다른 사람을 만나서 톡처럼 건강한 아이를 더 낳고 행복하게 사는 걸 막지 않을게. 그렇지만, 우리 함께 아이를 키웠으면 해. 나와 깜을 받아주고, 당신과 영원히 함께할 수 있게 허락해 주기만 하면 돼. 그러면 내가 더 많은 일을 하고, 당신이 걱정하지 않게 노력하고 약속할게."

히엔은 목이 메어 울먹이면서 사정하였다.

놀란 나는 그를 당황하며 밀어냈다.

"무슨 소리야. 당신은 왜 그런 이상한 생각을 해? 나는 당신의 아내야. 어떻게 다른 사람과 살 수 있겠어? 나는 아이를 가질 목적이 아니라 당신을 내 남편으로 받아들이고 싶어서 당신과 결혼했어. 그리고 이제 우리에게는 두 명의 자식이 있잖아. 왜 또 아이를 낳아야 해? 난 당신만 있으면 충분해."

갑자기 그는 어깨를 떨면서 감동으로 흐느꼈다. 나는 재빨리 그를 끌어당겼다. 남편은 내 품에서 아이처럼 울었다. 그가 우는 모습은 이번이 처음이다. 아마도 참았던 옛날의 모든 괴로웠던 감정이 한꺼번에 터졌을 것이다. 그는 더는 내 앞에서 숨기려 하지 않고 모든 괴로운 감정을 내려놓았다. 나는 그와 함께 울지 않으려고 입술을 깨물었다. 고통 앞에 알몸으로 우리는 다시 서로를 찾았다.

My Husband's Secret

We tied the knot a year ago. Finding each other after our previous marriages shattered, we deemed ourselves fortunate. My new husband devoted himself with a genuine kindness to my son and me. Hien cared for my son with a gentle but not quite lenient fatherly attentiveness. For all this benevolence, Hien asked for only one promise before our wedding: I must never inquire about his secret. That secret lingered as a remnant of his past and did not relate tome, his new wife. I had to accept the legacy of his life before me. I knewvery little of his previous life but did know that he'd divorced once. Ididn't know the reasons and consequences of that failed marriage. As a modern woman, I relished our present bliss. Why should Icare about his past? Perhaps traumatic events led to the secret? Livingfor our mutual happiness in the moment was wise, wasn't it? And yet, my husband's secret intrigued me more with each day. For the past year, every Saturday, he carried his rucksack and left for God only knows where, staying away until midnight on Sunday. Where did he go? Why did he leave? Where did he sleep? A myriad questionsreverberated in my mind. And I was miserable. I didn't want to break myprenuptial vow, a promise I held dear. Hien had never explained his absences, but whenever I called, he always picked up. My husband spokeso softly, whispering over the phone, but children in the background created a ruckus. I heard children's voices screaming on the other end of the line, and adult voices calling for silence and order. My imagination turned to fancy, and I pictured my husband near some crowd where children played. Intuitively, I didn't doubt my husband's fidelity. But if his Saturday outings were noble deeds, why did he act so mysteriously? Another trouble plagued me: I desired a baby, our baby. But my husband didn't want children. He said that we had little baby Thoc, and he loved him as his own son. We had more than enough and shouldn't desire more children, my husband told me. There was a strangeness to my husband's reasoning. Were there other men like him? Did other men marry without wanting their own offspring? I loved my son so dearly, and I admired my husband's generosity. Yet he remained unfathomable to me, a mystery. I pondered my marriage. Should I hire a detective to follow him? I feared the knowledge a detective might discover. Should I force Hien to reveal his secret? It would breach our commitment, and I risked losing my husband's affections and my marriage. My husband gave me a condition for revealing his secret: if I wanted his secret, our marriage would end. Before becoming his wife, I thought I could endure the secret. But my anxiety grew, and I didn't know myself. I agonized over thoughts that tormented me. Day after every unsettling day, my state of mind descended as questions about my husband's weekend disappearances increased. I had to do something! Brooding over my never-ending questions, I finally decided to confront my husband. I wanted to know the truth. It was Saturday, and Hien packed up his rucksack again. I grabbed his hand. "Do you trust me?" I asked. "Why do you ask?" "We can't live a happy life without mutual trust," I said. "I feel powerless. I've tried my best, but perhaps love isn't enough. What can Ido to earn your trust?" "I trust you," my husband said, avoiding my eyes. "If you trust me, don't leave. Don't go," I said, my voice implored.

"Impossible," he said, frowning. "Please understand me. I keepthis secret to myself to protect you. I can endure it alone. I do love you, but I never want to lose you." "If you truly love me, why don't you share all the peaks and valleys of your life with me? Where does your heart belong? I was wrong, imagining a happy life together with your secret between us. I can't respect your wishes. I must know your secret. If you continue to disappear, I will as well."

"Huyen, how can you say this to me?" My husband took my handas he asked this question. His eyes resembled those of a puppy, begging. But if I gave in, I would have to accept a marriage filled with distrust, for good. "Tell me, please, no matter the consequences. I have the right toknow the truth. I have the right to share a complete life with you." "My ex-wife couldn't bear the truth, and she left me. Do you stillwant to know my secret?" Hien said only these words, with his headheld down, somber. He seemed so desperate that I dared not ask anythingelse. I felt that if I uttered a word more, he would collapse. I wished tohold him tight, kiss him, to revel in this moment of love I felt for him.

But I stood there, speechless. "Please pack your belongings. You will come with me if you stillwant to know the truth," my husband said, finally. I grabbed my clothes, some snacks, and money. Suddenly, I wasovercome by a new fear. Was it me or my husband who'd pushed us tothis point in our marriage? I might lose him. But I couldn't imagine anysecret so awful that it would change my love for him. I'd reached thepoint of no return. I couldn't let this fear continue to haunt me. The taxicab bounced, then slowed down, moving through a narrow bridge as it crossed over the Nhue River. What did my husband do inthis rural area? A few trees lined the river, sloughing in the cool breeze, and ducks swam idly. I glanced at Hien. My husband moved across theseat, away from me. At that moment, he became a stranger. Wasn't he theman with whom I slept almost every night? The cab came to a stop before an imposing wooden gate, as magnificent as a country estate. A fat, naked boy, probably fifteen or sixteenyears old, opened the gate, greeting us with a wide smile. "Hello, UncleHien. Hello, Mrs.," he said.

"This is Auntie Hien, my wife," my husband said, waving towardme as he introduced the boy. Navigating through two cars blocking the path, our cab entered acourtyard. An archaic building fenced off with inverted pillars blockedone entry of the pathway that led to the courtyard's heart. Awestruck, Ilooked at a group of children in orange uniforms, who were riding unicycles and juggling balls as if in a circus, zipping from one pillar to theother in a line. When they caught sight of me, a few children flung theirballs away and rushed toward me.

A lanky boy, towering over me, smiled, but his eyes wanderedelsewhere. Suddenly, with no warning, he hugged and kissed me firmlyon my cheek, leaving me dumbstruck. He squeezed me, almost kissingmy other cheek. Terrified, I pushed him away. He left my cheek wetwith his saliva. I backed away with a shudder, about to wipe my cheek. Instead, I threw my arms in the air as if protecting myself. Powerless. "Ton, Dua, Cun, say hi to auntie and go back to your training!" aman said in a voice loud enough to capture the children's attention. "Hi, Auntie!" the children greeted me. Turning away, they pickedup their discarded unicycles, and they began to ride, juggling balls likeprofessional circus performers.

I sighed. Clueless, my mind once again sought understanding. Were these children psychopaths or professional circus performers?

When they rode their unicycles, they looked like genuine performers, but when meeting me, a stranger, their facial expressions hadbeen quite different: overjoyed, absent-minded, excited, longing... Theyweren't the typical reactions of children, and their mannerisms were unsettling. "Hello, Mr. Tam," my husband said, bowing his head slightly as ifin reverence. "This is my wife, Huyen." "Cam, come over here," Mr. Tam yelled. He didn't look at me.Instead, he turned to call one of the children. A boy, probably ten, witha face fair in complexion, and looks that were quite familiar, pushed hisunicycle aside, rushing to us. He embraced Hien.

"Daddy Hien, Daddy Hien! Take me to Hanoi now," the boy cried. Petrified, I backed away. Was this boy my husband's son? An insane boy? What could I do then, run away? Would this boy squeeze meand kiss me … The saliva from the other boy was still wet on my cheek, even after I'd attempted to wipe it off discreetly. "Cam, listen," my husband said and removed his son's handsfrom around my waist. "This is Auntie Huyen. Come here to visit you. Say hi to her."

The boy stared at me with a blank and innocent face. He approached, taking my left hand, shaking it. He said, "Auntie Huyen, areyou my mother?" I didn't know how to answer. "Don't you dare say that you are his mother?" Mr. Tam said softly, his voice like a threat in my ear. "How come you disappear for so long?" The boy let go of my hand. My breath did not come back to my body. The boy scurried to the pillars, banging his head, screaming, "You're not my mother. I want my mother Trang. Mother Trang!"

Hien rushed to grasp the boy, taking his bleeding head between his hands, as blood dripped down his cheeks. I felt faint. Everything in this unknown world spun before me. While I trembled, I pulled napkins from my bag and handed them to my husband. As he wiped his son's face with care, a young woman in an orange uniform appeared. The woman pulled the boy gently away from my husband. Hien let the boy go, watching as he meekly followed the young woman.

The boy looked back at Hien, pointing at the woman, and said, "This is Mother Trang, Mother Trang." "It's not easy to be his mother," Mr. Tam said. "You married your husband knowing nothing about him! Looking at you, I can see immediately that you will not be a good mother. How can a mother come to visit her husband's son in that billowing dress and high heels?" His words were filled with all the contempt he felt for me. He turned away, walking toward the heart of the courtyard, where the children zigzagged on their unicycles. Tears welled up in my eyes. Did I feel incensed, full of self-pity, embarrassed, or guilty? I forgot proper manners, numb and confused. The scene before me appeared awkward and unfamiliar.

"Cam is my son," my husband said. "He has autism. At home, Cam banged his head against anything around him whenever he was frightened or wanted something. He smashed anything in sight. My sonneeded to hear the breaking sounds, especially pottery and glass. Hecouldn't sleep at night, and he'd scream. Only scream. No school wouldadmit Cam, my son. His mother couldn't accept him, so she left... Ilooked after him for three years, and then I brought him to this centerafter I decided to marry you."

I didn't know whether to love or blame him. My head spun inturmoil. "You can't be a good mom," Mr. Tam's judgment reverberatedin my mind. How could he judge me without mercy? I wasn't preparedfor this truth. "How could Mr. Tam say those words?" I asked. "Doesn't heknow that I was completely unprepared for this revelation?" "Please don't blame him. He's a living saint, and he might challenge you," my husband tried to explain. "Children like Cam, their livesseemed useless, tragic to their families, but Mr. Tam saved them. Bepatient. Remain here for a while, and you will understand how Mr. Tamhas changed the lives of these children." Silently, I attempted to fathom my husband's words. I had to decide instantaneously whether I should stay or leave like Hien's ex-wife. I needed to decide, and that decision would change my life. It was unprecedented, unimaginable. I couldn't calculate, and I couldn't give itthorough consideration. I relied on my intuition. I took off my high heels, and I changed into a comfortable outfit. Taking a deep breath, I embarked on my job. I cleaned the house, thetoilets, and the bedrooms of these autistic children. Some of the childrenhad wiped feces on the doors. I wiped them off, scrubbing until I feltsweat on my body, and my stomach growled.

For whom did I do this work? Why did I linger there? My efforts, and those of my husband, Mr. Tam, and the young woman who took onMother Trang's role, what could we do for these children? Who wouldthey become in life? What if my Thoc, my son, were one of these children? If Hien and I had a baby, would our child be like Thoc or Cam? Icould only muse on these thoughts. Tears welled up again in my eyes. Iadored my husband, feeling deep sorrow and love for him. I knew I had to learn, from here, from this place. This was my firstlesson, the lesson of love.

* Translated from the Vietnamese by Quynh Huong Vo

날아가는 빨간 화살

　자폐아의 말하기 능력 향상을 위한 치료가 끝난 후 아이와 어머니를 보낸 하(Ha)는 철문을 당겨 잠그려다가 전화벨이 울리는 소리를 들었다. 스마트 폰을 책상 위에 두어서 그녀는 재빨리 안방으로 스마트 폰을 집으러 들어갔다.

　한 자폐아의 아버지라고 자신을 소개한 낯선 사람은 하(Ha)가 많은 자폐 아동의 말하기 능력을 개선했다는 소식을 듣고 전화를 했다고 말했다. 그는 그녀와 전화로 다음 주 일요일에 약속을 잡았다. 하(Ha)는 일요일 오후 3시에 그를 만나기로 했다.

　하(Ha)는 자폐아 교육을 위하여 석사과정을 마치고, 자폐증을 앓는 자기 아들을 교육하여 소통을 원활히 하는 데 성공하였다. 그녀의 교육을 받은 아이들이 개인 생활의 70%의 정도는 스스로 할 수 있다는 성공 사례가 알려졌다. 자폐아를 가진 많은 사람이 그녀에게 찾아왔다. 하(Ha)는 지난 5년 동안 자신 있게 집에 센터를 열어 아들을 치료하고, 다른 자폐아들을 위한 치료를 병행했다. 이 직업을 통해 그녀는 비교적 좋은 수입원을 얻게 되었는데, 이는 자폐아 교육을 위하여 석사과정을 공부하기로 했을 때는 예상하지 못했던 일이었다. 그 당시 그녀는 이 전공을 아주 깊게 연구하여 아이를 위한 몇 가지 기본 기능을 회복시킬 수 있다면 매우 행복하겠다고 생각했다. 어쩌면 그녀에게 형언할 수 없는 고통을 줬지만, 예상치 않게 직업적인 성공을 가져다준 자폐증을 앓는 아들 밍(Minh)에게 감사해야 할지도 모른다…

　그런 생각을 하던 하(Ha)는 깜짝 놀랐다. 밍이 어딨지? 그녀는 문을 잠그는 것을 잊어버렸던 것 같았다. 그녀는 전화기를 놓고 밖으로 뛰쳐나갔다. 문의 한쪽이 넓게 열려 있다. 아들은 엄마의 실수를 이용하여 밖으로 나갔다. 이 10살 아이는 평소 한 발짝도 평범하게 내딛지 않았지만, 돌보는 사람이 없으면 위험을 무릅쓰고 활에서 쏘아 올린 화살처럼 돌진하기 때문에 이웃들로부터 '화살'이라는 별명을 얻었다. 그가 여러 번 거리로 돌진하고, 달리는 오토바이와 부딪치고 넘어져서 머리가 붓고, 무릎과 팔꿈치 피부가 찢어지고 피가 많이 흘렀지만, 여전히 웃으면서 바로 일어났다. 아이가 사고를 당하는 것을 방지하고 군중 속에서 아이를 쉽게 찾기 위해 아이에게 빨간 옷을 입힌다.

하(Ha)는 빨간 옷을 찾으려 두리번거리면서 작은 거리를 살펴봤다. 그녀의 머릿속에서 나쁜 예감, 끔찍한 이미지만 떠오르고 있었다. 길에서 사람을 만나면 빨간 옷을 입은 10살 소년을 본 적이 있는지 물었다. 몇몇 사람들이 고개를 저었고, 그녀는 즉시 길을 건너 반대 방향으로 달려가면서 아이를 찾았다.

하(Ha)는 사고 현장을 발견하고 깜짝 놀라 걸음을 멈췄다. 도로 한복판에 5인승 승용차가 멈춰 섰고 행인들이 모여들었다. 하(Ha)는 진정하려고 애쓰면서 달려가 사람들을 헤집고 안으로 들어갔다. 그녀의 아들 밍이 차 바로 앞에서 피투성이가 되어 의식을 잃은 채 누워 있었다. 현기증 나서 그녀는 아이 앞에서 주저앉았다.

무언가를 너무 좋아하면 그것 때문에 죽는 법이다. 그 사고 후 밍은 죽지는 않았지만, 왼쪽 다리가 부러지고 이마에 다섯 바늘, 팔꿈치 근처에 세 바늘을 꿰맸다. 이것은 밍의 인생에서 두 번째 큰 사고이다. 밍이 7살이었을 때 역시 차와 부딪히는 사고를 당했지만, 다행히 차가 느린 속도로 차고로 후진하고 있었기 때문에 밍은 가벼운 외상만 입었다. 밍은 차를 무척 좋아해서 차를 보면 달려가서 부딪히거나 손에 쥔 물건으로 거울을 비틀거나, 깨거나, 차를 긁으려고 하였다. 하(Ha)는 아들의 기이한 취미 때문에 여러 번 차 주인에게 돈을 물어줘야 했다.

하(Ha)는 지난 6년 동안 자폐아 교육 방법을 연구하면서 아들을 위한 자가 치료도 직접 해 왔다. 그녀는 언론에서 '놀라울 정도'라고 극찬하는 성공을 거두었다. 그녀의 아들 밍은 네 살이 될 때까지 눕고, 우유를 마시고, 우는 것 밖에 할 수 없었고, 정상적인 아이처럼 걷거나, 말하거나, 밥을 먹을 줄 몰랐다. 하(Ha)는 집에서 아들을 돌보기 위해 대학 도서관의 일을 그만두고 자폐아 교육에 대한 책들을 사서 읽고 적용했는데도 소용없었다. 결국, 남편인 후이(Huy)와 의논한 끝에 돈을 빌려 학교에 다니고, 아이를 돌봐 주는 가정부를 고용하기로 했다. 하(Ha)는 학교에서 제대로 된 교육을 받고 국내외 선생들과 함께 공부하면서 아이의 치료 방법을 연구했다. 점차 그녀는 아들이 걷기, 말하기, 밥, 야채, 생선 등을 먹을 수 있는 능력을 회복하도록 도왔다. 그녀가 아들의 발전에 대한 기쁨을 페이스북에 공유했을 때 일부 기자들이 그녀를 인터뷰하기 위해 찾아와 신문에 글을 올렸다. 많은 사람이 소식을 듣고 그녀에게 자녀를 데려왔다. 그녀는 다른 자폐아도 성공적으로 치료해 주었다. 그 이후부터 그녀는 자폐아를 치료하는 데 뛰어난 전문가로 인정을 받았다.

하지만 밍이 두 번째 사고를 당한 후 하(Ha)는 아들의 진도가 더디지 않냐는 의문이 생겨 고민에 빠졌다. 약 일 년 동안 아들에게 읽기, 쓰기, 연산하는 방법을 가르치기 위해 최선을 다했지만 밍은 새로운 기능을 습득하지 못했다. 밍은 문장이 아닌 개별 글자만 읽을 수 있으며, 10개 이내로 연산을 할 수 있다. 그렇지만 더 걱정스러운 것은 아이가 커갈수록 정상적인 발걸음을 내딛지 않고 활에서 쏜 화살처럼 돌진하는 것이다. 그녀와 남편은 아들이 거리로 나가는 것을 방지하기 위해 항상 문을 잠가야 했다. 그러나 감금이 좋은 해결책은 아니었다. 하(Ha)는 두 벽 사이를 왔다 갔다 하고 눈에서 이상한 빛이 나는 아들의 모습을 보며 극도의 불안함을 느꼈다. 아들 안에는 그녀가 제어할 수 없는 이상한 에너지가 있고, 그 에너지가 목표물에 방출될 경우에는 해결책이 없었다. 점점 더, 그녀의 아이는 폭발을 기다리는 화약통과 같았다.

"우리 아이를 일반 학교에 보낼까?"

후이는 아내가 반드시 반대하리라는 것을 알고 있었지만, 며칠 동안 곰곰이 생각하다가 마침내 말을 꺼냈다.

"당신, 미쳤어?"

후이의 말을 듣고 하(Ha)가 노려보면서 대답하였다.

"우리가 아이를 일반 학교에 보내려고 한 것도 수백 번이고, 받아 주지 않은 것에 대해 선생님들이 사과한 것도 수백 번이었어. 일반 학교 선생님들의 꺼리는 마음이 너무 싫어서 자폐 아동을 가르치기 위한 교육에 투자했는데, 이제 와서도 그런 제안을 하네. 나는 당신이 어떻게 그런 생각을 하는지 이해하지 못하겠어."

"나는 우리 아들을 교육해야겠다는 생각 외에 아무것도 생각하지 않았어. 당신이 아이를 향상하는 데 많은 도움을 주었다는 걸 인정해. 하지만 아이가 더 발전하지 않고, 심지어 나빠진 것 같아. 최근 사고를 통해서 깨닫지 못했어?"

후이가 짜증을 내며 말했다.

"그럼 내가 지금 어떻게 해야 해?"

하(Ha)도 짜증을 냈다.

"나도 최선을 다 했어."

"당신이 아이 교육 방법을 바꿔야 해!"

후이는 대답했다.

"어떻게 바꿔? 자세히 말해 주면 안 돼?"

"어떻게 바꿔야 할지 당신이 알아봐야지. 내가 아니라 자폐아 교육 전문가가 당신이잖아. 우리 처음부터 이야기했었지? 나는 경제 문제를 부담하고, 당신은 모든 시간을 투자해서 아이를 교육하는 것에 대해 연구하는 것. 지금 당신의 교육 방법으로 아이가 발달하지 않으면 어떻게 바꾸면 좋을지 머리를 써야지! 이대로 아이를 내버려두면 안 돼. 발전하지 않으면 나빠질 거야."

"난 신이 아니잖아!"

하(Ha)는 삐쳐서 말했다.

하지만 남편의 말은 옳다. 발전이 없으면 나빠질 것이다. 밍의 최근 사고는 그녀에게 심각한 경고다. 아이를 발전시킬 새로운 방법을 찾지 못하면 아이를 잃게 된다. 아들이 완전히 망가지면 그녀의 노력, 열정, 사랑, 그리고 얻은 명성마저도 불타 사라져 버릴 것이다. 그런데 새로운 방법은 무엇인가? 아무리 궁리해도 방안이 떠오르지 않았다. 아마도 그녀가 교육에 더 투자하고, 수준을 높이면 자식을 계속 치료할 수도 있을 것이다. 지난 10년을 생각하면서 그녀는 몸서리쳤다. 어떻게 해야 할지 모르겠다. 아이에게 미래가 없다면 그녀가 할 수 있는 것이 무엇일까? 하는 나쁜 생각이 그녀를 삼키지 않도록 고개를 저었다.

***

하(Ha)는 급히 달려가 아들의 입에서 왼손을 재빨리 빼냈다. 그녀는 아이의 손톱 열 개가 모두 물려서 감염되고 부어오르고 피가 나는 것을 고통스럽게 지켜보았다.

"화(Hoa)! 아이가 손톱을 물어뜯지 않게 돌봐달라고 했잖아?"

하(Ha)는 참지 못하고 가정부에게 소리쳤다.

"제가 지켜보고 있었는데, 밥을 데우려고 아이를 잠깐 놓아주었어요."

가정부가 변명했다.

하(Ha)는 한 손으로 아이의 두 손을 잡고 다른 한 손으로 밍의 손등을 쳤다.

아이는 손과 신체의 다른 부분에 통증을 느끼지 못한다. 고통을 알았다면 그렇게 열 손가락을 물어뜯지 않았을 것이기 때문이다. 하는 머리가 어지러웠다.

마침 그때 하(Ha)의 고등학교 친구가 찾아와 밍의 문제에 대해 한탄하는 얘기를 듣고 그녀에게 '생존 기술' 코스를 소개했다.

'생존'이라는 두 단어가 하(Ha)의 뇌리에 박혔다. 맞다, 그녀 아들에게 이 능력이 가장 필요하다. 삶에서 위험한 것이 무엇인지 인식해야 하고, 피하는 방법과 극복하는 방법도 알아야 한다. 남편과 그녀가 죽은 후에도 아들은 계속 살아가야 하기 때문이다.

하(Ha)는 남편과 의논할 시간이 없어서 생존 기술 코스 주최자에게 연락하여 밍을 위한 과정을 등록했다. 하이퐁(Hai Phong)에서의 일 개월 집중 과정이었다. 자신의 아이가 자폐라고 말하지 못했다. 왜냐하면, 그녀가 진실을 말하면 받아들여지지 않을까 봐 여전히 걱정되었기 때문이다. 담임선생이자 생존 기술 교육 담당자인 응옥(Ngoc)은 밍을 반갑게 맞이하였다. 수업료는 꽤 비쌌지만 그런 것은 개의치 않았다. 가장 중요한 것은 그녀의 아이가 학교에 입학하는 것이었다. 하는 응옥 선생이 학습 기간에 아이들을 군대 막사에서 관리한다고 말하자 안심했다. 그렇게 하면 밍이 뛰어나갈 기회를 찾지 못하고 위험에 처하지 않을 것이다.

하(Ha)는 응옥 선생에게 아이를 맡기고 집으로 돌아갔다. 그녀는 마음이 싱숭생숭하였다. 몇 분마다 그녀는 전화를 확인하면서 응옥 선생이 밍을 집에 데려가라고 전화를 걸지 않을까 걱정했다. 하지만 하루가 순조롭게 흘러갔다.

오후 6시에 응옥 선생의 전화가 왔다. 하(Ha)는 전화를 받자 즉시 심장이 뛰기 시작했다. 하지만 전화 너머로 들려오는 응옥 선생의 목소리는 꽤 차분하게 들렸다.

"이건 좀 말씀드리기 어려운 것 같습니다."

응옥 선생이 바로 본론으로 들어갔다.

"제 생각에는 우리 둘 다 교육 업계에 일하고 있고, 무엇보다 다 엄마이기 때문에 아이들이 좋은 결과를 얻을 수 있도록 직접 이야기하겠습니다. 혹시

밍에게 다른 특징이 있으면 알려주길 바랍니다."

"미리 선생님께 이야기를 드리지 않아서 죄송합니다. 진실을 아시면 저희 아이를 받아들여 주지 않을까 봐 걱정했기 때문입니다."

하(Ha)는 머뭇거렸다.

"제 아들은 자폐증을 앓고, 과잉행동 장애도 있습니다. 가만히 있지도 못하고 정상적으로 걷지도 못하고 제지하지 않으면 그냥 달려갑니다…"

하(Ha)는 아들의 문제와 이상한 행동에 대해 자세히 이야기했다. 어째서인지 응옥 선생이 조용히 듣기만 해도, 믿음이 가서 아이의 부족한 점을 망설임도 숨김도 없이 털어놓게 되었다.

"저는 아이를 잘 이해하고 정보 부족으로 인해 생길 위험을 방지하기 위해 여쭤보고 싶었습니다. 아이를 집에 돌려보낼 생각은 없습니다. 밍이 꼭 좋아질 테니 안심하셔도 됩니다."

하(Ha)는 밍이 특별한 경우라 등록금을 더 내겠다고 제안했지만 응옥 선생은 거절했다.

통화가 끝났지만 하는 여전히 혼란스러웠다. 응옥 선생이 "밍이 좋아질 테니 안심하셔도 됩니다"라고 말한 게 맞나? 선생은 자폐증이 무엇인지 이해하면서도 그렇게 자신 있게 말한 것인가? 선생이 삼 일째까지 밍을 관리할 수 있는지 지켜봐야겠다. 그래도 어쨌든 희미한 희망에 집착하는 것이 의심과 걱정보다는 낫다. 하(Ha)는 다른 자폐아들을 가르치는 데 에너지를 집중하려고 하였다.

||*

'생존 기술' 코스 주최 측과 부모 사이에 약속한 대로 한 달 동안 아이들을 만나지 못하고 전화도 하지 못하는 것은 아이들과 부모 모두에게 힘든 일이었다. 밍이 이상한 병을 앓고 있어서 하와 남편에게 훨씬 더 큰 도전이 되었다. 그녀의 머릿속에서 수많은 질문이 일어났다. 응옥 선생은 어떻게 밍을 통제하고 있을까? 그의 기이한 행동이 계속 반복되기 때문에 선생은 아이를 묶거나 심지어 때렸을까? 친부모로서 아이를 위해 노력할 수 있지만, 외부인, 특히 교사에게도 힘든 일이다.

아이를 데리러 가기 전날 밤, 부부는 조바심으로 잠을 이루지 못했다. 응옥 선생의 생활 기술 훈련 시설에 갔을 때, 남편과 그녀는 밍을 만나서 놀랐다. 그전에는 오랫동안 집에 갇혀 있었기 때문에 몸이 마르고, 피부가 창백했는데 이제는 밍이 듬직하고 피부가 구릿빛으로 빛났다. 하(Ha)가 아들의 두 손을 잡았는데 이상하게 열 손가락 끝이 다 나아 있었다.

"아이가 손가락을 물어뜯는 버릇을 거의 버리게 되었습니다."

응옥 선생이 설명했다.

"기본적으로 90%를 없앴습니다."

하는 그 말을 듣고 매우 놀라서 물었다.

"선생님! 어떻게 하셨나요?"

"밍! 부모님께 저글링 하는 걸 보여줘 봐!"

하(Ha)의 질문에 답하는 대신에 응옥 선생은 밍에게 세 개의 테니스공을 주었다.

"네!"

밍은 순순히 대답하며 부모 앞에 서서 일 분간 공 세 개를 떨어뜨리지 않고 저글링을 했다.

"저 방법으로요."

응옥 선생이 말했다.

"밍이 손가락 물어뜯는 습관을 버리지 못했을 때, 선생님 중 한 분이 밍의 손을 바쁘게 유지하여 손가락을 물지 않도록 이 방법을 생각해 냈습니다."

하(Ha)는 감동하여 어떤 말도 할 수 없었고 행복하고 감사하였다. 그녀가 십

년 넘게 아이와 함께 살아오며 성공하지 못했던 일을 응옥 선생과 얼굴도 모르는 어떤 선생이 성공했다. 이유가 무엇일까? 그녀는 위협만 하며 아들의 손을 때렸고, 때로는 꼼짝 못 하게 아이의 두 손을 붙잡기까지 했다. 마음이 왜 그렇게 강팍했을까! 교육에 있어 자녀를 위해 모든 사랑과 지혜를 쏟았지만 혼자서 모든 것을 할 수는 없었다.

"아드님이 정말 잘해요."

응옥 선생이 강조했다.

"밍을 우리 시설에 머물게 해주시면 저글링 기술을 강화하도록 교육과 훈련을 시키겠습니다. 그리고 이 기술부터 시작해서 다른 기술을 배우면서 사고 능력을 더 개발하게 될 수 있습니다."

응옥 선생의 말을 듣고 하는 깜짝 놀랐다.

"그걸 장담할 수 있으신가요? 인정하는 전문 기관이 있습니까?"

응옥 선생이 자신 있게 대답하였다.

"우리 센터가 장담하겠습니다."

응옥 선생은 단호하게 말했다.

"어떤 전문 기관도 인정하지 않았지만, 인정될 때까지 기다렸다면 일을 시작도 못 했을 겁니다. 저희는 실제 결과로만 증명합니다. 믿어 주십시오."

하는 깊은 고민에 빠졌다. 그러나 그 순간에 후이는 희망을 품은 빛나는 응옥 선생의 눈을 보며 앞으로 나가서 말했다.

"저는 선생님을 믿습니다, 정말 감사합니다. 밍이가 아까부터 계속 가만히 앉으면서 어디로 뛰어가지 않고, 아이의 손톱도 멀쩡한 걸 보니 선생님을 정말 믿습니다. 이건 기적입니다. 선생님들께 진심으로 감사드리고 싶습니다. 보고 싶어도 아이 미래를 위해서 여기에서 밍이가 계속 공부하게 받아들여 주시길 바랍니다."

***

그 이후로 밍은 응옥 선생의 센터에서 계속 공부하였다. 센터와의 새로운 약속에 따라 하와 남편은 한 달에 한 번 아이를 방문하고, 삼 개월마다 주말에는 이틀 동안 아이를 집에 데려갈 수 있었다. 하의 부부는 점차 아들과 떨어져 지내는 데 익숙해졌고, 아이가 눈에 띄게 발전하는 모습을 보며 안심하였다. 밍은 일반 아이처럼 읽고 쓰기를 잘하지만 산수는 아직 약하였다. 일 년 후, 아이는 화살처럼 돌진하는 행위를 버리고 정상적으로 걸을 수 있었다. 후이는 너무 기뻐하여 응옥 선생의 방법을 인정하고, 입을 열 때마다 응옥 선생을 칭찬할 정도로 여신처럼 존경하였다. 심지어 같은 상황에 부닥친 부모를 찾는 데 시간을 할애하고, 밍처럼 자녀들을 응옥 선생에게 데려가라고 격려하기도 했다. 또한, 아내의 코스를 배우고 있는 아이들의 부모에게 이야기하고 응옥 선생의 코스를 참고하라고 권했다. 하는 아무 말도 하지 않았지만 남편이 그렇게 응옥 선생을 지나치게 믿는 것을 보면 마음이 좋지 않았다. 그녀는 응옥 선생이 운이 좋았을 뿐이라고 생각하였다. 실제로 자폐아 전문적 치료 분야에서 응옥 선생이 취득한 학위가 없었고 어떤 기관에서도 인증하지 않았다.

그날, 하와 남편은 응옥 선생으로부터 전화를 받고 매우 놀랐다. 다음 날 밤에 밍에게 베트남 기록 보유자 증명서를 수여하니 수여식에 참석하러 오페라 하우스로 가라고 했다.

"선생님! 이거 장난치신 거 아니죠?"

하(Ha)는 믿을 수 없어서 응옥 선생에게 물었다.

"우리 밍이 뭘 했길래, 기록 보유자 증명서까지 받는 건가요?"

"통보해 드린 대로 약속 시각에 와서 보면 됩니다. 그때 초대장을 줄 사람이 입구에서 기다릴 겁니다."

응옥 선생은 짧게 말하고 전화를 끊었다.

반신반의하면서 하(Ha) 부부는 온라인으로 정보를 찾았다. 많은 사람에게 물은 결과, 다음 날 밤 국가에서 수여하는 뛰어난 실력을 갖춘 기록 보유자 영예 증명서를 수여하는 행사가 있다는 사실이 확인되었다. 그러나 기록 보유자 명단은 아직 발표되지 않는다.

이튿날 밤 객석에 앉은 하와 남편은 아직도 믿지 못하고 마음이 초조해서 공연과 첫 번째 기록 보유자 증명서를 수여했을 때 집중하지 못했다. 하(Ha)는 꽃다발을 사지 않았다는 것을 계속 생각했다. 부끄러워질까 봐. 갑자기 남편이 그녀의 무릎을 쳤다.

"여보, 저기 봐, 우리 집 '화살' 아냐?"

하(Ha)는 안경을 조절했다. 서커스 연주자처럼 흰 새틴 셔츠에 파란색 바지를 입고 나오는 한 잘생긴 단발머리 소년이 무대에 올랐다. 그 소년은 낯익기도 하고 낯설기도 했다. 하(Ha)는 안경을 벗고 눈을 비비고 다시 꼈다.

소년은 인사하러 청중에게 고개를 숙였다. 검은 옷을 입은 지원자 네 명이 나와서 다섯 개의 롤러 위에 나무판자를 올려놓았다. 소년이 한 손으로 나무판자 위에 기대고, 다른 한 손은 옆에 있는 지원자의 어깨에 얹었다. 관객들은 숨을 죽였다. 하의 심장은 터질 것 같았다. 세상에, 그녀의 밍이 저 소년이라고? 그 다섯 개의 롤러 위에 서 있으면, 떨어지겠다! 왜 그들이 감히 그녀의 아들을 위험에 빠뜨리는 것인가?

그러나 밍은 다섯 개의 롤러 위에서 균형을 잡았다. 게다가 사람들이 그에게 테니스공 여덟 개와 머리에 얹을 물 한 병도 주었다. 몸이 흔들리고, 공을 던졌고, 물병의 균형을 맞추기 위해 얼굴이 위로 향했다. 나무판자 위에서 균형을 잡는 아들의 다리를 바라보면서 하도 숨을 죽이고, 나무판자가 평형을 유지하기를 기도했다. 그녀는 아이가 공과 물병으로 무엇을 하고 있는지 절대 볼 수 없었고, 두려워서 어지러웠다.

공연장에서 박수가 터지자 하(Ha)는 정신을 차렸다. 그 소년은 무대에서 뛰어내리며 웃었고, 월계관을 어깨에 걸치며 기록 보유자 상을 높게 들었다. 그리고 사회자가 그의 이름을 불렀다.

"황 빙 밍(Hoang Binh Minh)! 2017년 베트남 기록 보유자, 다섯 개 롤러에서 균형 잡기, 물병 얹고, 최장 시간 동안 여덟 개의 공을 저글링 한 최연소 기록 보유자입니다!"

하의 귀가 윙윙거렸다. 남편은 조용히 그녀의 손을 잡았다. 남편이 우는 것으로 보인다. 사람들이 그녀의 아들에게 꽃다발을 주기 위해 무대로 올라갔다. 어떤 방송국은 인터뷰했다.

"지금 이 영광스러운 순간에 밍 씨가 가장 하고 싶은 말은 무엇입니까?"

"저… 하 엄마, 후이 아빠, 그리고 응옥 선생님께 감사 말씀을 드리고 싶습니다!"

그녀의 눈물을 펑펑 흘리면서 목이 막히는 것을 느꼈다. 그토록 많은 괴로움과 시련 끝에 마침내 그녀는 남편, 그리고 아들과 아름다운 순간을 맞이하게 되었다. 그렇게 멍하니 앉아 울기만 했던 그녀는 무대에 올라가 많은 십대들의 아이돌이 되는 아들을 안아 주지도 못했다. 이것이 단지 꿈일까 봐 걱정하기도 했다.

"하 엄마, 물을 드세요!"

밍은 어머니에게 미소를 지었다.

"오, 물이 어디 있어?"

하는 아들의 손안에 아무것도 없는 것을 보고 놀랐다.

"여기요!"

밍은 어머니 앞에 몸을 웅크리고 앉으면서 머리 위에 있는 물이 담긴 컵을 보여줬다.

"아, 고마워!"

하는 아들의 독특한 물 주는 방식에 기뻐하고, 놀라며 행복했다. 평소처럼 손으로 물잔을 가져오지 않고 머리에 얹었다. 정말 똑똑하다! 그야말로 서커스단의 곡예사이다.

"서커스 언어로 밍은 '복제'할 수 있는 재능을 가진 사람입니다."

응옥 선생은 자랑스럽게 말했다.

"밍은 허리부터 머리까지 엄청난 유연성과 독창성을 가지고 있습니다. 그래서 짧은 연습 끝에 세 개의 어려운 공연을 다 같이 할 수 있습니다. 오늘 보셨듯이 최고의 서커스 전문 곡예사보다 더 뛰어날지도 모릅니다."

"모두 다 응옥 선생님과 센터의 모든 선생님 덕분입니다. 저희가 평생 감사하겠습니다."

하(Ha)는 말했다.

"저번 통화로 이야기한 것처럼 오늘 저희가 밍을 집에 아예 데려가고 싶습니다. 저는 빙밍(Binh Minh) 자폐아 치료센터 확장에 투자했습니다. 지금 아이의 진전과 함께 다른 자폐아들도 발전을 할 수 있도록 지원할 계획이 있습니다."

"사실 저희는 밍이가 여기 머물렀으면 정말 좋겠어요. 지금 밍이는 스타이자, 본보기이며 다른 아이들이 노력하도록 동기를 부여합니다."

응옥 선생은 갑자기 목소리를 낮췄다.

"하지만 밍이를 다시 데려갈 권리는 그쪽에 있는 거죠. 앞으로 어려운 경우가 발생하면 저희와 협력하기를 바랍니다."

하와 후이는 아들을 집으로 데려갔다. 그들은 행복해야 하지만 마음이 무거웠다. 방금 응옥 선생과 손을 뗀 것 같았다.

택시는 공사 중인 도로를 위아래로 쿵쿵거리며 간다. 택시 안에서 밍은 계속 뒤를 돌아보며 응옥 선생의 그림자를 바라보았다. 밍은 선생의 눈꼬리에서 반짝이는 눈물을 보았다. 그의 머릿속에는 영화의 느린 동작처럼 일련의 이미지가 떠올랐다. 그가 달려와서 발에 걸려 넘어졌을 때는 선생이 울고 상처를 문질러줬고, 차려준 밥그릇을 넘어뜨렸을 때도 선생이 울었고, 감기에 걸려서 열이 엄청나게 났을 때도 역시나 선생이 울면서 죽을 먹여 줬다. 밍은 일어나서 화살처럼 응옥 선생을 향해 돌진하고 싶었지만, 택시는 그를 가두었다. 억눌린 흐느낌으로 몸이 떨렸고, 눈물이 볼을 타고 흘러내렸고, 새빨간 옷으로 검은 플라스틱 방울처럼 떨어졌다. 응옥 선생의 모습이 점점 흐려진다.

왜냐하면, 그가 바로 기록 보유자를 낳은 어머니이기 때문이다.

The Flying Red Arrow

Just seeing off an autistic child and her mother leaving after the intervention to restore pronunciation function, Ha pulled the iron door, tried to lock it when she heard the phone ringing. She rushed into the room in search of the smart phone, probably it was on her desk.

A stranger, claiming to be the father of an autistic child, heard that Ha intervened in many cases of successful autistic children, restored the linguistic function of the children, so he called to ask for an appointment on the next Sunday. Ha agreed to meet him at 3 pm on Sunday.

Since Ha finished her master program of educating children with autism, and her successful case in educating her own autistic son, who was able to communicate and control up to 70% of all his personal activities. Many autistic children have been taken to her for treatment. Over the past five years, Ha confidently set up a home-based center for treating her son and some other autistic children. This job turned out to give her a relatively good revenue, something that she did not expect when she decided to pursue a Master degree of education in Autism. At that time, she just thought that she studied at a high level, and carefully in this major, to please herself in recovering some basic functions for her child. Perhaps, in the end, she also needed to thank Minh, her autistic son, who once brought her unbelievable pain, but also brought her a career, an unexpected value...

Thinking about that, Ha suddenly startled. Where was Minh? It looked like she forgot to lock the door. She let go of the phone and ran outside. The sliding door widened to one side. So the son did not overlook his mother's mistake. He jumped out already. This ten-year-old boy was nicknamed 'the arrow' by their neighbours because he never took a normal step, without any control he rushed like an arrow leaving the bow, despite the danger... Many times he had rushed out into the street, bumped into a running motorbike, fell swollen head, ripped off the skin of his knees, elbows, and bleed so much but he still stood up and laughing. In order to prevent an accident for her child, and to make it easier for her to find the child in the middle of the crowd, she often put a red T-shirt on him.

Ha looked along the small street, trying to find the color of a red T-shirt. Her head was struck in with unlucky predictions, catastrophic images. She ran on the street, grabbed anyone she saw and asked if they had seen a boy at age ten, wearing a red T-shirt. They all shook their heads, she crossed the street and ran along the other side of it to find her son.

Ms. Ha suddenly stopped, was stunned when she saw the scene of an accident. A car stopped in the middle of the road, some people gathered there. Ha tried to calm down, rushed to the crowd and pushed someone out. Her son - Minh, lying unconscious, in the middle of the blood, right at the head of the car. She was dazed by her child.

People who is too fond of something often dies of it. After that accident, little boy Minh did not die by the car he crashed into, but also broke his left leg and stitched five stitches on his forehead, three ones near his elbow. That was the second biggest accident in his life. When he was seven years old, he had already an accident by a car, but in case the car was backing into the garage at a slow speed, so he was slightly injured in the car accident. Minh really liked cars, in case just seeing the car rushing by, he would try to twist the car mirror, smash the mirror or scratch the body with anything in his hand, or he was hit badly by the car. Ha had to pay to the car owners many times for her son's damaging hobby.

Over the past six years, Ha has learnt and researched methods of educating children with autism and self-therapy for her son. She has achieved the success that the media hailed it as 'respectable'. Minh, her son, until four years old just lying, drinking milk and crying, but could not know how to walk, talk, and eat like normal children. Ms. Ha quit a job at a university library to stay at home to take care of her child, bought many books on how to teach autistic children for reading, applying on her child, but she did not succeed. Finally, she discussed with Huy – her husband – and they decided to loan an amount of money for Ha to go to school for studying about the autistic care, and hired maids to look after the child. After learning methodically the autistic care at the school, learning more skills of this matter from domestic and foreign teachers, Ha changed the treatment method for her child. Gradually, she helped her son recover his function of talking, eating rice, vegetables, fish, meat... When she shared her joy about her child's progress on facebook, some reporters came to interview her, wrote many articles on newspaper about her amazing success. Then many people knew her, took their children to her and asked her to intervene their autistic childern. She also had success with other autistic children. Since then, she has been considered an expert with achievements in the therapy of autistic children.

But after Minh's second accident, Ms. Ha was tormented by the question, did her son's progress slow down? For about a year now, Minh has not gained any new skills, although she tried her best to teach her son how to read, write and do the mathematics. Minh could only read each word separately, but not matching rhymes and sentences, and doing math just in the range of 10. But more worrying, the stronger Minh was, the more he refused to take normal steps, he just rushed away like an arrow out of the bow. Ha and her husband always had to lock the sliding doors to prevent their son from rushing out into the street. But locking up a kid inside is not a good solution. Seeing her son uneasy in his arms and legs, darting back and forth between the two walls, his eyes sometimes flashed with strange rays, Ha felt extremely insecure. Her son, who contained a strange source of energy that she did not know how to control, there was no solution for that energy to be released on right target. Increasingly, her son became more and more like a barrel of gunpowder waiting to explode.

"How about sending him to a normal school?" Huy discussed with his wife after many days of thinking, because he knew that his wife definitely opposed this idea.

"Are you crazy?" Ha lift her eyes. "Hundreds of times we tried to send our son to a normal school, and hundreds of times the teachers apologized for not accepting him. I'm too afraid of the shaking and sorry heads of teachers at normal schools. I had to invest in entering an autistic children education course in order to be able to teach our son, but now you made that proposal. I don't understand what you think."

"I think of nothing but the thought that my son must improve. I acknowledge that you have helped Minh to improve a lot. But from last year, he stopped, even regressed. Did you not wake up after the accident?" Huy said, his voice annoyed.

"What do you think I have to do now?" Ha was also angry "I have tried my best."

"You have to change your education method!" Huy replied.

"How to change it? Could you please clarify that for me?"

"You have to think by yourself because you are an expert in educating autistic children, not me. We agreed from the beginning, that I am responsible for earning our family's living, you devote your wholeheartedly, full-time, to researching how to teach our son. Now your teaching method does not help our son to improve any more, you have to brainstorm hard to change! You can not let Minh be like this. If not improve, then he loses."

"I am not a saint!" Ha sulked.

But her husband was right. If not improve, then he loses. Minh's last accident was a serious warning for Ha. If she could not find new ways to develop her son, then she would lose this child. The effort, dedication, love, including the fame she just gained, all would be burned down when her son completely failed in living normally. But what is the new method?

Ha could not find out anything. Perhaps she needs to follow a higher level of education for autistic children, to raise her own level to be able to continue to treat her son. She shivered when thinking of the past 10 years. What is the way to continue, it seems in a blindness. If her son has not any proper future, what does she have?

Ha shook her head, trying not to let bad thoughts drown her.

***

Ha rushed over, hastily pulling Minh's left hand out of his mouth. She watched painfully at his ten fingers which were badly gnawed, swollen and bloody with the infection.

"Hoa, I told you before about this matter, why don't you hold him tight, but let him free to bite all ten fingers like this?" Uncontrollable, Ha shouted the maid.

"I have kept him like your indication. I just left him there alone a little bit to warm his meal." The maid explained.

With her left hand she held Minh's two hands, and used her right hand to hit his back.

"Bad boy! Do you dare to bite your hands one more time?"

"No." Minh said, laughing.

He did not feel the pain in his hands, and other parts of his body. Because if it hurt, he would not have bitten his ten fingers like that. Ha's head whirled.

Just then, a friend of Ha who worked in high school came to visit her, listened to her complaining about her son's problem, and immediately introduced her a survival skills course.

The word 'Survival' sowed in Ha's brain, and pinned up there. That's right, her son needs this skill the most. He needs to be aware of what is dangerous for him, to avoid it and to overcome it. He needs to live after his parents' death...

Not promptly telling her husband about the survival skills course, Ha contacted the organizer of the course, registered for Minh to join it. The intensive course lasted one month in Hai Phong city. Ha did not dare to tell them that her son was autistic, because she was still worried that Minh would not be accepted to join the course if she told the truth. Ngoc, the key teacher and the person in charge of the survival skills training program, happily accepted Minh into the course. The fee for the course was quite expensive, but Ha did not mind. Most importantly, her son was admitted. Ha was quite reassured when Ngoc said that during the course, the children would stay in an army barrack. That meant, Minh would not find the opportunity to escape from that barrack, he would not be in danger.

Leaving Minh for teacher Ngoc to care, Ha went back home. On the following day, she often felt a bit worry. Every few minutes she checked her phone, she was afraid that teacher Ngoc would call her in order to push Minh to return home. But nearly the whole day passed smoothly without any warning calls.

Until 6 pm on that day, teacher Ngoc's phone call came around. Ha picked up the phone, her heart immediately beat up. But Ms Ngoc's voice over the phone sounded quite calm:

"I know this seems a bit difficult for me to tell you." Ms Ngoc got to the topic - But I think you and I are both working in the education field, and above all, we are mothers, I need to know more clearly about Minh, so we can help him to have good results in the course. What are the different characteristics of Minh, just please let me know.

"I'm so sorry, teacher, for not telling you clearly before about Minh, because I was afraid you would not accept Minh if you knew the truth" Ha hesitated "My son is autistic, too hyperactive. He can not stand still, can not walk normally, just jumps away if he is not be restrained..."

Ha meticulously recounted the strange disabilities and behaviors of her son. For some reasons, the woman on the other end of the line was just silent, but she was able to make Ha believe so much, that she poured out all the defects of the child, without hesitation or hiding.

"I asked you about this matter, just to understand Minh better, and to prevent any risks due to lack of information. And you, no need to worry, because I have no intention of sending Minh back home. I am sure Minh will progress."

Ha offered to pay for the extra fees for Minh's special case, but Ngoc refused to get it.

The call ended, but Ha remained still for a time. What Ms Ngoc did mean when saying: "I am sure Minh will progress". Did she understand what autism was, when she could assert his progress? Ha would see if the teacher could control Minh for three days or not?

But anyway, clinging to a fragile hope is better than just suspicion and anxiety. Ha tried to focus her energy on teaching other autistic children.

One month of not being able to visit her child, not to call and ask any questions like a commitment between the organizers of the 'Survival skills' course with the parents of the trainees, was a challenge for both children and parents. For Ha and her husband, the challenge was even harder, because their son bore a weird disease. So many questions have arisen in her mind, how teacher Ngoc did to control Minh? Would she tie him up, or even beat him, because of his bizarre behavior kept repeating? Being biological parents, they could try to endure their child, but it was too difficult for outsiders, even teachers.

The night before the day to pick up the child, the couple could hardly sleep because of impatience. When they came to Ngoc's life skills training facility and met Minh, both of them were stunned. Minh was thinner, and his bluish-white skin because of long-time locking indoors at home before, then turned healthy suntanned here. Ha held his hands. Strangely, his ten fingers have healed.

"He almost got rid of the habit of biting his fingers." Ms. Ngoc explained about Minh's better change. "Basically, he has removed 90% of old bad habits."

"What did you do?" Ha asked in shock.

"Hey, Minh, can you show your parents what you can do with tennis balls." Instead of answering Ha, Ms Ngoc gave Minh three green tennis balls.

"Yes." Minh replied obediently and stood in front of his parents, juggling three balls in one minute without dropping any of them.

"By that way," Ngoc said. "When he refused to give up biting his finger, one of our teachers came up with this method, keeping his hands busy, not putting the fingers to his mouth to bite anymore."

Ha stayed quiet, happy, admiring and grateful. How could Ms Ngoc and some other teachers, who she did not know yet, could do this, while she lived with her child for more than 10 years but could not find out that method? She just threatened him, hit his hand, sometimes tied his hands helplessly. Why she was so evil! Indeed, in education, it was impossible to do everything alone, even though she has devoted all her love and wisdom to her child.

"Your son is very smart." Ms Ngoc emphasized "I suggest you to let Minh stay at our facility to be educated, taught, trained to improve the juggling balls skill, and from this skill, he will develop other skills, and restore thinking."

"Are you sure about this?" Ha was surprised. "Are there any certification by the professional organizations for your training centre?"

"We assert that result for your son." Ngoc confirmed "There is no official certification for us by any professional organizations, but you know, we can not wait for the right recognition long after our death. We only have actual proofs for the results. Please trust us."

Ha quietly confused. But at that moment Huy moved forward, his eyes were sparkling in hope:

"I trust you, teacher, thank you very much. Seeing that Minh could sit still up till now without rushing away and seeing his hands with healed fingers, I believe in you at once. It was a miraculous result. We are so grateful and many thanks for the teachers. Although I miss him very much, but for Minh's future, we beg you, the teacher to accept our child in boarding school here. I will let him be here as long as he makes progress."

***

Since then, Minh has been studying as a boarding student in Ms Ngoc's training centre. Under the new commitment with the establishment, Ha and Huy visited their child at the training centre once a month and picked up Minh home for two days of the weekend. Ha and her husband has gradually gotten used to being away from their child, and were relieved to see that their child has made visible progress. Minh could read and write as well as a normal child, except that his studying in maths has still not improved. After a year, Minh was no longer the 'rushing arrow', he was able to walk normally. Huy was too much happy and fond of Ms Ngoc's method, that he kept praising her as a saint. He went so far as to spend time searching for parents who had the same situation, persuading them to take their children to Ms Ngoc for training like Minh. He also persuaded parents of autistic children who were following the roadmap of intervention by his wife at home to change to Ms Ngoc's method. Ha did not say anything, but she was not satisfied with her husband in believing Ms Ngoc too much. She was suspicious that Ms Ngoc was lucky only with Minh's case. In fact, in the intervention profession of children with autism, Ms Ngoc had no official degree, no certification from any educational organizations...

That day, Ha and her husband were quite surprised when they received a call from Ms Ngoc, informed that the next night, they would go to the Opera House to attend the ceremony of awarding the Vietnamese record to Minh.

"I'm sorry but are you serious?" Ha ventured to ask "What did Minh do to be awarding the Vietnamese record?"

"You just need to come to the Opera House, our staff will wait at the control gate to give you an invitation." Ms. Ngoc said briefly and hung up.

Half being suspicious, half trust the information from Ms Ngoc, Ha and her husband searched online and asked many people, to know there was an event of awarding the national records of the year for some talented people at the following night, but the list of people who won The record is not published.

The day had come, Ha and her husband sat in the audience, they still did not believe in what Ms Ngoc informed them, they felt restless, they could hardly concentrate on the performances and the first record awarding. Ha thought about not buying a bouquet of flowers. She was afraid of being shy on stage. Suddenly her husband hit her knee:

"Honey, look! Is that our 'arrow boy'?"

Ha adjusted her glasses, a short-haired teenage boy with a white satin circus outfit and green duck-necked pants went to the stage. The boy looked familiar and at the same time strange for them. Ha removed her eyes glasses, rubbed her eyes, and put on her glasses again.

The boy bowed to the audience. Four assistants dressed in black came out, and they put a wooden board upon five rollers. The boy approached, holding one hand on the wooden board, one hand on the shoulder of the assistant beside him. The audience held their breaths. Her heart at that moment just wanted to jump out. Oh my God! Is that Minh? Her son? He is going to stand on those 5 rollers? He would fall down! Why did they dare to risk her son like that!

But Minh had kept balance while standing on the board lying on 5 rollers. And yet, they even gave him 8 tennis balls, and a bottle of water putting on his forehead. His body swayed, he juggled the balls, faced up to balance the water bottle. Ha held her breath and looked at her son's feet on the wooden board. God, please keep the board balanced. She could not see what that kid was doing with the balls and bottles of water anymore, the fear that made her face faint.

Applause rang out in the audience made Ha awake. It seemed that the boy had jumped down onto the stage floor and was smiling, people did wear him wreaths of laurel wreaths, his hands raised up the record symbol. And people called his name:

"Hoang Binh Minh – A Vietnamese Guinness in 2017, the youngest boy on balance with 5 rollers, putting a bottle of water on his forehead, juggling 8 balls in the longest time!"

Ha felt like she could not hear anything. She felt her husband quietly holding tight her hand. It looked like he was crying. People rushed up to give flowers to their son. A television reporter interviewed him:

"In this moment of glory, what does Minh want to say the most?"

"I... want to thank... to my mom, my dad, and teacher Ngoc!"

Ha burst into tears, her throat choked. In the end, after so much bitternesses and trials, the couple and their son had this beautiful moment. She kept sitting and crying like that, unable to step on the stage and hugging her son, who has now become the idol of so many people. She was just afraid this moment was a dream only.

||*

"Mom, please drink some water!" Minh smiled with his mother.

"Oh, but where is my water?" Ha was surprised to see that her son's hands were not holding anything.

"Here!" Minh shrugged in front of his mother, letting his mother see the glass of water on his head.

"Ah, thank you!" Ha was both happy, surprised at her son's unique way of offering water. He did not take the glass of water by his hand as usual but put the glass of water on his head. He was too smart! What a true circus actor.

"In circus language, Minh has a talented skill called 'clone.'" teacher Ngoc said proudly "from the waist up, he has the flexibility and ingenuity. That is why after a long time of training, he can combine three difficult skills and overcome even the best professional circus performers as you saw on the ceremony of awarding the Vietnamese record."

"We want to express the heartiest thanks to the merits of Ms Ngoc and all the teachers of the training centre." Ha said "As discussed with you on the phone in advance, today my husband and I want to take Minh home. We have just invested in expanding Binh Minh's autism intervention center, with his progress now, he will support me to help many autistic children to make the same progress."

"Actually, our training centre also wants Minh to stay here. He is a star, a role model and a motivation for others to strive." Ms. Ngoc suddenly lowered her voice "But the right to pick him up is yours. Later, if there are any difficult cases, you can coordinate with us."

Ha and Huy took their son home. They should be happy, but then their hearts seemed being heavy. It felt like they just brushed off Minh's teacher. In the taxi runing on the road, their son just kept looking back to his teacher – Ms Ngoc – being litle by litle left far away. It looked like Minh wanted to cry but tried to suppress it.

Because that teacher was the mother who has born a national record holder.

* Translated by JiKhanh

귀신과 싸우는 긴 밤

깜(Cam)강 유역 근처의 작은 마을에 있는 허름한 집에서 미엔(Mien)은 숨이 막히는 길고 힘든 밤을 보내고 있었다. 미엔은 온 힘을 다해 몸부림을 쳤지만, 남편인 히(Hi)는 아내를 끌고 가서 계단 기둥에 밧줄로 묶었다. 미엔은 도와 달라는 소리를 질렀고, 아기 땀(Tam)은 침실에서 뛰쳐나와 아버지를 물어 뜯었다. 히는 아들을 세게 때린 다음 옷깃을 잡고 개구리처럼 들어 올려서 침실로 데려가서 아이를 가두고 문을 잠갔다.

그는 제단에 향 다섯 개를 피우고 조상들에게 절을 하고 허리띠를 뽑고 아내를 때렸다.

"숲의 귀신아! 여기서 빨리 나가!"

미엔은 울부짖었다. 고통이 그녀의 온몸에 쏟아졌다. 그녀는 남편에게 욕하기도 하고, 도와달라고 애걸도 했지만, 남편은 매질을 멈추지 않았다. 히는 울고 있는 아내가 '숲의 귀신'에 씌웠다고 생각했기 때문에 귀신이 아내 몸에서 나와 숲으로 돌아가도록 더 세게 때렸다.

그가 이 산디우(San Diu) 여성과 결혼하던 날, 강변 마을에 있는 숲의 귀신과 사랑에 빠졌다는 것이었다. 그 귀신은 그의 가족을 조용히 황폐화했고, 그의 아버지를 갑자기 사망하게 만들고, 그의 어머니도 정신병을 앓게 하여 집을 떠나게 했다. 아내가 낳은 첫 아들은 귀신이 들려서 말을 하지 못하고, 항상 아버지를 비롯한 모든 사람을 피했다. 심지어 물건을 훔치고, 자신의 집과 이웃집의 지신 제단까지 부숴버렸다.

히는 왜 계속해서 집안에 재앙이 쏟아지는지 이해가 되지 않아 화가 났다.

무당을 만나서 상담을 하자 숲의 귀신이 아내에게 들어왔다면서 제단을 쌓고 신들과 조상의 영혼들을 불러와야 한다고 말했다. 그래야 조상들이 숲의 귀신을 쫓아내도록 도와줄 거라고 했다. 그는 돈을 들여 마당의 사당에서 액막이를 위해 12번의 굿을 했다. 그는 귀신이 완전히 사라지기를 간절히 바라고 있었다.

벨트 버클이 미엔의 왼쪽 관자놀이에 부딪혀 피가 뿜겨져 나오면서 미엔은 기절했고 머리가 옆으로 틀어졌다. 히는 아내 때리기를 멈추고 방구석으로 벨트를 던지며 다가가서 미엔의 머리를 들어 올렸다. 과연 숲의 귀신은 아내의 몸을 떠났을까?

마침 그때 문을 크게 두드리는 소리가 났다. 인근 경찰이 이웃집의 신고를 받고 출동하여 그녀를 구조하였다. 히는 경찰서에 체포되어 구금되었고, 미엔은 응급 치료를 위해 병원으로 이송되었다. 그녀의 아들은 히의 친구인 띠엔(Tien)이 돌봐주었다.

⁂

병원에서 단 하루 동안 외상 치료를 받은 미엔은 아이가 발작을 일으켜 매우 걱정스럽다고 친구가 통보했기 때문에 퇴원을 요청했다. 병원 의사는 그녀가 갈비뼈, 광대뼈, 그리고 가슴 연골이 부러졌기 때문에 지속적인 치료가 필요하다면서 그녀의 요청에 동의하지 않았다. 미엔은 아팠음에도 불구하고 병원에서 탈출했다. 그녀는 경찰서에 남편을 보석으로 풀어달라고 요청한 후, 아이를 데리러 갔다.

"너 미쳤어? 왜 그놈을 풀어달라고 부탁했어?"

땀을 돌봐 주는 띠엔은 미엔에게 그녀가 당했던 미친 짓을 알았기 때문에 잔소리를 했다.

"그래도 내 남편, 땀의 아빠잖아. 돌아와서 일하기 위해 풀어달라고 해야

지. 안 그러면 아이를 어떻게 키우겠냐?"

"그런 마음가짐으로 일하러 갈 정신이 있겠냐? 그놈이 너희들만 학대할 거야. 아이 치료를 위해서도 빨리 집을 나와서 다른 데로 이사해."

"나는 아이 병을 치료하겠지만, 남편을 떠나는 건 안 될 것 같아."

미엔은 띠엔의 눈길을 피하며 말했다.

예상했던 대로, 일주일 정도 평화롭게 지낸 후에 히는 미엔을 더 야만적으로 고문했다. 그는 그녀의 머리카락을 태우고, 타는 향을 사용하여 몸의 혈을 눌렀다. 더 참을 수 없어 한밤중에 히가 잠든 사이 미엔은 아이를 안고, 옷을 몇 벌 대충 챙겨서 하이퐁(Hai Phong)시를 떠났다. 그녀는 남편이 찾아낼까 봐 걱정되었으므로 도(Do) 시장 근처에 있는 띠엔의 집에는 갈 수 없었다. 그녀는 아이를 안고 버스를 타고 하이즈엉(Hai Duong)시에 있는 사촌의 집으로 갔다. 다음 날 띠엔에게 전화를 걸어 아이를 치료할 곳을 찾기 위해 돈을 빌려 달라고 했다.

날이 갈수록 돈은 고갈되고, 아기 땀은 마치 죽었다가 다시 살아난 것처럼 매일 4~5회의 간질 발작이 일어났기 때문에 미엔의 마음은 타오르는 불과 같았다. 그러나 아이는 깨어 있을 때마다 삼촌의 음식을 훔치려 하고, 집구석에 있는 지신 제단을 깨뜨려서 미엔을 매우 곤란하게 만들었다.

미안해진 미엔은 사촌의 가족을 더는 방해하고 싶지 않아 아들을 안고 거리로 나가서 동냥하려고 했다. 그녀는 하이퐁 중심가에서 새 직장을 구했다고 거짓말을 하고 아이를 데려갔다. 하지만 배낭을 어깨에 메고, 땀을 품에 안은 순간에 아이가 무서워하고 강렬하게 바동거렸다. 어떤 악마의 힘으로 다섯 살짜리 아이가 어머니를 밀어내고 문밖으로 뛰쳐나갈 수 있게 하는지 모르겠다. 미엔은 벌떡 일어나 미친 듯이 아이 뒤를 쫓았다.

가망 없이 아이를 찾아 돌아다닌 지 하루가 지난 후, 미엔은 경찰로부터 전화를 받았다. 5번 국도변에 있는 식당 주인은 식당에서 지신 제단의 공물을 훔치던 땀을 붙잡아 경찰서로 데려갔다. 경찰은 아이에게 집이 어디인지 물었는데 아무 말도 대답하지 않고 단지 도망칠 기회만 기다렸다. 땀의 주머니를 뒤지다가 비닐봉지에서 어머니의 이름과 전화번호가 적힌 작은 종이를 발견하고 곧바로 미엔에게 전화를 걸었다. 미엔은 울면서 사촌의 가족에게 작별 인사를 하고, 쎄옴을 타고 경찰서로 갔다.

땀은 진짜 아동 범죄자처럼 머리를 숙이고 초라해 보인다. 경찰은 아이의 팔을 꼭 붙잡았다. 미엔은 미안한 마음에 아이를 안고 싶어 서둘러 다가갔지만, 아이는 겁에 질려 경찰에게서 손을 떼며 도망치려 했기 때문에 경찰은 그녀를 의심스럽게 쳐다보았다. 그들은 그녀에게 신분증을 제시해달라고 요청했고, 관련 정보를 오랫동안 물었고, 그녀가 전화기 안에 저장된 아들과 함께 있는 사진을 보고 나서야 땀을 그녀에게 넘겨주었다.

**

땀은 옆에 있는 어머니의 발자취를 따라가기 위해 빠른 걸음을 내디뎠다. 어깨는 움츠리고 머리는 노인처럼 숙여 있다. 땀은 이 사람이 나를 사랑하고, 먹여주고, 안아주는 것을 알고 있다. 하지만 고개를 들어 이 여자의 얼굴을 볼 때마다 일그러지고 사나운 얼굴, 특히 아이를 삼킬 수 있을 정도로 그릇 두 개만큼 크게 부풀어 오른 눈 때문에 너무 무섭다. 땀은 도망치기만 원한다. 이 여자는 왜 나에게 먹이를 주고 껴안지만, 그렇게 나를 먹고 싶은 것처럼 보이나? 아니면 그녀가 나를 속이고, 먹여 준 다음에 가두고 먹으려는 것인가? 이 무서운 생각들을 누구에게 물어야 할지 모르고, 말로 할 줄도 모른다. 이 여자는 왜 나에게 먹이도 주지 않고 마실 것도 주지 않고, 계속 끌고 가는 걸까? 땀은 화를 내며 도망치려고 손은 세게 뗐다. 그러나 도망칠 수 없어 땀은 온 힘을 다해 그를 꽉 잡은 여자를 긁고 물어뜯었다.

*****

띠엔에게 돈을 빌린 미엔은 아들을 데리고 병원에 가서 아이의 건강을 검진했다. 의사는 그녀의 아이가 자폐증을 앓고 있어서 장애를 가지며, 행동과 인식이 매우 약하다고 결론지었다. 자폐증이 무엇인지 이해하지 못한 미엔은 이 병을 치료할 수 있게 돈이 얼마나 필요한지, 치료하는 데 얼마나 걸릴지 물었다. 의사는 그저 고개를 저었고, 그녀가 이해하기 어렵게 말했다. 그녀는 이 병이 아직은 치료할 수 없는 불치병이고, 평생 치료를 받아야 하지만 별 효과가 없다는 것을 이해했다. 의사는 그녀에게 치료받을 수 있는 곳을 추천하고 아이를 데려가라고 권했지만, 그녀는 이 모든 말을 잘 이해하지 못하였다.

절망적으로 그녀는 병원에서 받은 약을 들고 아이를 안으면서 나갔다. 눈은 고통으로 흐려졌고 그녀는 어디로 가야 할지, 무엇을 해야 할지 몰랐다. 아이의 병이 나을 수만 있다는 희망이 있다면 그녀는 어떻게든 일하고 아이의 치료비를 위해 돈을 벌려고 했을 것이다. 이제는 무엇을 하며 이 미래가 없는 아이를 품고 살아갈까? 지금 손을 놓으면 아이는 미친 듯이 달려갈 것이고, 그를 무시하고 반대 방향으로 달리면 이 고통의 운명, 귀신이 붙은 긴 밤에서 탈출할 수 있을 것이다. 이 아이가 없었다면 그녀는 또 다른 삶을 살았을 것이다. 괴로움에서 벗어날 수 있을까? 그녀도 확실히 모른다.

아니면 아기를 꼭 안고 저 길에서 과속하는 차 중 하나에 뛰어들까? 끔찍한 고통을 받겠지만 찰나의 순간에 모든 것이 끝날 것이다. 절망을 끝내고, 갈등을 끝내고, 수치심과 불행을 끝낼 수 있다. 맞다, 이 방법이 제일 좋은 것이지.

하지만 아이를 안고 다른 사람의 차에 달려들면 고의로 돌진하는 사람인데도 그녀가 차의 주인에게 사고의 책임을 지게 할 것이다. 죄 없는 사람에게 피해를 주기는 싫었다. 다른 방법이 없을까? 그녀의 마음은 좌절감을 느끼고 있었고 가능한 한 빨리 끝내고 싶었다. 누구에게도 영향을 주지 않고, 누구에게도 방해가 되지 않고, 그녀와 아이의 생명을 빨리 끝내는 방법을 찾고 싶었다.

마지막 돈을 꺼내고 미엔은 빵집에 들러서 큰 케이크를 샀다. 갑자기 오늘이 아들의 여섯 번째 생일임을 기억해 냈다. 땀은 단맛을 좋아해서 이 마지막 생일 케이크로 배를 채우고 만족할 것이다. 그러면 아귀가 되지는 않겠지.

아이는 케이크에 얼굴을 쑤셔 넣고, 얼굴과 머리카락에 크림을 묻혀도 상관하지 않고 허겁지겁 먹었다.

먹은 후 땀이 만족하여 어머니 품에 안겨 푹 잤다. 자는 동안 왜 이렇게 천사처럼 온순하지?

미엔은 아이를 껴안고, 큰 나무 아래 그늘로 가서 옷을 펴고, 앉고, 배낭에 등을 기대고 밤이 오기를 기다렸다.

띠엔의 전화 한 통에 그녀는 잠시 흔들렸다. 아니다, 띠엔만의 친절로는 그녀와 아들을 구할 수 없다. 그녀는 산만해지지 않도록 전화를 껐다. 미안해, 띠엔아, 이제 너를 귀찮게 부탁하지 않을게!

어둠은 꽤 빨리 떨어졌다. 어둠은 공범자이고, 어둠은 그녀와 땀의 인생이다. 자는 아이의 어깨를 올리며, 미엔은 깜강을 가로지르는 끼엔(Kien) 다리에 발을 디뎠다. 아이를 껴안고 온 힘을 다해 다리를 건너서 강으로 뛰어들었다.

이상한 사람

1

나는 허탈한 마음으로 회의실을 나왔다. 연말 결산을 보면 회사 매출이 작년 대비 37% 감소했다. 우리 화장품은 여전히 '김치의 나라'에서 생산되는 최고 품질의 제품 중 하나인데 왜 일부 고객이 등을 돌리고 있는가? 거의 모든 책임이 마케팅 부서로 돌아왔다. 모두가 우리를 비난하는 눈으로 쳐다보니 마치 내가 보이지 않는 법정 앞에 서 있는 것 같은 기분이 들었다.

나는 1년 내내 하루 10시간 이상 머리를 쥐어짜며 일했지만, 결과는 모욕적이었다. 내가 왜 이렇게 미친 듯이 일을 해야 할까? 나는 교육학을 공부했는데!

그렇지만 누가 나를 그 강단에 서게 해 줄 것인가? 나는 대학을 졸업한 후에 30여 개 학교에 지원했는데 결과는 심사위원들이 고개를 젓거나 기다리라는 말뿐이었다. 언제까지 기다려야 하나? 요즘 시대에 누가 기다리겠는가?

그래서 어쩔 수 없이 대학전공과는 다른 길을 걷게 되었고 한국 화장품 회사에 취직하였다. 회사에서 2주간의 마케팅 기법 교육 과정을 마치고 비교적 좋은 자리에서 일하게 되었다.

나는 일하는 대가를 치러야 했다. 밤낮으로 매출을 걱정하고 판매 기법을 궁리하여야 했다. 화장품 회사에서 일하고 있는데도 불구하고 얼굴에 여드름이 계속 올라왔다.

피부 관리 제품이 탁자 위에 잔뜩 있었지만 피곤해서 제대로 사용하지 못하였다. 친구와 가족을 위한 시간도 줄였다. 나는 이 일을 별로 좋아하지 않았고 나를 위한 일인지 회의감(懷疑感)이 들었다.

2

집에서 쉬려고 하루를 휴가로 썼다. 하찮은 일들과 온갖 생각들로 머리가 혼란스러웠다. 그 순간, 누군가 전화를 해서 전화기가 진동했다. 화면을 보니 판(Phan) 선생의 번호가 보였다.

나는 전화기를 침대 모서리 쪽으로 던졌다. 이 사람이 싫었다. 왜 아직도 나한테 전화를 하는 거지? 몇 번의 벨이 울린 후 선생의 전화가 다시 왔다. 결국, 나는 전화를 받아야 했다.

"꿩(Quynh)! 지금 방랑(Bang Lang) 카페로 올 수 있어?"

"네…."

나는 주저했다.

"30분만 기다려 주세요. 제가 지금 좀 바빠서요."

나는 거짓말을 했다.

조금 있다가 판 선생에게 만나지 못하겠다고 문자를 보내려고 했다. 하지만 생각과는 다르게 나는 일어서서 옷을 갈아입고 선생과 약속한 카페로 갔다. 판 선생은 소프트 스킬 훈련 센터의 회장이다. 나는 선생의 조교였다. 하지만 거의 1년을 일한 후, 나는 선생에게 해고당했다. 2년 동안 판 선생을 보지 못했고, 평생 그를 다시는 보지 않겠다고 맹세했었다.

센터에서 일할 때 우리 직원들은 모두가 판 회장을 선생님이라고 불렀다. 왜냐하면, 각자가 특정 상황에서 학교에서 배울 수 없는 유용한 것들, 삶의 교훈을 그에게서 배웠기 때문이다.

카페는 매우 크고 탁자들이 많이 있었지만, 주변을 두리번거리지 않고 곧바로 판 선생이 어디에 앉아 있는지 잘 알고 있어 직진만 했다. 선생은 항상 아름다운 구석에서 넓은 테이블, 푹신한 소파를 선택한다. 게다가 여기 가게

주인은 항상 선생에게 최대 50% 할인을 제공한다. 한마디로 그는 여전히 이상한 개성을 가지고 있는 사람일 것이다.

그는 이미 자두색 벨벳으로 덮인 소파에 앉아 있었다. 그는 나를 쳐다보지도 않았지만 내가 오는 것을 알고 음료수를 주문하는 손짓을 한 다음 스마트폰의 앱을 계속 만졌다.

나는 판 선생을 몰래 훔쳐보았다. 기이하게 동그란 얼굴, 총명하게 보이는 작고 맑은 눈, 깐깐하다고 할 수도 없고, 개구쟁이의 눈과 같다고도 할 수 없다. 다듬지 않은 콧수염을 보면 약간 플레이보이처럼 보이기도 한다. 단지 백발만이 선생다운 면모를 보여 주고 있다. 갑자기 내 마음에 형언할 수 없는 감정이 솟아 올라오면서 더는 그가 밉게 보이지 않았다.

"좀 어때, 장난꾸러기 꿍아? 요새 별일 없어?"

마침내 판 선생이 전화를 내려놓고 나를 올려다보며 물었다. 선생의 평소 질문과 다름이 없었다.

"일이 너무 지루해요, 선생님!"

선생에게 고백하듯이 말하였다. 그 작은 동그란 눈으로 누구의 속마음이든지 잘 들여다볼 수 있다는 것을 알고 있기 때문이다. 2년 동안 마케팅 업무를 수행하면서 고객의 믿음을 얻기 위해 많은 심리적 기법을 사용해 봤다. 그렇지만 판 선생만큼 사람의 마음을 잘 이해하는 사람을 아직 본 적이 없다. 이 심리학 전문가 앞에서 어떤 것을 감춘다는 것은 어려운 일이다.

"지루함은 습관일 뿐이다."

판 선생이 말했다.

"관점을 조금 바꾸면 달라질 거야. 우리 베트남 사람들의 제일 큰 단점은 한 방향으로만 보는 데 익숙하다는 것이야."

"선생님이 저라면 어떻게 하실 거예요?"

쓴 커피를 한 입을 마시고 선생을 힐끗 보았다.

"좋은 질문이네!"

선생이 고개를 끄덕였다.

"일을 그만두고 내 회사로 와."

"어, 선생님이 저를 억울하게 해고했잖아요!"

나는 눈을 동그랗게 뜨고 말했다.

"너는 내 뜻을 잘못 알고 있네. 너는 지금까지 나를 떠나서 세상 밖을 돌아다녔는데도 아직 이해하지 못했네."

판 선생은 찻잔을 탁자 위에 천천히 내려놓았다.

"센터에서 내가 가르친 지식을 네가 직접 경험하고 습득하라고 너를 내보냈어. 네가 누군지, 원하는 것이 무엇인지, 네가 물고기인지 새인지, 수영장이 필요한지, 날 수 있는 하늘이 필요한지 깨닫게 해 주고 싶었어!"

나는 어안이 벙벙하였다. 내 머리가 너무 혼란스러워서 커피잔을 들어 올렸지만 마실 수 없었고, 다시 내려놓았다.

"커피를 다 마시면 나랑 센터로 가자!"

판 선생이 간단하게 말했다.

"저를 다시 받아 주셔서 정말 감사드립니다. 하지만 저에게 정리할 수 있는 일주일 정도의 시간을 주시면 안 되나요?"

"왜 일주일까지 필요해?"

판 선생은 동그란 눈으로 나를 쳐다보았다.

"준비하고 정리해야 할 일이 있어요. 화장품 회사에 퇴직서를 제출해야 하고, 옷과 개인용품들도 준비해야 하고…."

"같은 사고방식으로 생활하면서 어떻게 운명을 바꿀 수 있겠어?"

판 선생이 말하면서 조롱하듯 웃었다.

"과정을 단축해서 시간을 절약해 봐. 얼마나 많은 옷과 용품이 필요해? 이따가 함께 마트에 들러서 사면 되겠지. 새 컴퓨터나 휴대전화가 필요하면 가게에 10분 정도 들르면 되지. 모든 비용을 내가 낼 거야. 더는 걱정할 필요가 없어!"

입에 있는 커피에 체할 뻔하였다. 그러나 불과 10분 후, 나는 판 선생과 함께 서둘러 차에 올라탔다. 마치 최면에 걸린 것처럼. 그렇게 간단하게 내 삶의 일부를 포기했다.

"뚜옌(Tuyen) 씨는 아직 센터에서 일하고 계시는가요?"

차 안에서 판 선생에게 물었다.

"현재 센터의 냐짱 지점을 관리하고 있어."

판 선생이 대답했다.

"그의 뺨을 아직도 기억하겠네!"

"그때 뚜옌 씨가 제 뺨을 때렸는데 선생님은 왜 뚜옌 대신 저를 쫓아내셨어요?"

천사의 죽음

태양이 분개하여 불의 혀를 지구에 쓸어내렸다. 인류는 소각로 안에 있는 것처럼 최악의 여름 더위를 진득진득하게 견뎌 냈다. 모두 할 일이 없으면 에어컨이 있는 방에 머물거나 나무 그늘로 향하였다. 해바라기 센터의 중앙에 있는 트랙에 햇살이 쏟아지고 있었다. 때때로 주황색 옷 그림자가 스쳐 지나가며 차가운 골판지형의 철 단층집으로 사라진다.

침대처럼 펼칠 수 있는 중간 크기의 짙은 갈색 소파에서 꽝(Quang) 박사는 반은 누워 있고, 반은 앉아 있으며, 휴대전화로 유튜브에서 강의하는 선사의 목소리를 듣고 있다. 그의 눈은 사무실 옆의 호수를 바라보았고, 바람도 잔물결도 없이 호수의 표면은 잔잔했다. 덥고 땀이 많이 났지만, 그는 여전히 에어컨을 켜지 않고 창문을 열어 바람이 오기를 기다렸다. 바람이 확실히 올 것이다. 해바라기 센터의 설립자 사무실은 수상 가옥처럼 호수의 중간에 떠 있으며 매우 시적이다. 하지만 이렇게 찜질방 같은 무더운 여름날에는 그런 시적 분위기가 전혀 느껴지지 않았다.

문을 빠르게 두드리는 소리가 났다.

"들어오세요."

꽝 박사가 몸을 일으켰다.

위장 바지에 밝은 주황색 유니폼을 입은 센터 코치 응이아(Nghia)가 들어왔다. 응이아의 미소는 그의 그을린 거친 얼굴과 당당한 사각턱을 밝게 비추었다.

"선생님 안녕하십니까! 누가 우리에게 왔는지 보실래요?"

응이아는 여원 몸을 가진 아홉 살이나 열 살쯤 된 소년을 데려왔다. 크고 긴 눈과 섬세하고 높은 콧대를 가진 소년의 얼굴은 특별하게 아름답고 성모 마리아와 비슷한 순수함을 갖고 있었다. 그 소년은 꽝 박사를 보지 못한 것 같았고, 그저 창밖의 호수를 내다보았다.

"인사해."

아이 옆에 있는 초라해 보인 여자는 소년의 어깨를 잡고 말했다.

"아이를 편하게 놔두세요. 제가 아이의 반응을 지켜볼게요."

꽝은 그 부부에게 앉으라는 신호로 의자를 가리키며 말했다.

여자와 함께 온 남자는 군용 바지와 얇은 녹색 군용 티셔츠를 입은 우울한 표정을 짓고 있었다. 빙(Binh)은 너무 기운이 없어 보이고, 얼굴에 파리가 앉아도 신경을 쓰지 않을 정도로 슬퍼 보였다. 빙 옆의 아내는 상대방의 마음이 쉽게 누그러지게 할 수 있는 아름다운 얼굴, 높은 콧대, 그리고 참을성 있는 미소를 가졌다.

"고향은 어딥니까?"

꽝은 물었다.

"선생님, 저희는 띠엔르(Tien Lu)의 푸끄(Phu Cu)에서 왔습니다."

냔(Nhan)이 재빨리 대답했다.

"흥이엔(Hung Yen) 사람들이 온화하고 성실하죠."

꽝은 허벅지 위에 양손을 올려놓고 앉으며 동정의 눈으로 여자를 바라봤다.

"집에 몇 개의 밭이 있습니까?"

"우리 집에는 몇 개 있었지만, 지금은 더 경작하지 않고, 채소들만 재배합니다. 그 땅은 산업 단지 건설을 위해 넘길 준비가 되었습니다."

"밭을 잃어버리게 되었습니까?"

꽝은 한숨을 쉬었다.

"밭이 없으면 농부들이 무엇을 해 먹고 삽니까?"

"저는 시장에서 이것저것 판매합니다. 남편은 석공이어서 일이 있을 때도 있고, 없을 때도 있습니다. 최근 남편은 빔(Bim)을 데리고 다니면서 건강 진단과 치료를 받게 하려고 해서 거의 일하지 못했습니다. 바익 마이(Bach Mai) 병원의 의사 선생님의 말씀으로는 아이가 4단계 자폐증이 있다고 말했습니다. 우리는 자폐증이 무엇인지 모르고, 치료하는 데 너무 많은 시간이 들어갔지만 진전이 없었습니다. 다행히 가족 중 누군가가 알려줘서 선생님과 센터에 빔을 부탁드리고 싶어서 여기로 데려왔습니다. 우리 친척은 일 년 이상 아이를 선생님에게 보내서 큰 진전이 있었다고 하더군요. 아이가 스스로 먹고 목욕하게 되고, 심지어 작은 재능 상까지 받았다고 합니다."

"아, 뚜옌(Tuyen)네 가족이 소개하셨군요. 뚜옌은 서커스 연주자보다 훨씬 더 뛰어나게 외발자전거를 타면서 7개의 공을 저글링 할 수 있습니다."

꽝이 자랑스럽게 말했다.

"안심하고 빔을 여기에 맡기세요. 꼭 발전할 겁니다. 그러나 등록금은 내야 합니다."

"네, 얼마든지 저희가 부담하겠습니다. 그동안 여러 곳으로 치료를 받으러 다녔지만, 아이가 나아지지 않았어요. 남편은 실직했고 아이가 집에서 집기들을 부숴서 형이 공부도 할 수 없었지요."

"여기 아이들은 기숙 학교에서 공부하고, 한 달에 한 번 부모님을 방문하러 집에 갈 수 있고, 수업료는 한 달에 천만 동부터 천오백만 동까지입니다."

"네, 알겠습니다. 하지만 등록금을 먼저 한 달 치만 내게 해 주십시오. 나머지는 나중에 꼭 내겠습니다. 아들을 맡아만 주신다면 저와 남편은 열심히 일해서 돈을 벌겠습니다. 바라건대, 올해 말에 저희가 밭을 판 돈을 받아 아이를 위해 돈을 쓸 수 있었으면 해요."

"글쎄요…. 부부의 어려운 상황을 들어보니…. 빔의 등록금은 한 달에 오백만 동만 내면 됩니다."

"정말 아이를 위해 등록금을 감면해 줄 수 있나요?"

그제야 빙이 말을 했다.

"사실을 말하자면, 저는 반년을 일해야 그 돈을 벌 수 있거든요. 정말로 선생님께 감사합니다!"

냔은 좋은 보살핌과 훈련을 위해 해바라기 센터로 아이를 보내기로 했지만, 응이아 코치가 빔의 손을 잡고 호수 오른쪽의 단층집으로 가는 모습을 볼 때 눈물을 흘렸다. 이제부터 응이아는 센터에서 빔의 양아버지가 된 것이다. 냔은 이 센터의 교사와 코치, 그리고 꽝 박사에게 모든 신뢰와 희망을 걸었다. 그렇지만, 왜 그녀의 마음이 여전히 움직일 수 없을 정도로 공허하고 슬플까?

"가야지! 냔!"

빙은 재촉했다.

"더워서 죽겠는데 여기 서서 뭐해?"

"나는 빔을 너무 사랑하는데, 선생님들이 아이를 먹일 줄 아는지 모르겠다. 혹시나 아이가 다른 친구를 때리면 선생님들이 혼내지 않을까? 생각만 해도 가슴이 뭉클해."

"나는 마음이 가벼워졌는데."

빙은 편하게 말했다.

"빔을 집에 두면 일하기는커녕 살 수도 없을 거야. 큰 부담이야."

'심장이 없는 아빠인 것 같아'라고 냔은 속으로 생각했지만, 말로 하지는 않았다. 말했어도 아무것도 바뀌지 않을 것이다. 십사 년 동안 남편과 함께 지내왔으니 이 인간의 본성을 너무 잘 이해하고 있다. 하루 세 끼 배를 채우고, 저녁에는 술을 몇 잔을 마시고, 아침에는 베트남 전통 물담배를 피울 수 있으면 세상 그 무엇도 걱정하지 않았다. 그러면 그는 모든 것을 아내에게 맡기고 편히 잠을 잘 수 있었다. 그러나 빔이 태어난 후에는 절대 그렇게 하지 못했다.

빔은 다섯 살이 되었을 때 이상한 증상을 보였고, 이유식을 거부하고 모유만 먹으며 끊임없이 울었다. 냔은 학처럼 말랐다.

빔은 세 살이 되어도 말을 할 수 없었고 마음에 들지 않으면 바로 소리를 질렀다. 나이가 들수록 모든 것을 부러뜨리는 이상한 버릇이 나타났다. 그는 금속 파이프라도 부러뜨릴 수 있었다. 그리고 종종 연필이나 볼펜으로 친형인 밧(Bat)을 공격한다. 한 번은 볼펜으로 형의 등을 찔렀고, 부러진 볼펜의 머리가 살에 박혀서 밧을 병원에 데려가 그것을 뽑아야 했다. 그 이후로 밧은 더 이상 동생과 놀려고 하지 않았다. 냔과 남편이 집에 없을 때는 빔을 개처럼 가두어 아이를 돌봐야 하기 때문에 단단한 철 우리를 만들어 놓았다. 그러나 한 번은 빔이 철창을 구부려서 빠져나왔다.

그래서 냔과 빙은 빔을 치료하기 위해 돈을 모으고, 친척들에게 더 많이 빌려야 했다. 냔과 빙과 같은 농부에게는 돈이 꽤 각박하다. 버는 데는 오랜 시간이 걸리지만 쓰는 데는 빨리 없어진다. 빔을 위한 전문 치료사를 매시간 고용하면 쌀 500kg만큼 비용이 들었다. 심지어 숙박비, 식비, 교통비 등 아직 포함하지 않았다…. 누에 수백 마리가 뽕나무에 쏟아진 듯 냔은 혼자만 일하며 감당해야 했다. 일 년 동안 빔을 치료한 후 냔의 가족은 브엉(Vuong) 마을의 절반에게 빚을 졌다. 마을 사람들은 냔의 다섯 개의 밭을 보고 냔에게 돈을 빌려주었다. 빔은 정말 돈을 많이 쓰게 하였다. 부잣집에서 태어났어야 했는데, 왜 엉뚱한 농부의 집에 태어났는가! 역시나 고난은 결코 혼자 오지 않는다.

짜람(Gia Lam)에서 지악(Giac) 거리로 가는 버스에 앉아 있는 동안, 끝없는 생각의 흐름에 냔은 계속 휩쓸렸다. 냔 옆의 빙은 잠을 자려고 고개를 돌렸고, 가끔 차 바퀴가 포트홀을 지나갈 때는 눈을 떴다. 냔은 남편처럼 근심·걱정이 없었으면 좋겠다. 내일 아침에는 하늘이 무너져도, 오늘 밤에는 여전히 코를 골 수 있는 것이다.

"빔은 어떻게 됐어요?"

꽝 박사는 응이아에게 물었다.

"빔은 매끼 밥을 거의 반 그릇씩 먹었고, 혼자 밥을 퍼먹기도 시작했습니다."

응이아는 대답하는데 두 손을 잡아 불안한 표정을 지었다.

"발작이 가라앉지 않았습니다. 이럴 때면 정말 무섭습니다, 선생님. 아이가 죽어 가는 것 같아서, 저는 너무 걱정됩니다."

"계속 빔에게 의사가 처방한 모든 약을 먹여 줘야 해."

꽝은 상기시켰다.

"이 경우에는 약을 아직 중단할 수 없어. 그리고 빔이 무엇을 연습할 수 있어?"

"날씨가 너무 더워서 저는 감히 빔이 밖에 나가서 자전거 연습을 하게 할 수가 없습니다. 빔은 실내에서 공 2개 던지는 연습만 했습니다. 하지만 주의하지 않으면 안 됩니다. 빔이 바로 옆에 있는 다른 친구들을 때렸습니다. 가장 불쌍한 아이는 빔에게 세 번이나 머리를 맞은 오이 으엉(Oi uong)이였습니다. 어제는 얘가 복수하려고 빔을 때렸는데, 다행히 제가 빨리 막을 수 있었습니다."

"오이 으엉이 반격하지 않도록 하되 명확하게 설명해야 해. 4급 자폐증을 앓은 사람은 항상 남을 때려서 상당히 위험해. 코치가 꼭 붙어 있어야 해."

"예, 저는 빔과 반걸음도 떨어지지 못합니다. 정말 불쌍합니다, 선생님. 밤에 아이는 아직 혼자 자는 걸 두려워해서 저를 꼭 껴안고 잡니다. 잠을 잘 때는 진짜 천사처럼 순합니다."

응이아가 꽝 박사의 소파 위의 벽시계를 바라보며 말했다.

"이제 돌아가서 빔이 깨어 있는지 확인하기 위해 이만 가보겠습니다. 애는 보통 오전 6시에 일어납니다. 잠시 빔 옆에 누워서 7시까지 재우고 깨워야 합니다."

꽝 박사는 손을 흔들며 응이아에게 가라고 신호를 보냈다. 그는 아침 식사를 준비하고, 대학에 가서 학생과 교사에게 생활 기술 수업을 강의하려고 한다. 오후에는 기업가를 위한 훈련 프로그램이 있다. 박사의 외부 교육 일정은 상당히 빡빡하다. 그는 교육과 훈련 과정을 통해 금세 돈을 벌었지만, 그 돈의 대부분을 아이들을 키우기 위해 해바라기 센터에 투자한다. 그가 설립한 해바라기 센터에서 50명이 넘는 자폐아를 키웠는데, 그중의 삼 분의 일은 비싼 등록금을 내는 부잣집의 자녀, 삼 분의 일은 전액 등록금만 내는 일반 가정의 자녀, 그리고 삼 분의 일은 빔의 경우처럼 가난한 가정의 아이들이라 식사비만 지급하고, 기타 비용은 꽝 박사가 외부에서 받는 강의료로 충당한다. 그는 그것을 자신의 자선 사업이라고 생각한다.

응이아는 침대 옆에 무릎을 꿇고, 흰색 얇은 명주 그물 커튼을 들어 빔의 얼굴을 바라보았다. 4주 전 입양한 '사랑하는 아들'이다. 그 소년은 잘 때 천사와 같다. 아기의 아름답고 순수한 얼굴은 베개에 기대어 있고, 양손은 껴안고, 웃고 있는 것처럼 그의 뺨에 닿았다. 빔의 얼굴이 너무 귀여워서 응이아는 아들의 뺨을 쓰다듬고 싶었다. 그러나 빔이 깨어날까 두려워서 하지 않았다.

응이아는 여전히 침대 옆에서 그렇게 무릎을 꿇은 채 아들을 지켜보았다. 마법 같은 평화의 순간이었다. 그것은 이 이상한 소년과 함께 지친 하루를 보낸 응이아에게 주는 보상과 같았다. 아이는 잘 때 천사와 같지만, 깨어나면 작은 악마와 같다. 아이는 계속 소금과 간식을 찾아 먹는다. 그에게 밥을 먹으라고 강요하면 밥그릇을 엎으려 할 것이다. 그는 얼굴이 온화하고 조용해 보이다가도 갑자기 번개처럼 돌진하여 날카로운 꼬챙이로 빠르게 친구를 찌르려고 하였다. 센터에 뾰족한 모든 것을 치웠지만, 마치 마법이라도 부리는 것처럼 어디선가 뾰족한 것을 찾아내 숨겼고 뜬금없이 가까이 다가오는 아이의 등을 찔렀다. 센터에서 보낸 4주 동안 응이아는 항상 빔 옆에 있었지만, 다른 세 명의 어린이가 칼에 찔렸고, 수십 명이 머리를 맞았다. 역시 어려운 경우다. 빔을 제어하는 것은 매우 어렵다.

그 순간에 빔은 눈을 뜨고 응이아를 보았다. 소년의 눈빛이 응이아의 머리 위로 미끄러져 멀리 바라보고 있었지만, 그의 시선은 멀어졌다. 소년의 마음은 시선을 따라가지 않는 것 같았다. 마음이 진짜 있다면.

"조금 더 자자, 빔!"

응이아는 빔의 등을 부드럽게 토닥거리며 말했다.

갑자기 빔이 재빨리 일어섰다. 응이아는 황급히 빔의 어깨를 잡으려 했지만, 빔은 더 빨라서 마법에 걸린 화살처럼 응이아를 지나쳤고, 툭 끊어진 커튼도 끌어당겼다. 빔은 빠르게 돌진하며 바닥에 넘어졌고, 흰색 커튼 안에서 심하게 경련을 일으켰다. 응이아는 커튼에서 빔을 끌어냈다. 아이의 눈은 하얗고 얼굴은 창백했다. 응이아는 꼬맹이가 발작하는 것을 여러 번 목격했지만 익숙해지지 않았다. 그의 심장은 뛰고 있었다. 그는 당황하여 빔을 들어 올렸다. 빔이 아침에 일어나자마자 발작을 일으킨 것은 이번이 처음이다. 응이아는 빔을 안고 나가서, 센터에서 아이들의 건강을 돌보는 은퇴한 의사인 또안(Toan) 의사를 서둘러 불렀다. 또안 의사가 즉시 와서 빔을 침대에 눕히고 응급 처치했지만 고개를 저었다.

"이번에는 진짜 위험한 것 같아. 맥박이 매우 약해. 응이아, 바로 구급차를 불러, 아이를 병원으로 데려가게."

냔과 빙이 T병원에 도착했을 때 빔은 죽은 지 한 시간이 넘었다. 냔은 정신을 잃은 채 빔 옆에 앉아 아이의 손을 잡고 살짝 들어 올렸다. 아이의 손은 여전히 따뜻하고 부드러웠다. 빔의 얼굴은 창백했지만, 고통의 표정은 없었고 완전히 고요해 보인다. 자고 있을 때의 천사의 모습은 여전히 아이의 평평하고, 높고, 천진난만한 이마에 남아 있었다. 냔은 무의식적으로 아들의 이마를 만지고 어깨를 만진 다음, 귀를 심장에 대고, 빔이 죽었다는 것을 아직 믿을 수 없다는 표정을 지었다. 어떻게 이런 천사가 죽을 수 있단 말인가!

빙은 울지 못했다. 그는 불운한 아이의 침대 옆에 마른 말뚝처럼 서 있기만 했다. 그의 어깨는 슬프게 축 처졌지만, 이상하게도 그의 마음은 점점 더 가벼워지고 마치 뱃속의 단단한 돌이 갑자기 사라지는 것 같았다.

"더 이상 빔을 만지지 마. 우리 아들이 이 비참한 삶에서 떠나갔으니, 이제 우리도 이 비참했던 삶에서 빠져나올 수 있잖아!"

냔은 남편을 올려다보았다.

'그가 방금 뭐라고 했지? 빠져나온다고? 저 무자비한 인간이 무슨 소리를 하는 것인가!'

빙은 지금 영혼은 없지만 평화로운 시체가 된 빔에게서 아내를 끌어냈다. 꽝 박사와 응이아가 문 앞에서 그들을 기다리고 있었다. 응이아는 정신을 잃어버렸고, 꽝 박사는 침착하려고 애써야 했다.

"죄송합니다. 이것은 정말 누구도 원하지 않았던 일입니다. 저희도 매우 놀랐습니다. 조의를 표합니다. 센터는 빔의 모든 비용을 처리하겠습니다. 빔도 센터의 자식이니 허락해 주세요."

"선생님들은 잘못이 없습니다. 그게 아이의 운명이죠. 저는 그저 빔이 다른 아이들처럼 평범한 하루를 살 수 없었던 것이 정말 불쌍합니다."

빙이 말했다.

"지나간 일이라 다시 할 수는 없지만, 더 나은 삶을 살기 위해 배울 수 있습니다. 빔이 다른 세계에서 온 사람이고, 길을 잃어서 잠깐 여기에서 머무르고, 부모님과 함께 충분히 살았기 때문에 이제는 원래 있던 곳으로 가야 한다고 생각하시면 됩니다. 그렇게 하시면 부모님의 마음도 가벼워지고, 아이도 안심하고 떠나갈 겁니다."

"예, 우리 가족은 다른 생각이 없습니다."

빙이 말했다.

"저는 선생님과 센터의 선생님들이 빔을 위해 최선을 다했다고 믿습니다."

꽝 박사는 병원 복도에 있는 빈 벤치를 가리키며 난과 빙에게 앉으라고 말했고, 그도 그들 옆에 앉았다.

"먼저 하고 싶은 말이 있는데, 부탁드리고 싶습니다. 빔이 비록 병원에서 숨을 거뒀지만, 질투나 악한 마음을 가진 사람들이 그걸로 센터를 망칠 수 있습니다. 그 사람들은 소셜 네트워크, 조직, 심지어 언론을 이용하여 나쁜 여론으로 우리를 무너뜨리는 폭풍을 일으킬 수도 있을 겁니다. 그래서 저희는 부모님이 어떤 일이 있어도 그들과 협력하지 않기를 요청하고 싶습니다. 아마도 그들은 부모님께서 연락하고 센터를 고소하라고 권할 것입니다…"

"아니에요, 그럴 리가요."

난은 크게 말했다.

"선생님은 부처님의 마음을 가지신 분인데, 우리가 어떻게 그런 비윤리적 일을 할 수 있습니까?! 게다가 남편과 저는 아이의 영혼을 방해하는 어떤 것도 원하지 않고, 아이가 평화롭게 떠나기를 바랍니다."

"해바라기 센터는 아이들에게 좋은 일을 많이 해 주고 있는데, 아직도 망치고 싶은 사람이 있습니까?"

빙이 쳐다보며 물었다.

"격동 시대라서 오히려 선행하기가 어렵습니다. 하지만 그것 때문에 하지 않는 것은 아닙니다."

꽝은 말했다.

"다만, 빔과 같은 천사의 죽음을 막을 수는 없었을 뿐입니다."

"아내에게도 이야기했습니다. 어쩌면 일이 이렇게 된 게 우리에게 더 나을 수도 있다고. 아내와 저는 아들에게 최선을 다하였고 아이는 천사처럼 떠났습니다. 천사의 죽음, 선생님의 말씀이 맞습니다. 아이가 떠난 것은 천사의 선택입니다."

빙은 그렇게 말하며 아내의 손을 꼭 잡았다.

냔은 빙을 올려보며 냉정하고 무자비한 남편이 방금 그런 말을 한 것이 사실인가, 아니면 다른 사람이 말했나 하고 의심이 들 정도였다.

남편의 말은 한 줄기 빛이 되어 그녀의 심장을 비추고 가슴을 더 가벼워지게 했다. 맞다. 천사가 떠난 것이다. 천사의 선택이다. 냔는 항상 그 작은 천사의 이미지를 마음속에 간직할 것이다.

사랑의 환희 송가

맑은 초가을, 바람은 오래된 뿌리 위로 스쳐 불어 띵땀(Tinh Tam) 호수 표면의 작은 파도를 따라서 끝없이 퍼진다. 바람은 작은 정원에 약간의 서늘한 증기를 불어넣고, 느긋하게 낙엽을 흔들었다. 바람은 정원과 나무 아래 숨어 있는 붉은 벽돌집 사이를 가로지르며 길을 헤매는 것처럼 보였다.

끼엔(Kien)은 베란다로 나와, 어깨를 쭉 뻗고, 호수에서 나오는 희미한 수증기와 신선한 공기를 들이마셨다. 갑자기 멈춰서 조용히 숨을 참고 정신을 집중하여 바람 소리 외에는 아무 소리도 듣지 않았다. 띵땀 호수의 가을바람은 흥분의 순간을 찾아 정원에서 부드럽게 움직이고, 수천 장의 잎사귀를 흔들며 모든 것을 조용하게 만드는 웅장한 교향곡을 만들어 냈다. 끼엔도 조용해졌다.

수천 장의 잎사귀는 수천 개의 녹색 건반과 같으며, 가을바람과 함께 교향곡에 맞춰서 율동적으로 흔들린다. 순수한 소리로 가득 찬 공간인 정원 한가운데의 작은 길이 마치 회색 비단 리본처럼 나타났다. 그때 주인공이 등장해 끼엔을 멍하게 만들었다. 그는 아름다운 무희이고, 코코넛 젤리처럼 하얀 피부, 양쪽 땋은 머리, 옥처럼 빛나는 미소를 가지고, 환희의 춤을 사뿐사뿐 추고 있었다.

끼엔은 몸을 떨며 눈앞에 있는 나무뿌리에 매달렸다. 저 소녀의 춤에 맞춰 자유롭게 날아가기 위하여 가슴에서 영혼이 빠져나오고 싶은 것처럼 그의 심장은 빠르게 뛰었다. 그저 작은 움직임이라도 가을바람을 날려버리며 천 잎의 노래가 멈추고, 그 여자도 연기처럼 사라질까 두려울 뿐이었다. 그는 이 경이롭고 아름다운 장면을 혼자 온전히 붙잡기 위해 평생 여기에서 조용히 서 있을 수도 있었다.

청아한 휘파람이 유리 공간을 뚫고 나왔다. 바람이 놀라 나뭇잎 뒤에 숨었고, 수천 장의 잎사귀도 흔들림을 멈추었다. 소녀는 혼란에 빠져 길 끝에 멈춰 섰다. 끼엔은 눈 깜짝할 사이에 그녀에게 달려갔다. 리에우(Lieu)는 희미한 미소를 지으며 외발자전거에서 뛰어내렸다. 그녀는 천국의 춤의 음향에서 완전히 벗어나지 못해 얼굴은 여전히 진주처럼 빛나지만 어딘가에 시선을 잃은 것 같았다. 끼엔을 꿰뚫어 보는 듯 바라보며, 끼엔을 보지 않고 있으며, 그의 얼굴을 보고 있어도 영혼은 어딘가로 떠돌고 있었다….

끼엔은 뭉클하며 그녀를 껴안았다. 그 순간에 그는 자기 삶과 모든 꿈이 있다면 이곳에서, 이 보호하는 포옹에 담겨 있다는 것을 깨달았다. 이 유리와 같은 맑은 공간을 지키고, 가을바람을 불러 수천 장의 나뭇잎을 흔들고, 천국의 노래를 연주하고, 그 소녀가 자유의 춤을 추게 하도록 그는 할 수 있는 모든 일을 할 것이었다.

***

끼엔은 VT 특수 교육 센터의 회장 사무실에 들어갔다. 약 60세의 키가 크고, 콧수염을 기른 남자가 소파에서 반쯤 몸을 눕혀서 편안하게 앉아 있다. 끼엔이 들어왔음을 알면서도 손에 쥔 스마트폰에서 눈을 떼지 않았다.

"회장님 저를 부르셨나요?"

"의자를 끌고 와서 앉아!"

회장은 천천히 일어났다. 60세이지만 이 남자는 여전히 민첩하고, 강한 표범의 힘이 있는 것처럼 날렵하게 움직인다.

"리에우한테 무슨 일이 생겼어?"

꾸옥(Quoc)은 바로 물었다. 그는 눈을 가늘게 뜨고 신처럼 고운 미모를 가진 건장한 끼엔을 바라본다.

'남자라도 이 사람에게 반하겠군…'

그는 속으로 생각했다.

"무슨 말씀이신가요?"

끼엔은 어리둥절했다.

"여전히 매일 리에우의 발전을 위해 훈련에 전념하고 있습니다…"

"내 말은, 무슨 짓을 했길래 그녀의 가족이 고소하고 싶다고 전화했어?"

"왜 그런 겁니까?"

끼엔은 충격을 받았다.

"저는 제 딸처럼 리에우를 사랑하는 것밖에 아무것도 하지 않았습니다."

"그런 말로 누구를 속일 수 있다고 생각해? 나한테는 안 돼. 진실을 말하지 않으려면 여기에서 나가. 처음 이곳에 왔을 때 했던 맹세를 기억하니?"

"네, 죄송합니다."

끼엔은 고개를 숙였다.

"너는 남자야, 자기감정을 통제할 줄 알아야지. 그 아이를 건들면 안 돼. 오늘부터 딴(Tan)을 훈련해."

끼엔은 꾸억 회장의 방을 나가면서 온몸에 타는 듯한 느낌이 들어 달려갔다. 리에우를 껴안고 있는 끼엔의 모습은 스마트폰을 통해 센터 곳곳에 퍼졌고, 어쩌면 전 세계로 퍼져 그를 향한 모든 시선이 끼엔을 비난하는 것 같았다. 끼엔은 어깨를 내리며 눈을 감고 도망치려 했다.

아니, 2년 전 그는 자신을 빨아들였던 '블랙홀'로 돌아갈 수는 없다. 과거 우울증의 '블랙홀'이 그를 통째로 삼켜, 인간 세상의 지옥에서 비참하게 죽지도 못하고 제대로 살지도 못했다.

***

그날 밤, 숲 가장자리의 판잣집에서 20살 남자는 첫사랑인 같은 반 여대생의 젊고 활기찬 신체를 처음 알려고 할 때 가슴이 터질 정도로 긴장했다. 딱 중요한 시점에서 끼엔은 자신의 남성적 강인함을 증명하려고 했는데 갑자기 말에서 떨어진 것처럼 멈췄기 때문에 품 안에서 날아오르고 싶었던 여자는 바닥으로 떨어질 듯한 절망감에 빠지게 되었다. 그녀는 끼엔을 버리고, 숨도 쉬지 않고 하루에 몇 번씩 할 수 있는 그보다 두 배나 더 잘하는 다른 남자에게 갔다. 끼엔에게는 굴욕감만 남았다. 아무리 잘생긴 남자라도 나약하고 무기력하면 여자들에게 무슨 가치가 있겠는가! 그를 쫓아다니는 반 친구들의 속삭임과 킥킥거리는 웃음, 조롱하는 눈 때문에 끼엔은 날마다 심연 속으로 더 깊이 빠지게 되었다. 끼엔은 자신을 의심하며 매춘부와 시도하기도 했지만 여전히 실패했다. 조그마한 자존심의 마지막 조각이 그의 안에서 불타서 사라졌다. 끼엔은 중도에 자퇴했고 우울증의 '블랙홀'이 그를 집어삼켰다.

끼엔의 부모는 우울증을 치료하기 위해 그를 여러 센터와 병원에 데려갔지만 소용이 없었다. 끼엔은 자신의 방 어두운 구석에 숨어서 먹기도 힘들고, 잠도 잘 못 자고, 정신이 멍해져서 자살을 시도했지만 실패했다. 그의 부모는 밤낮으로 그를 지켜봐야 했다. 그는 '블랙홀'에 갇혀, 때로는 가라앉고, 때로는 절망으로 고군분투했다. 항우울제는 그를 점점 더 악화하는 악몽 속으로 깊이 몰아넣을 뿐이었다. 끼엔의 부모가 그를 병원으로 데려가려고 했을 때 끼엔은 비협조적이었고, 주변의 모든 것을 부수면서, 방에서 나가기를 거부했을 정도로 두려워하였다.

다행히 그 당시 꾸억 회장이 그를 구해줬다. 회장은 그의 방으로 들어가서 그를 끌어올려 엄청나게 세게 뺨을 때리고, 곧바로 훈련 센터로 데려갔다. 자신의 약점을 다른 사람에게 들키는 두려움은 매일 뺨을 맞을까 하는 두려움과 비교할 수 없었기 때문에 끼엔은 날마다 껍데기를 벗고 전사처럼 맹렬히 훈련을 받아야 했다.

근육이 되살아나고 매일매일 남성의 힘이 자극을 받았다. 보디빌더 같은 식스팩의 아름다운 복근을 가지게 된 끼엔은 차츰 자신감을 되찾았고, 센터에서 일하는 몇몇 소녀들의 동경하는 눈빛도 느껴졌다. 특히 센터에 있는 요가 강사 하(Ha)는 매일 그에게 선물을 주고 기회가 있을 때마다 일부러 만지기까지 한다. 그러나 끼엔은 센터에서 연애하지 않기로 약속했을 뿐만 아니라 그 여자에게 어떤 감정도 느끼지 못해 항상 하를 피하였다. 그리고 하 외에도 센터에 있는 여자들을 의도적으로 피한다. 끼엔의 차갑고 냉담한 성격으로 인해 이곳의 여자들은 그를 '목석같은 왕자'라고 불렀다.

뜻밖에도 새로운 학생인 리에우에게 3개월 이상 훈련을 시킨 후 끼엔은 다시 사랑의 벼락을 맞았다. 자폐증을 앓고 있는 15세 소녀 리에우는 말할 줄 모르고, 읽기나 쓰기도 못 한다. 자폐증이 있지만 이 소녀는 매우 온화하고 꿈결 같은 미소를 지으며, 끼엔의 가슴만큼 키가 크고 가늘고 연약하다. 특히 눈과 마음은 항상 다른 곳으로 떠돌고 있는 것 같다. 그녀는 길을 잃어서 여기에 온 것 같고, 항상 자신이 누구이며 어디에 속하는지에 관한 생각에 빠진 듯하였다.

처음에 끼엔의 임무는 리에우의 '아버지가 되기'로 정해졌다. 그는 리에우를 돌보고, 친절하게 안내해 주고, 외발자전거 타기, 말하기, 문자인식 하는 것을 훈련했다. 책임감이 높을수록 그는 소녀를 더 사랑하게 되었다. 그리고 그 책임과 함께 그 사랑은 금세 육체적·영적 설렘으로 전환했다. 끼엔은 리에우가 자신의 사랑을 느낄 수 있는지 몰랐지만, 리에우의 균형을 잡도록 돕기 위해 그녀의 손을 잡을 때마다 그녀의 손이 약간씩 떨리는 것을 보고 희망을 품었다. 마음에서 희미한 설렘의 파도가 그녀에게 부드럽게 옮겨지고, 자폐증 소녀의 인식이 너무 연약하고 쉽게 부서져도 끼엔은 여전히 희망을 키워갔다.

***

결국, 리에우는 끼엔과 분리되어 B존으로 옮겨졌다. 끼엔은 옆의 A존으로 이동하여, 자폐증이 있는 7세 소년 딴(Tan)에게 걷기와 젓가락을 사용하는 것을 훈련했다. 딴은 기어다니기만 하며 제대로 서지 못했고, 음식을 집기 위한 젓가락을 사용하지도 못하였다. 끼엔은 딴에게 집중하고, 아이의 오른손에 젓가락을 놓고 젓가락이 떨어지지 않도록 도왔다. 그러나 그가 손을 떼자 딴은 즉시 손가락을 펴서 젓가락이 테이블 위에 떨어졌다. 끼엔은 몸을 굽혀 젓가락을 집어 들었고 딴의 손가락에 쥐여 주었다. 그렇게 아침 내내 젓가락 잡는 연습을 했다. 어느 순간에 그의 손이 딴의 손을 잡고 갑자기 멍해지며 리에우의 가느다란 손가락이 떠올랐다. 한숨을 쉬며, 딴을 보고 있어도 아무것도 보지 못하는 듯 정신을 잃었다.

***

"누구 맘대로 들어왔어!"
꾸억 회장은 크게 소리로 외쳤다
"회장님, 리에우를 저에게 다시 보내 주시길 바랍니다."
끼엔이 용기를 내서 말했다.
"저는 그 아이를 가장 잘 돌보는 사람입니다."
"여기서 나가, 네 할 일이나 잘해."
꾸억 회장은 목소리를 깔았다.
"너는 '리에우'라는 심리 테스트를 통과하지 못하면 결코 진정한 교사가 될 수 없을 거야."
"하지만 저는 무섭습니다."
"무엇이 두렵다는 거야?"

꾸억 회장은 목소리를 낮췄다.

"그 '블랙홀'이 다시 열렸습니다."

"그런 무서운 말은 하지 마. 정신을 차리게 주먹을 몇 방 날려 줄까?"

꾸억 회장은 재빨리 소매를 걷어붙이고 오른팔을 뒤로 밀며 말했다. 끼엔은 깜짝 놀라 재빨리 뒤로 물러났고, 회장이 할아버지의 나이가 되었지만 건재한 그 파괴적인 팔의 위력을 잘 알고 있었다. 수년에 걸친 지속적인 훈련은 회장에게 탁월한 힘을 주었다. 그가 주먹을 휘두르기 전에 빨리 도망가는 것이 가장 좋다.

회장의 방에서 뛰쳐나온 끼엔은 정원 한가운데 있는 산책로 앞에 갑자기 멈춰 섰다. 그는 눈을 세게 비볐다. 외발자전거를 타고 길을 헤매는 순수한 미소를 가진 소녀의 그림자는 없었고, 바람도 사라지고, 가을의 향기도 사라지고, 슬픈 태양이 나뭇잎에서 나른하게 미끄러졌다. 끼엔은 감히 후퇴하지 못하고, 앞으로 나아갈 수도 없었고, '블랙홀'은 그가 놓친 발걸음을 기다리기 위해 입을 열었다.

B존에는 리에우를 돌보는 간호사 한 명이 배정되었다. 소녀는 일주일 내내 아침저녁으로 40도의 고열에 시달리며, 죽 한 모금을 홀짝이며 미친 듯이 끼엔의 이름을 불렀다. 그러나 센터장의 결정과 리에우 가족의 제안에 따라 끼엔은 리에우에게 접근하는 것이 금지되었다. 회장의 평가에 따르면 그녀는 아무리 아파도 죽을 수 없고, 고통스럽게 아무리 그리워해도 자폐증이 있는 사람의 깨어진 의식 때문에 짧은 시간에 잊힐 것이었다. 이것은 리에우와 끼엔 모두가 더 높고 더 진보된 의식 수준으로 변할 기회를 얻기 위해 극복해야 할 마지막 심리적 도전이다. 회장의 마지막 결정은 양보하지도 않고, 동정하지도 않고, 감정에 따라 받아 주지도 않는 것이다.

끼엔은 여전히 비틀거리며 어디를 붙잡아야 할지 몰랐다. 그는 리에우를 보호할 것인가, 아니면 리에우가 그를 붙잡을 수 있는 구명대처럼 보호할 것인가? 어쩌면, 리에우의 의식이 부서지고, 그녀는 끼엔이 없어도 열사병이나 발열을 극복할 수 있을 것이다. 하지만 끼엔은 어떻게 될까? 의식이 깨졌는데도, 리에우의 비범한 에너지장이 그를 토네이도처럼 빨아들여 저항할 수 없음을 분명히 알고 있다. 그 에너지장은 끼엔 삶의 원천이 되었지만, 그곳에서 빠져나오면 그는 그저 존재한다. 끼엔은 그저 존재하기를 원하지 않았다. 그는 삶의 의미, 사랑의 의미에서 온전히 살기를 원한다. 잘못과 관계없이, 규칙이나 장애물이 있음에도 불구하고, 꾸억 회장의 천둥 같은 펀치도 무섭지 않고, 그는 자신을 위하여 생명의 원천을 반드시 쟁취하려고 하였다.

끼엔은 딴의 젓가락을 잡은 손가락을 놓았고, 아이를 쳐다보지도 않고 바로 일어나서 목숨을 걸고 달렸다. 뒤에서 부르는 하의 목소리가 들렸다. 그렇지만 그는 신경을 쓰지 않는다.

B존으로 뛰어가 병실 문을 세게 밀치며, 침대로 달려가 리에우를 안아 올렸다. 그의 품에 안긴 부드러운 소녀가 눈을 뜨고 그를 쳐다보았다. 이상하게도 그 시선은 늘 그를 바라보던 미지의 세계에서 떠도는 시선이 아니었고 끼엔의 눈에 멈춰 섰다. 믿음에 매달린 듯 리에우의 얇고 발열 때문에 뜨거워진 팔이 끼엔의 목을 감싸고, 입가에 부드러운 미소가 피어올랐다. 뒤에서 간호사가 큰 소리로 외쳤는데도 끼엔은 그녀를 껴안고 밖으로 나갔다.

"평생 너를 지켜 줄게, 내 곁에서, 나를 위해서, 편견 없이, 내게는 그 어떤 것도 너보다 중요하지 않아…"

술 취한 오후(Drunk afternoon)

슬픔을 깨물어라
고독을 마셔라
나는 다시 과거를 느낀다

후회의 조각들은
오후의 끝자락에
떨어져 내리고
나는 여인의 감성을 비웃는다

여기 내 곁으로 오라
모든 과거의 유령이여
우리 함께 들이키고
취해보자

Drunk afternoon

Bite the sadness

Drink the solitude

I feel the past again

Some pieces of regret

Falling down

At the end of the afternoon

Then I smile at the womanly sentimentality

Come here to me

All the ghosts of the past

We all together bottle up

For being drunk

내가 아는 단 한 길

내 사랑이여
내 곁을 떠나지 마세요
당신이 없다면
갈 곳을 몰라요

어디로 가야 하나요?
이 도시의 어느 길도
혹은, 다른 지역의 길도
아는 곳이 없어요

내가 아는 한 길은
당신의 마음으로 가는 길이기에
당신이 곁에 없다면
정말 마음이 아플 거예요

내가 아는 단 한 길은
당신이 없다면
찾을 수 없어요

The only road I know

My darling, don't leave me
Without you, I will lose my way

I won't know where to go
I don't know which road in this city
Or in another country

The only road I know
Is the road to your heart
If you are not beside me, it'll hurt

The only road I know
Without you, I am lost...

양 금 희

시 인

작 품

세 계

양금희 시인(Yang Geum Hee)

Nữ sĩ Yang Geum-Hee sinh năm 1967 tại Jeju, Hàn Quốc. Bà đã xuất bản 2 tập thơ mang tên "Tài khoản hạnh phúc" và "Leodo, hòn đảo huyền thoại và sự hiện sinh" cùng với 1 tập tản văn "Người đồng hành hạnh phúc". Bà từng đảm nhiệm những chức danh và công việc sau: Chủ tịch đầu tiên của Hiệp hội Văn học Leodo; tổng biên tập của tờ Jeju in News; nhà nghiên cứu của Hiệp hội Nghiên cứu Leodo; nhà nghiên cứu tại Trung tâm Jeju Sea Grand, Đại học Quốc gia Jeju; Giáo sư đặc biệt tại Đại học Quốc tế Jeju. Hiện tại, bà là biên tập viên của tờ New Jeju Ilbo, nhà nghiên cứu đặc biệt tại Viện Khoa học Xã hội của Đại học Quốc gia Jeju; phó chủ tịch Ủy ban Khu vực Jeju của Trụ sở Văn bút Quốc tế Hàn Quốc; Giám đốc điều hành Viện nghiên cứu Jeju về Thống nhất Hàn Quốc. Bà từng được Giải thưởng Văn học Leodo.

월간 《시문학》으로 등단하였다. 이어도문학회 초대회장, 제주국제대학교 특임교수 역임, 제주대학교 제주씨그랜트센터 연구원을 역임하였다. 한국세계문학협회 회장, 한국시문학문인회 제주지회장, 국제PEN한국본부 제주지역위원회 부회장, 《뉴제주일보》 논설위원. 제주대학교 사회과학연구소 특별연구원, 제주특별자치도 제8기 남북교류협력위원, 18·19·20기 민주평화통일자문회의 자문위원, 21·22·23기 통일부 통일교육위원. 미국·중국·러시아·일본·멕시코·그리스·이탈리아·이집트·네팔·베트남·대만·파키스탄·알바니아에 다양한 언어로 시가 번역 소개되었다. 이어도문학상 대상 외 다수 수상하였다. 시집으로 『행복계좌』, 『이어도, 전설과 실존의 섬』, 대만어 번역 시집 『새들의 둥지〈鳥集(Nest of Birds)〉』가 있다. 산문집 『행복한 동행』, 연구서로 『이어도 문화의 계승(繼承)』이 있다. 영상으로 〈이어도 문화를 찾아서〉, 〈제주인의 이상향 이어도〉이 있다.

일상에서 발견할 수 있는 소소한 행복 통해
용기와 따뜻한 온기를 전달하는 시

    시인에게 시를 쓰며 지나온 시간은 삶의 소중한 행복이었다. 시를 쓰는 순간은 사물에 관한 관심으로 온전히 정신을 집중할 수 있는 자신만의 행복한 시간이며, 한 걸음 더 나아가 자신을 돌아보고 자신을 성장시키는 시간이다. 시인은 지나친 경쟁 속에 고단한 아픈 마음을 한순간이라도 어루만져 주는 시를 쓰고 싶어 한다.

    시인은 일상에서 발견할 수 있는 소소한 행복을 발견하고 따뜻한 온기가 느껴지는 시를 통해 독자들과 소통하는데 중점하고자 했다. 시를 통해 아픈 마음을 치유하고, 용기를 얻고, 삶을 더욱 긍정적으로 바라볼 수 있기를 바라는 마음이 간절하다.

    첫 번째 시집의 제목을 『행복계좌』라고 정한 이유이기도 하다. 흔히 행복은 마음에서 비롯된다고 알고 있지만 그런 마음을 먹기가 쉽지는 않다. 사소한 것들에서 행복의 조건을 찾는 훈련을 통해 행복을 찾아갈 수 있다는 마음을 담으려고 노력했다.

하늘에 있는 행복계좌는
눈빛만으로도
이체가 가능하여
번호를 몰라도 문제가 없네

밤에도 별빛을 채워

계좌가 비는 날은 없으니

흐린 날에도

먹구름 뒤의

행복계좌를 믿으라

하늘이 더욱 파란 날은

행복계좌로

사랑을 자동이체하는 날

출금은 언제나 가능하고

행복할수록 이율은 높다.

—「행복계좌」 전문

시 쓰기는 일상의 사소하고 소소한 것에 관심을 기울이는 일이며 시 쓰기의 시작은 사물에 관한 관심이며, 관심을 시의 언어로 함축하여 의미를 전달하는 마음의 표현이다. 양금희 시인은 자연의 섭리에서 대자연을 통찰하며 그 이면의 틈을 놓치지 않고 바라보고 겸허한 자세로 임하려고 노력한다.

시인이 가장 애착을 갖는 시는 「바람은 길을 묻지 않는다」이다. 이 시는 많은 독자가 좋아해 주는 시이기도 하다. 오산대 총장을 역임하였고 시창작 강의의 금자탑이라 불리는 명지대학교 명예교수인 홍문표 교수가 〈바람에 관한 좋은 시〉를 소개하는 동영상에 - 신경림 시 「바람」, 김규태 시 「바람의 산란」, 오세영 시 「바람의 노래」, 도종환 시 「바람이 오면」, 양금희 시 「바람은 길을 묻지 않는다」 등 - 비교 소개되기도 했다.

세월이 가도
늙지 않는
바람의 나이

입이 없어도
할 말을 하고
눈이 없어도
방향을 잃지 않는다

모난 것에도
긁히지 않고
부드러운 것에도
머물지 않는다

나는 언제쯤
지상의 구부러진 길을
바람처럼 묻지 않고
달려갈 수 있을까

— 「바람은 길을 묻지 않는다」 전문

이 작품은 2021년에 작고한 최연홍 교수가 영어로 번역하여 미국에서 발간되는 《코리아 위클리》에 소개하기도 했고, 2022년에는 한·베트남 수교 30주년을 기념하여 한국과 베트남 작가 교류전에 베트남어로 번역되어 베트남 세계문학 잡지 및 호치민 시 신문에 베트남어, 영어, 한글 등 세 가지 언어로 소개되었다. 꾸준히 SNS상에서 많은 독자가 사랑해 주는 시이며 노래로도 만들어졌다. 그 외에도 중국·러시아·그리스·네팔·파키스탄 등 다양한 언어로 번역 소개되었다.

전설과 실존의 진리체로서 이어도와 만나다

"양금희 시인은 시집 제목을 『이어도, 전설과 실존의 섬』으로 정할 만큼 이어도에 대한 애정과 집념이 남다르다"고 김필영 시인은 평론에서 밝히고 있다.

이어도는 고통과 아픔도 없는 이상향으로서 오랫동안 제주 사람들과 함께 전설과 민요 속에 전해져 왔다. 제주 사람들에게 이어도는 바다로 나간 사람들이 풍랑을 만나 살아 돌아오지 못하면 갔을 곳으로 여기며 위안으로 삼던 상상 속의 섬이었다. 상상과 이상향으로서 존재해 온 이어도는 1900년 영국 상선 소코트라(Socotra)호에 의해 발견되면서 전설과 실존이 만나는 곳으로 주목을 받게 된다.

제주 마라도에서 서남쪽으로 149km, 중국 서산다오(山島, Sheshandao)에서 287km, 일본 도리시마(鳥島, Torishima)에서 276km에 있는 이어도는 제주인들에게 '상상의 섬', '환상의 섬', '유토피아', '무릉도원', '파라다이스', '낙원' 등의 이상향으로 인식됐다. 그래서인지 제주 사람들은 현실에서 고달프고 힘이 들 때, 바다에 나간 사람들이 돌아오지 않을 때는 돌아오지 않는 가족이 바다에서 죽었다고 생각하는 것이 아니라 아픔도 고통도 배고픔도 없는 이상향인 섬 이어도에 가서 잘 먹고 잘살고 있을 것이라 여긴다. 이어도는 위로와 위안을 주는 마음의 안식처 역할을 해왔다고 할 수 있다.

　　바람이 불어 파도가 치면
　　바위에 부서지는 흰 물결 보며

제주 아낙들은 고기잡이 떠난
남편과 아들을 걱정했다

며칠이 지나고
몇 달이 가면
기어이 제주 여인들은
이어도를 보아야만 했다

해남길의 반쯤 어딘가에 있을
풍요의 섬 이어도
안락의 섬 이어도

제주여인들은 섬을 믿었다
저 바다 멀리 어딘가에 있는
아픔도 배고픔도 없는 연꽃 가득한 섬
남편과 아들을
고통에서 해방시키는 섬을

높은 파도에서만 모습 보이는
수면 아래 4.6미터 수중암초
어부들이 죽음에 임박해서나 봤을 섬
제주 여인들에게 위안을 주던 섬

이어도를 찾던 사람들이
전설을 넘어

마침내 이어도 해양과학기지를 세웠다

망망대해에 우뚝 선

제주여인의 기원으로 피어난 연꽃 기지

　　　　　　　　　—「이어도가 보일 때는」 전문

　김필영 시인·평론가는 「이어도가 보일 때는」은 전설과 민요속에 존재해온 이어도에 대한 과거와 현재를 내면적 시각과 외면적 시각으로 병치시켜 재현하고 있다."고 평한다.

　「이어도가 보일 때는」 시는 해남길의 반쯤에 있다고 알려진 이어도에 대한 제주 여인들의 심정을 담고 있다.

　1연은 이어도가 제주 사람의 삶에 등장하게 된 배경을 알 수 있다. "바람이 불어 파도가 치면 / 바위에 부서지는 흰 물결 보며 / 제주 아낙들은 고기잡이 떠난 / 남편과 아들을 걱정했다"는 행간에서 고기잡이를 떠난 가장을 기다리는 제주 아낙의 안타까운 심정을 그리고 있다.

　2연에서 "며칠이 지나고 / 몇 달이 가면 / 기어이 제주 여인들은 / 이어도를 보아야만 했다"는 망망대해로 떠난 남편과 아들이 돌아오지 않을 땐 강인한 아내이자 어머니로서 제주 아낙의 슬픈 숙명을 담고 있다.

　3~4연은 기다려도 돌아오지 않는 남편과 자식이 결코 죽지 않았기를, 죽었다고 믿고 싶지 않기에, 가슴에도 묻을 수 없기에, 제주에 남은 자신은 가난과 배고픔으로 고달플지라도 남편과 자식이 살 것으로 믿는 이어도는 "풍요의 섬 이어도 / 안락의 섬 이어도"라고, "아픔도 배고픔도 없고 남편과 아들을 / 고통에서 해방시키는 섬"이라고 믿고만 싶은 제주 여인의 한과 믿음을 에둘러 표현하고 있다.

　마지막 연은 이상향이었던 이어도가 실재하는 섬으로써 "높은 파도에서만 보이는 / 수면 아래 4.6미터 수중암초 / 어부들이 죽음에 임박해서나 봤을 섬

〈이어도종합해양과학기지〉

/ 제주 여인들에게 위안을 주던 섬"은 이제 "이어도를 찾던 사람들이 전설을 넘어 / 마침내 이어도 해양과학기지를 세웠다"며 실재하는 존재로서의 부각시키고 있다.

「바람의 집, 이어도에서 불어오는 바람」은 해양누리호를 타고 가면서 느낀 감정을 제주에 많은 바람과 연계해서 담고 있다.

양금희 시인은 운이 좋게도 전설과 실존의 섬인 이어도에 직접 해양누리호를 타고 다녀오는 행운도 누렸다. 이어도종합해양과학기지까지 가기 위해서는 해양누리호를 타고 가는데, 35노트의 속력(일반 배가 10노트 속력)으로 가는 빠른 배임에도 날씨에 따라 왕복 12시간에서 그 이상도 걸리는 쉽지 않은 거리에 있다. 마라도에서 149㎞인 거리를 다녀온 것인데 정말 망망대해에 우뚝 솟은 첨탑을 보는 순간의 감동은 이루 말할 수가 없었다고 한다. 첨탑 위에 올라가서 이어도종합해양과학기지를 둘러볼 예정이었지만 잠시 댄 배가 첨탑에 쿵쿵 부딪히면서 안전사고로 이어질 가능성 때문에 이어도해양과학기지의 연구원들만 배에서 내리고 아쉽게도 해양과학기지에 올라가지는 못하고 돌아와야만 했다. 그래도 과거에 해남 가는 길 어디쯤 있다던 이어도 수역을 직접 본 경험은 인생에 있어서 너무도 큰 행운이었다고 소회를 밝혔다. 이런 경험을 계기로 이어도에 대한 국민적 사랑과 관심을 고취시키기 위한 차원에서 두 번째 시집 『이어도, 전설과 실존의 섬』을 출간하게 되었다고 밝혔다.

보이지 않는 바람도 집이 있었네
제주에 부는 바람의 집이 이어도였음을
해양누리호 갑판에서 느껴보네
눈을 감고 그 바람을 온몸으로 마시네
제주여인의 한을 달래주던 제주바람이
이어도에서 맞는 바람과 똑같은 바람이네
역사의 벌판에서 불어 닥친
무자년 사월의 통곡과 흐느낌도,
떨어지는 동백의 사무친 아픔도,
이어도 바람에 눈물 말리며 이겨 내었네

세찬 바람에 산 같은 파도 넘실거려도
오랜 기다림의 섬, 이어도를 꿈꾸며
돌과 바람과 여인들의 그리움이 맺힌 땅을
선조들은 탐스런 이어도로 가꾸어내었네

"이어도 사나" 부르며 이어도로
제주해민의 노 젓던 구릿빛 팔뚝처럼
해양과학기지를 받치는 철기둥 위에
튼실한 첨탑갑판 연꽃처럼 피었네

이제, 이어도는 바다로 나아가는 관문
거칠 것 없는 대양이 우리를 부르네
바람의 집, 이어도에서 불어오는 바람
한라산기슭 초록잎들 환호하듯 나부낄 때
대한의 그 바다, 그 섬, 이어도를 넘어
우리 함께 오대양 육대주로 나가라 하네
이어도가 있어, 번영과 풍요가 온다하네.

―「바람의 집, 이어도에서 불어오는 바람」 전문

위 시 「바람의 집, 이어도에서 불어오는 바람」은 양금희 시인이 '이어도'를 탐사하고 제주로 돌아온 후에 쓴 시이다. 1연의 "제주도의 많은 바람 이어도에서도 불어왔음을 해양과학기지 전용선 갑판에서 느꼈네, 온몸으로 바람을 맞네, 제주도에서 만났던 같은 바람이네"라는 체험적 느낌을 담고 있으며, 바람 불어도 세찬 파도 일렁거려도 그 섬, 이어도를 꿈꾸며, 돌과 바람과 여인들의 그리움이 맺힌 땅을 탐스러운 섬으로 가꾸며, 이어도로 항해하던 제주해민의 굵은 팔뚝처럼 해양과학기지를 받치는 철 기둥이 우뚝 솟은 첨탑갑판 연꽃처럼 피운 선조들의 피눈물 나는 노력과 인고의 세월을 일깨워 주고 있다.

양금희 시인은 이어도에 대한 국민적 사랑과 관심을 고취하기 위해 결성된 문학단체인 이어도문학회 회장으로 활동하면서 이어도에 관심을 더욱 두게 되었다. 이어도를 소재로 한 문학창작 활동을 하며 회원들이 문학적 성과를 통하여 이어도와 해양에 대한 국민들의 사랑과 관심을 고양하기 위한 목적으로 2012년 1월 27일 이어도문학회가 창립되었다. 양금희 시인이 초대 회장으로 선출되었고 유안진 시인을 비롯한 저명 원로시인들과 전국의 수많은 문인이 뜻을 함께해 주었으며, 이어도를 소재로 한 문학 작품을 창작하는 것을 가장 중요한 목표로 설정하였다. 첫 번째 『이어도문학』에는 유안진, 이근배, 이우걸 시인 등 한국 문단의 기라성 같은 문인들의 작품들이 실려 있다. 이어도문학회는 제2대 회장 김필영 시인(시산맥 회장), 제3대 회장 김남권 시인(한국시문학회문인회 회장,시와 징후 발행인), 제4대 회장 강병철 박사(한국평화협력연구원 부원장·2023년 세계 3대 번역가 선정), 제5대 회장 장한라 시인(현 한라문학회 회장), 제6대 회장 이희국 시인이 펜의 힘으로 이어도를 수호하고 있다.

더불어 양금희 시인은 시집 발간에 그치지 않고 제주인의 이상향으로써 함께 해온 이어도와 관련된 문화를 알리고자 했다. 이어도에 대한 기억을 가진 나이 든 세대들을 만나 그들이 알고 있는 이어도에 대한 기억과 이어도 문화를 알리기 위해 영상으로 남기기 위한 작업도 했다.

양금희 시인은 "맷돌 문화가 활성화되던 시기의 제주 사람들에게 이어도는 맷돌을 돌릴 때 '이어도사나' 노래를 부르면서 시름을 달래는 수단으로 이어져 왔다. 하지만 점차 기계화에 밀려 맷돌 문화의 명맥이 끊기면서 '이어도'에 대한 사람들의 관심과 기억도 점차 희미해져 가고 있다. 그런 이유로 자라면서 이어도에 대해 웃어른으로부터 자연스럽게 전해 들은 기억을 간직하고 있는 세대들을 만나 그들이 기억하는 '이어도'를 영상으로 채록하기로 하였다. 영상자료물은 무형의 이어도 문화를 후세에 남기는데 좋은 수단이 될 것이기 때문"이라고 영상 제작 배경을 밝혔다.

양 시인은 제주도민들이 알고 있는 이어도 증언을 채록하기 위해 수백 명의 사람을 제주 전역을 돌며 직접 찾아가서 만났다. 60~90세에 해당하는 분들을 만나 이어도에 대해 알고 있는지를 물었지만, 그들 중 소수만이 이어도에 대한 단편적인 기억만을 갖고 있을 뿐이었다. 각자가 기억하고 있는 이어도에 대한 기억도 사람마다 매우 살기 좋은 곳, 무서운 곳, 해산물이 풍부한 곳, 가면 돌아오지 못하는 곳 등으로 차이를 보였다고 한다.

자료를 수집하면서 흥미로웠던 점은 산간 지역으로 갈수록 이어도를 알고 있는 사람들이 거의 없었고, 해안 지역에 가까울수록 이어도를 기억하고 있는 사람들을 어렵게나마 만날 수 있었다는 점이다. 이를 통해 알 수 있는 것은 해안 지역은 특성상 바다에 물질을 나가거나 배를 타고 어업활동을 할 기회가 많았고, 바다에서 사고를 당해 불귀의 객이 되는 경우 죽었다고 생각하는 것이 아니라 고통도 배고픔도 없는 이어도라는 이상향에 갔을 것으로 생각하며 위안을 얻었을 것으로 추측해 볼 수 있었다. 또한 대체로 먹을 것과 입을 것이 풍요롭고 늙지도 않는 이상향으로 이어도를 기억하고 있음을 알 수 있었다. 인터뷰한 자료들을 바탕으로 〈이어도문화를 찾아서〉, 〈제주인의 이상향 이어도〉 영상을 제작했다.

양 시인의 이어도와 이어도 문화를 알리기 위한 노력이 결실을 맺어 지난 2021년 『이어도, 전설과 실존의 섬』 시집이 이어도문학상 대상을 수상하는 영예를 받았다. 양금희 시인은 "그동안의 이어도에 대한 국민적인 관심과 사랑을 고취하고자 했던 노력이 보상받은 것 같아 참으로 감사하게 생각한다"면서, "앞으로도 이어도에 대한 국민적 사랑과 관심을 지속시키기 위해 펜의 힘을 통해 노력을 이어 나가겠다"고 소회를 밝혔다.

작가의 최근 간행 저서

이어도 문화 연구의 집약서 『이어도 문화의 계승(繼承)』 발간

이어도 문화가 잊혀 가는 상황에서 이어도 문화의 계승 방안이 필요하다는 문제의식에서 출발한 『이어도 문화의 계승(繼承)』(2023)이 글나무에서 출간됐다.

이 책에서는 "이어도 문화가 제주 사람들과 함께 제주인들의 의식 속에 면면히 이어져 왔으며 맷돌 문화가 활성화되던 시기에는 맷돌을 돌릴 때 '이어도사나' 노래를 부르면서 시름을 달래는 수단으로 이어져 왔다"라고 밝히고 있다.

하지만 점차 기계화에 밀려 맷돌 문화가 실생활에서 밀려나면서 '이어도'에 대한 사람들의 관심과 기억도 점차 희미해져 가고 있다.

이어도와 관련된 이어도 문화가 제주의 소중한 유·무형문화 유산임에도 불구하고 점차 사라지고 있다. 제주인의 이상향으로 알려진 이어도가 문헌으로 기록된 내용보다 구전되는 내용이 많아서 더 빠른 속도로 사장될 위험에 직면하고 있는 상황에서 이 책은 중요한 가치를 가지고 있다.

양 시인은 『이어도 문화의

『이어도 문화의 계승』

계승(繼承)』을 펴낸 이유에 대해 "이어도 문화 자료를 수집하여 영상으로 남기는 것이 필요하다고 생각했다. 이어도에 대해 웃어른으로부터 자연스럽게 전해 들은 기억을 간직하고 있는 세대들을 만나 그들이 기억하는 '이어도'를 영상으로 채록하는 영상자료물은 무형의 이어도 문화를 후세에 남기는데 좋은 수단이기 때문"이라면서 "〈이어도 문화를 찾아서〉라는 영상을 제작하는 것을 계기로 인터뷰와 채록을 하면서 이어도 문화와 관련한 자료를 남기는 것의 중요성을 깨달았다"고 말했다.

이어 "나아가 문헌적 자료를 남기는 것의 필요성을 느껴, 이어도 문화에 관련된 전반적인 자료 수집과 정리를 하고 나름의 이어도 문화 보전과 전승 방안을 제시하고자 하여 이 책을 펴내게 되었다"라고 소회를 밝혔다.

1부에서는 『제주발전연구원 제주학연구센터』 선행 연구 결과물을 토대로 이어도 문화에 대한 정의와 이어도 문화를 쉽게 소개하고 있다.

2부 〈이어도 문화 심층면접〉에서는 나이 든 세대들이 기억하고 있는 이어도에 대해 증언한 내용을 다루고 있다.

3부 〈이어도 문화와 노래〉에서는 이어도와 관련하여 인터뷰 과정에서 제주인들의 애환이 서린 '이어도 사나'를 알고 있는 사람들의 이야기를 소개하고 있다.

4부 〈이어도 문화와 생활〉에서는 생활 곳곳에서 '이어도' 상호와 도로명이 많이 사용되고 있는 점을 참작하여 제주도와 도외 지역에서 '이어도'라는 명칭이 사용되고 있는 상호와 도로명을 네이버 검색을 통해 검색된 결과물이 들어 있다.

5부 〈이어도 문화와 문학〉에서는 펜의 힘을 통해 이어도에 대한 국민적 관심과 사랑을 고취하기 위해 출범한 이어도문학회를 중심으로 그간의 업적과 활동 과정을 소개하고 있다.

6부 〈이어도 문화가 제주도민에게 주는 함의〉에서는 이어도 문화가 제주도민들에게 어떤 의미가 있는지 이어도 문화가 주는 함의를 담고 있다.

7부는 〈이어도 문화를 찾아서〉 영상 제작 과정과 후기를 담았다.

양 시인은 "사람들과 소통되지 않는 문화는 사장될 수밖에 없다"라면서 "이어도가 기억 속에만 존재하는 것이 아니라 이 시대와 소통하고 계승 발전하기 위해서는 이어도를 소재로 한 문화 행사를 축제형식으로 다양하게 개최할 필요가 있다"고 말한다.

이어 "이어도를 소재로 한 연극, 뮤지컬, 영화 제작을 비롯하여 음악제, 이어도를 소재로 한 시, 소설 등의 문학작품 발굴 등을 지속적이고 체계적으로 하여 이어도에 대한 전 국민적 관심을 고취할 필요가 있다"라고 제언한다.

그러면서 "제주인의 이상향을 넘어 대한민국 국민들의 이상향으로서 이어도가 '이어도 문화'로 계승 발전시켜야 할 공감대를 얻기 위해서는 이어도가 왜 중요한지에 대한 대한민국 국민들의 공감대 형성이 우선되어야 할 것"이라면서 "『이어도 문화의 계승』을 통해 제주에 뿌리를 둔 '이어도 문화'가 대한민국 국민들의 시름과 아픔을 달래주는 이상향으로써 활짝 꽃피우고 아픔도 배고픔도 고통도 없는 이상향으로 우리 선조들에게 위안을 주었던 이어도가 국민적 관심 속에서 문화적 가치로서 세계화의 날개를 달기를 희망해 본다"고 기대감을 표했다.

산문집 『행복한 동행』 발간

양금희 시인은 시집 외에도 산문집 『행복한 동행』(2022)을 밥북에서 펴냈다. 『행복한 동행』은 그동안 신문에 논설위원으로 활동하면서 발표해 온 글을 모아 책으로 펴낸 것이다.

나호열 시인은 추천사에서 『행복한 동행』은 칼럼과 수필의 경계를 자유롭게 넘나들면서 냉철한 이성적 사고와 측은지심에서 발로한 감성이 적절하게 어우러진 산문집이라고 평할 수 있다. 시인이면서 언론인, 교육자로서 다양한 방면에서 활동하고 있는 양금희 시인의 박학다식은 작가가 지향하고 있는 아름다운 세계를 널리 알리고 우리가 모두 함께 그 길을 걸어가고자 하는 염원의 정당성을 확립하는 논리로서 체계적으로 구축되어 있음을 알 수 있다. 평화, 통일, 생태와 환경, 페미니즘 등과 같은 전 지구적이고 동시에 개별적인 어젠다를 우리뿐만 아니라 모든 세계인이 공유해야 마땅하며, 지금 바로 실천해야 할 삶의 덕목으로 받아들여야 함을 『행복한 동행』은 역설하고 있는 것

산문집 『행복한 동행』

이다. 각 편에서 보이는 그의 주장은 적절한 비유와 명확한 데이터의 제시로 자연스럽게 설득하고 더 나아가 감화시키는 묘미를 보여준다. 그런가 하면 『행복한 동행』의 후반부에 보이는 도시락, 소리, 추억의 무화과나무 등은 세심한 관찰과 깊은 사유를 통해 수필의 중후함과 문체의 아름다움을 만끽하는 데 부족함이 없다. 한 마디로 『행복한 동행』은 현대사회가 당면하고 있는 난제들을 풀어나가고 끝내 아름다운 세계를 만들기 위해 필요한 것이 휴머니즘임을 알려주는 소중한 기록이다."라고 추천 이유를 천명하고 있다.

박미산 시인은 추천사에서 "평화의 섬 제주에 사는 양금희 시인의 산문집 『행복한 동행』은 인연과 행복이 가장 중요한 화두이다. 그녀는 가족 친구 이웃 들풀 버려진 자투리 땅에서 자라나는 봉숭아꽃, 상추, 들깻잎, 호박, 아무도 거들떠보지 않는 고사목과 무생물까지 인연을 귀하게 여긴다. 우리는 마음과 마음 그리고 서로 주고받는 말로 인연을

맺는다. 말은 치유와 파괴를 동시에 갖고 있다. 파괴의 말은 우리 모두의 마음을 상하게 하지만 치유의 말은 생명의 나무가 된다. 생명의 나무를 자라게 하는 말은 사랑이다. 양금희 시인의 산문집 『행복한 동행』은 파릇파릇한 생명의 나무가 가득하다. 그녀는 이 책에서 우리들 마음을 어루만져 주면서 행복한 동행의 숨결을 불어 넣어 주고 있다. 겨우내 꽁꽁 언 대지에서 새순을 내미는 봄의 새싹처럼,"이라고 추천 이유를 쓰고 있다. 김남권 시인은 산문집에는 "평화의 섬 제주를 사랑하고 이어도를 사랑하고 사람을 사랑하는 양금희 시인의 오롯하고 빛나는 숨결이 순결하게 녹아 있다" 읽은 소회를 밝히고 있다.

양 시인은 "삶의 실타래를 풀어놓듯 글을 쓰며 지나온 시간은 인생의 골짜기들을 넘는 동안 소중한 인연처럼 행복한 동행이 되어주었다. 글을 쓰는 순간은 온전히 글을 쓰는데 집중할 수 있는 저만의 행복한 시간이었으며, 한 걸음 더 나아가 나를 성장시키는 시간이었다. 또한, 글을 쓴다는 것은 나를 돌아보는 시간이고 반성하는 시간이기도 하며 모르는 것에 대해 새롭게 알아가는 시간이기도 했다. 그래서 끊임없이 공부해야 하는 시간이기도 했지만 참 행복하고 감사한 시간이었다. 주어진 것에 감사하며 작고 사소한 것에서 행복의 조건들을 찾는 노력을

대만에서 출간된 『鳥巢 Nests of Birds』

한국에서 출간된 영한시집 『새들의 둥지』

계속해 나가야겠다는 다짐을 해본다. 이 자리를 빌려 저와의 동행, 함께 해주신 분들께 깊이 감사드리며 귀한 시간 내시어 함께 해주신 모든 분께 감사드린다면서 수필집 『행복한 동행』을 통해 잠시라도 독자들이 행복을 찾기를 소망해 본다"고 밝혔다.

『새들의 둥지』(2024), 대만 · 한국 출간

2024년 3월에는 대만어 번역 시집 『鳥巢 Nests of Birds(새들의 둥지)』가 대만에서 출간되었다. 대만에서 출간한 『새들의 둥지』는 노벨상 후보로 3번이나 추천된 대만에서 시성으로 불리는 리쿠이셴(李魁賢:Lee Kuei-shien) 시인이 대만어로 번역했다.

대만어로 번역되어 대만에서 먼저 출간된 시집 『鳥巢 Nests of Birds(새들의 둥지)』는 한국에서는 영한시집으로 출간되었다. 영한시집에 실린 시들은 미국 · 중국 · 러시아 · 일본 · 멕시코 · 그리스 · 이탈리아 · 이집트 · 네팔 · 대만 · 베트남 · 파키스탄 · 타지키스탄 ·

알바니아 · 스페인 · 독일 · 방글라데시 등에 다양한 언어로 번역 소개된 것을 모아 엮은 것이다.

또한, 리쿠이셴(李魁賢:Lee Kuei-shien) 시인은 대만에서 1964년 6월 15일부터 발행해 온 저명한 문학잡지인 《LI POETRY》 358(2023년 12월호)호에 시 「평화의 등대로 오소서」 외 7편(「내 어깨에 떨어지는 당신의 눈물처럼」, 「이어도가 보일때는」, 「한라산과 낭가파르트 정상을 바라보며」, 「이어도에서 불어오는 바람」, 「자구내포구」, 「어머니의 이어도」, 「해변에서 바라본 인생」)을 시평과 함께 특집으로 소개했다.

《LI POETRY》 표지

국제교류 활성화를 통한 문학적 위상 제고

세계 각국의 여류 시인 34명 작품 시선집에 한국 시인 단독으로 작품 소개돼

일본국제시인협회(Japan Universal Poets Association)에서 올초 『바람을 일으키소서, 여신들이여(Arouse the wind, Goddes)』라는 제목으로 세계여류시인 시선집을 발간했다. 세계 각국의 여류 시인 34명의 작품이 게재되었는데 한국에서는 양금희 시인의 「바람은 길을 묻지 않는다」, 「봄의 여신의 꿈」, 「그대 마음속의 평화」 등 3편이 실렸다.

일본국제시인협회(Japan Universal Poets Association)에서 발간한 『바람을 일으키소서, 여신들이여(Arouse the wind, Goddes)』 세계여류시인 시선집은 아마존에서 판매되고 있다.

미국(플로리다) ISSUE 29 Wordsmith International Editorial Paperback – May 2, 2024(아마존 판매)

Contents

카바피스(Constantine P. Cavafy) 시인을 기리기 위한 '세계카바피스 날' 창립 멤버

(Constantine P. Cavafy) 시인을 기리기 위한 '세계카바피스 날' 창립멤버이다.

카바피스 시인은 알렉산드리아에서 태어난 그리스 시인이다. 요르고스 포우둘리스(Yorgos Foudoulis) 그리스 클래식 기타리스트의 주도로 300명의 창립 멤버(시인, 작가, 예술가, 예술 애호가 등)와 함께 카바피스(Cavafy)의 상징적인 시 「테르모필레(Thermopylae)」의 기치 아래, 4월 29일 세계 카바피스의 날 제정 및 제도화가 전 세계의 기관과 시인들이 참여하는 유네스코 클럽 및 센터 전국 협의회의 후원으로 2024년 4월 27일부터 29일까지 3일간 그리스 볼로스 및 모든 협력 도시에서 창립 및 제도화 행사를 추진했다.

한국에서는 강병철 박사(한국평화협력연구원 부원장), 양금희 시인(한국세계문학협회 회장), 이희국 시인(이어도문학회 회장), 이아영 시인(한국세계문학협회 부회장), 김봄서 시인(한국세계문학협회 부회장) 등이 창립 멤버이다.

양 시인은 유엔 기관 유네스코가 후원하는 그리스 시인 콘스탄티노스 카바피스

카바피스 시인을 기리기 위한 '세계카바피스 날' 창립 멤버 증서 및 창립 멤버들

독일 《RAVEN CAGE ISSUE 91》 시 5편 소개

—「흙에 대한 소고」, 「노란점퍼」, 「바람은 길을 묻지 않는다」, 「행복계좌」, 「목백일홍」

타지키스탄(Tagikistan) 세계인들의 우정 2024년도판 5집 시 5편 소개

—「바람은 길을 묻지 않는다」, 「행복계좌」, 「목백일홍」, 「노란점퍼」, 「흙에 대한 소고」

독일 《RAVEN CAGE ISSUE 91》 표지

《세계인들의 우정》 2024년도판 5집 표지

타그흐리드 보우메르히(Taghrid BouMerhi) 시인이 아랍어로 「도시의 달빛 아래서」 소개

타그흐리드 보우메르히(Taghrid BouMerhi) 시인은 번역가이며 원어민이 아닌 사람들을 위한 아랍어 교사로 브라질에서 활동하는 레바논 시인이다. 레바논대학교(Lebanese University) 법정대학(Faculty of Law & Political Science)을 졸업하여 법학사 학위를 갖고 있으며 AL-ARABE TODAY 및 RAINBOW Magazine의 편집자이다. 그녀는 아랍어(모국어), 프랑스어, 영어, 포르투갈어, 이탈리아어와 스페인어에 능통하다. 그녀의 시는 24개국 이상의 언어로 번역되어 수많은 국제 선집에 소개되었다.

이탈리아(ITALIANEWSMEDIA.IT-P.C.LAVA-MAGAZINE ALESSANDRIA TODAY)에 소개

이탈리아 NEWS MEDIA 〈ALESSANDRIA TODAY MAGAZINE〉 소개
— 「바람은 길을 묻지 않는다」

알바니아 〈GAZETA DESTINACIONI〉 시 소개

Poetja Yang Geum-Hee ka lindur në vitin 1967 në Jeju të Koresë. Ajo ka botuar dy përmbledhje me librash me poezi, "Llogaria e Lumturisë" dhe "Ieodo, Ishulli i Legjendës dhe Ekzistencës", si dhe një koleksion esesh me titull "Shoku i Lumtur".

Yang është Presidentja e Parë e Shoqatës së Letërsisë Ieodo, Kryeredaktore në Revistën Jejuin News, dhe gjithashtu punon si studiuese në Society of Ieodo Research. Yang ka punuar si studiuese në Qendrën e Madhe Sea Jeju në Universitetin Kombëtar Jeju dhe si Profesore e emëruar posaçërisht në Universitetin Ndërkombëtar Jeju.

ERA NUK DO T'IA DIJË PËR RRUGËN

Nuk ka rëndësi sa kohë kalon
Era kurrë nuk plaket
Edhe nëse flladi gojë nuk ka
Ai gjithmonë thotë
Atë çka dëshiron të tregojë.
Edhe nëse era sy nuk ka
Kurrë nuk e humbet drejtimin e saj
Kur me një fytyrë të shtrembëruar përballet
Gjithmonë në anën tjetër fryn
Pa gërvishtur apo bërë keq
Era kurrë nuk ndalet
Edhe nëse fytyra e ëmbël mund të jetë
Kur në rrugën e lakuar të tokës

Në gjendje të vrapoj do të jem
Pa kërkuar udhëzime

ANGELA KOSTA TRADUCE IN BILINGUE I VERSI DI YANG GEUM–HEE

La poetessa Yang Geum–Hee è nata nel 1967 a Jeju, in Corea. Ha pubblicato due raccolte di libri di poesie, "Happiness Account – La Felicità Dell'acconto" e "Ieodo, Island of Legend and Existence – Ieodo, Isola Della Leggenda e Dell' Esistenza" oltre ad una raccolta di saggi intitolata "Happy Companion – Compagno Felice." Yang è stata la prima Presidente della Ieodo Literature Association, Caporedattrice del Jejuin News e ha lavorato come ricercatrice presso la Society of Ieodo Research. Inoltre ha lavorato come ricercatrice presso il Jeju Sea Grand Center presso l'Università Nazionale di Jeju e come professoressa appositamente nominata presso l'Università Internazionale di Jeju.

Yang Geum–Hee ha vinto sette premi letterari.

IL VENTO NON VUOLE SAPERE DELLA STRADA

Non importa quanto tempo passa
Il vento non invecchia mai
Anche se la brezza non ha bocca,
Dice sempre quello
Che vorrebbe dire
Anche se il vento non ha occhi,
Non perde mai la sua direzione
Quando affronta una storta faccia
Il vento soffia sempre da un'altra parte,
Senza graffiare o far male
Il Vento mai si ferma
anche se il viso tenero fosse
Quando sulla strada intricata della terra
potrò correre
senza chiedere indicazioni.

Përgatiti dhe përktheu Angela Kosta Akademike, gazetare shkrimtare, poete, eseiste, kritike letrare, redaktore, promovuese

Preparato e tradotto in italiano da Angela Kosta Accademica, giornalista, poetessa, saggista, critica letteraria, redattrice, traduttrice

코소보 〈Orfeu.AL〉에 알바니어 및 이탈리어로 시 소개

― 「바람은 길을 묻지 않는다」

ANGELA KOSTA PËRKTHEN NË DYGJUHËSH VARGJET E POETES KOREANE YANG GEUM-HEE

Poetja Yang Geum-Hee ka lindur në vitin 1967 në Jeju të Koresë. Ajo ka botuar dy përmbledhje me librash me poezi, "Llogaria e Lumturisë" dhe "Ieodo, Ishulli i Legjendës dhe Ekzistencës", si dhe një koleksion esesh me titull "Shoku i Lumtur".

Yang është Presidentja e Parë e Shoqatës së Letërsisë Ieodo, Kryeredaktore në Revistën Jejuin News, dhe gjithashtu punon si studiuese në Society of Ieodo Research. Yang ka punuar si studiuese në Qendrën e Madhe Sea Jeju në Universitetin Kombëtar Jeju dhe si Profesore e emëruar posaçërisht në Universitetin Ndërkombëtar Jeju.

양금희 시인과 안젤라 코스타(Angela Kosta) 시인

POEM BY YANG GEUM-HEE

Poetess Yang Geum-Hee was born in 1967 in Jeju, Korea. She has authored two collections of poetry: "Happiness Account" and "Ieodo: Island of Legend and Existence," along with one collection of essays titled "Happy Companion." She served as the inaugural president of the Ieodo Literature Association, held the position of editor-in-chief at the Jejuin News, and worked as a research fellow at the Society of Ieodo Research. Additionally, she served as a researcher at the Jeju Sea Grand Center at Jeju National University and held a specially appointed professorship at Jeju International University. Currently, she serves as an editorial writer for the New Jeju Ilbo, a special researcher at the Institute of Social Sciences of Jeju National University, the vice-president of the Jeju Regional Committee of the Korean PEN Center, an Executive of the Jeju Institute for Korean Unification, and an Executive of the Korean Association of Ethics. She has received seven literary awards and currently holds the position of President of the Korean Association of World Literature.

NESTS OF BIRDS

Birds do not build their homes
for themselves,
but for their young ones
They build nests in bushes or tree holes
and share warmth with each other
With that strength,
they become the wind,
they become the clouds,
to open their way to the sky
Knowing their destiny is to fly high,
birds do not build nests to stay.

코소보 〈Orfeu.AL〉 시 7편 소개

— 「새들의 둥지」, 「떼까마귀의 군무」, 「새」, 「시집을 읽다」, 「우전차 한잔」, 「바람의 미학」, 「베트남에 핀 꽃」

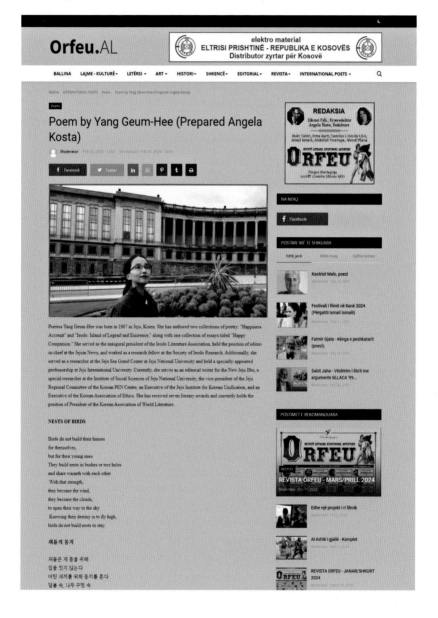

— 「바람의 미학」

스페인 〈바로셀로나 매거진〉 4월호 표지
(표지 모델은 안젤라 코스타 시인)

Barcelona Literary Magazine 04 العدد - مجلة برشلونة الأدبية / 77

Yang Geum-Hee
- South Korea -

Poetess Yang Geum-Hee was born in 1967 in Jeju, Korea. She has published two collections of poetry books, "Happiness Account" and "Ieodo, Island of Legend and Existence", as well as one collection of essays titled "Happy Companion". She was the first president of the Ieodo Literature Association, the editor-in-chief of the Jejuin News, and worked as a research fellow at the Society of Ieodo Research. She served as a researcher at the Jeju Sea Grand Center at Jeju National University and a specially appointed professor at Jeju International University. Currently, she is an editorial writer for the New Jeju Ilbo, a special researcher at the Institute of Social Sciences of Jeju National University, a vice-president of the Jeju Regional Committee of the Korean PEN Center, an Executive of the Jeju Institute for Korean Unification, and an Executive of the Korean Association of Ethics. She has won seven literary awards. She is the President of Korean Association of World Literature.

LIFE WATCHED ON BEACH

A man tends to a garden,
and what makes it grow is the wind
that blows from Mother Nature.

The wind remains fragrant
as it wraps around the juniper's round waist.
It carries the scent of pine through
every pot and pine needle.

With unpretentious gestures,
the scent of flowers crosses the wall.
When they bloom
and fill the air through the cracks,
the wind carries the smiles of the flowers.

In the warm sunlight,
the sound of laughter resonates.
Even the gentle touch of raindrops can be felt.
The wind, never ceasing for countless days,
finds a path without a road and carries it along."

바람의 미학

사람이 정원을 가꾸되
자라게 하는 것은
대자연에서 불어오는 바람이어라

향나무 둥근 허리마다
바람은 향기롭게 머물고
항아리 소나무 솔잎마다
바람이 물어 나른 솔향 맺혔어라

모나지 않은 몸짓으로
담을 넘어오는 꽃향기
허공의 틈으로 피어오를 때
바람은 꽃들의 미소를 나른다

따사로운 햇살의 웃음소리
빗줄기의 부드러운 손길도
수많은 날 잠들지 않는 바람은
길 없는 길을 찾아 실어 나른다

Barcelona Literary Magazine 05 العدد - الأدبية برشلونة مجلة / 77

Yang Geum-Hee
- South Korea -

Poetess Yang Geum-Hee was born in 1967 in Jeju, Korea. She has published two collections of poetry books, "Happiness Account" and "Ieodo, Island of Legend and Existence", as well as one collection of essays titled "Happy Companion". She was the first president of the Ieodo Literature Association, the editor-in-chief of the Jejuin News, and worked as a research fellow at the Society of Ieodo Research. She served as a researcher at the Jeju Sea Grand Center at Jeju National University and a specially appointed professor at Jeju International University. Currently, she is an editorial writer for the New Jeju Ilbo, a special researcher at the Institute of Social Sciences of Jeju National University, a vice-president of the Jeju Regional Committee of the Korean PEN Center, an Executive of the Jeju Institute for Korean Unification, and an Executive of the Korean Association of Ethics. She has won seven literary awards. She is the President of Korean Association of World Literature.

THE YELLOW JUMPER

The yellow winter jumper,
Received as a gift long ago,
I lost
Much regret follows
As much as fondness
For the lost things.

Where did I put
The bright color of purity
On the gray pavement?
It is so clear
My days of chick's downy hair,
Spring time it was
Lost, so remaining forever in my heart.

***

노란점퍼

오래 전에 선물로 받은
노란 겨울 점퍼
잃어버렸다

잃어버린 것은
아끼던 만큼
아쉬움이 따른다

어디에 두고 왔을까
회색빛 포도鋪道에서
화색이 돌던 순수

너무도 선명하다
병아리의 솜털을 가졌던 시기
봄이었으니
잃어서 영원히 가슴에 남아

***

스페인 〈바로셀로나 매거진〉 35명의 국제 시인들의 서정시 모음집 소개

— 35명의 국제 시인들의 서정시 모음집(LE DONNE GEMME POETICHE GLOBALI: RACCOLTA DI POESIE LIRICHE DA 35 POETESSE INTERNAZIONALI Copertina flessibile – 27 aprile 2024) 시 소개(아마존 판매)

▲ 스페인 〈바로셀로나 매거진〉 35명의 국제 시인들의 서정시 모음집 표지

▲ 아마존에서 판매 중인 '35명의 국제 시인들의 서정시' 모음집

YANG GEUM-HEE è nata nel 1967 a Jeju, in Corea. Ha pubblicato due raccolte di libri di poesie, "Happiness Account – La Felicità Dell'acconto" e "Ieodo, Island of Legend and Existence – Ieodo, Isola Della Leggenda e Dell'Esistenza" oltre ad una raccolta di saggi intitolata "Happy Companion – Compagno Felice." Yang è stata la prima Presidente della Ieodo Literature Association, Caporedattrice del Jejuin News e ha lavorato come ricercatrice presso la Society of Ieodo Research. Inoltre ha lavorato come ricercatrice presso il Jeju Sea Grand Center presso l'Università Nazionale di Jeju e come professoressa appositamente nominata presso l'Università Internazionale di Jeju.

Attualmente Yang è:

– Redattrice editoriale per il New Jeju Ilbo,

– Ricercatrice speciale presso l'Istituto di Scienze Sociali dell'Università Nazionale di Jeju,

– Vicepresidente del Comitato Regionale di Jeju del Centro PEN Coreano,

– Dirigente dell'Istituto di Jeju per l'Unificazione Coreana

– Dirigente dell'Associazione Coreana di Etica.

Yang Geum-Hee ha vinto sette premi letterari.

중국 〈Rendition of International Poetry Quarterly VOLUME 112〉(國際詩集翻譯 季刊) 시 4편 소개

— 「행복계좌」, 「바람은 길을 묻지 않는다」, 「목백일홍」, 「흙에 대한 소고」

▲ 중국 〈Rendition of International Poetry Quarterly VOLUME 112〉(國際詩集翻譯 季刊)

Yang Geum-Hee [Korea]

Happy account (and other three poems)

Happy account,

Which is in the Heaven
Needless memorize password for Account
Even at night,
shining star lights fill in the Happy account
So, don't worry about bankruptcy

Even though it's a cloudy day
Believe that the clouds do contain Happy account,
Behind of their dark clouds
When you see that sky,
It's a day,
You transfer love to Happy account

Withdrawal is Always Possible
The happier,
The interest rate is high

The wind doesn't ask the way

No matter how much time goes by,
Wind never getting older
Even though Wind doesn't have a mouth,
Wind always say something What have to say
Even though Wind doesn't have eyes
Never lose her direction

When Wind face an angular face,
Wind always blowing somewhere else,
Without scratching or hurting
Wind Never stay,

梁琴嬉(韩国)

快乐账户（外三首）

快乐账户,

在天堂
无需记住账户的密码
即使在晚上,
闪亮的星光也会填满快乐账户
因此, 不要担心破产

即使是阴天
相信乌云中也有快乐账户,
当你在乌云背后
看到天空变得更蓝的时候,
那一天,
你把爱转移到了快乐账户

每一次取款
越快乐,
可能利率就越高

风不会问路

无论过了多长时间,
风永不变老
风虽然没有嘴巴
总是说些不得不说的话
风虽然没有眼睛
但永远不会迷失方向

当风面对棱角的脸色,
也不会被刺痛,
风总是在别处吹拂着,
风永不停息。

even though face soft face

When can I run on the crooked road on the earth,
without asking for directions

A Crape Myrtle

When you get discouraged,
I call you a crape myrtle
Hoping you might be full of life,
As a flower tree reel for one hundred days,
A crape myrtle,
Named like that
Your appearance, withering with heat,
Might recover subtle aroma and
Rosy color again,
And for one hundred days

You may put out prink buds,
I call you
A crape myrtle,
Pretending as if I don't know your name.

Essay on soil

Soil is the mother of all living things
Giving a Belly to bear seeds
Giving warm bags for raise
Giving fond look to the tender buds
Hold trees which is swaying in the wind
Permit its root deep into her flesh
Regardless of grains and weeds,
treat them without discrimination
Ants and elephants,
Neither the wicked or the good,
All step on earth's back and walk a long way

Peace and mar, war and love
All equal on the ground
All beings
Crumble on the soil
When all things turn to dust and lie down
Earth Hug warmly and tightly

即使面对柔软的东西

什么时候, 我可以像风儿一样无需问路,
在大地弯曲的路上奔跑

百日红

当你感到气馁的时候,
我叫你紫薇
希望你如一树紫薇花一样
生机勃发
红过百日,
如此命名
你的容颜, 因酷热而枯萎,
也许清爽色的花香会再一次
散发出淡淡的香气,
整整一百天

你可以绽放花蕾,
我叫你
紫薇,
假装不知道你的名字。

土壤考

土壤乃万物之母
用肚腹孕育种子
用温暖的襁褓
深情地凝望着嫩芽
牢牢抓住风中摇曳的树木
让它的根深深扎入她的肉里
无论谷物和杂草,
一视同仁
蚂蚁和大象,
无论是好人还是恶人,
都踩在她地的背上, 走很远很远的路

和平与博爱, 战争与爱
在大地之上都是平等的
所有的存在
都将溃败于土壤之中
当一切都归于尘土, 躺下了
被大地温暖而紧紧地拥抱

(张智 译; Tr. Zhang Zhi)

About the author

Yang Geum-Hee was born in 1967 in Jeju, Korea, is a famous poetess. She published 2 collections of poetry "Happiness Account", "Ieodo, Island of Legend and Existence", and 1 collections of essay "Happy Companion". She was the first president of the Ieodo Literature Association, the editor in chief of the Jejuin News. And worked as a research fellow of the Society of Ieodo Research. She served as a researcher at Jeju Sea and Center at Jeju National University and a special professor at Jeju International University. Currently, she is an editorial writer of New Jeju Ilbo, a special researcher at the Institute of Social Sciences of Jeju National University, a vice-president of the Jeju Regional Committee of the International PEN Korea Headquarters, an Executive of the Jeju Institute for the Korean Unification and an Executive of the Korean Association of Ethics. She won 4 Literary Awards.

作者简介

梁琴嬉, 1967年生于韩国济州市, 著名女诗人。她已出版诗集《快乐账户》《Ieodo, 传说与存在之岛》两部, 随笔集《快乐伴侣》一册。她是Ieodo文学协会的首位会长、《济州新闻》总编辑、Ieodo研究学会研究员。她曾担任济州国立大学济州海洋中心研究员、济州国际大学特聘教授。现为《新济州日报》评论员, 济州大学社会科学研究所特聘研究员, 国际笔会韩国总部济州地区委员会副会长, 济州统一研究会理事、韩国伦理学会理事等。她曾获得4部文学奖。

RIPQ

네팔 〈JHARANA KHABAR〉 시 3편 소개

― 「바람은 길을 묻지 않는다」, 「한라산과 낭가파르트 정상을 바라보며」, 「흙에 대한 소고」

영한시집 『새들의 둥지』 추천사를 쓴 네팔 룹씽 반다리(Rupsingh Bhandari) 시인

그리스 〈Polis Magazino〉 시 6편 소개

― 「새들의 둥지」, 「짧은 순간」, 「큰 행복」, 「우전차 한잔」, 「내 어깨에 떨구는 당신의 눈물처럼」, 「담쟁이 잎의 비행」, 「봄비를 맞는 날」

그리스 〈Polis 매거진〉 인터뷰

러시아 〈HUMANITY〉 시 2편 소개

— 「내 어깨에 떨구는 당신의 눈물처럼」, 「담쟁이 잎의 비행」

《HUMANITY》 표지

Every Child lifeline /DEMO GOG international magazine

Korean poetry

Poetess Yang Geum-Hee was born in 1967 in Jeju, Korea. She has published two collections of poetry books, "Happiness Account" and "Ieodo, Island of Legend and Existence", as well as one collection of essays titled "Happy Companion". She was the first president of the Ieodo Literature Association, the editor-in-chief of the Jejuin News, and worked as a research fellow at the Society of Ieodo Research. She served as a researcher at the Jeju Sea Grand Center at Jeju National University and a special professor at Jeju International University. Currently, she is an editorial writer for the New Jeju Ilbo, a special researcher at the Institute of Social Sciences of Jeju National University, a vice-president of the Jeju Regional Committee of the Korean PEN Center, an Executive of the Jeju Institute for Korean Unification, and an Executive of the Korean Association of Ethics. She has won four literary awards.

Like your tears falling on my shoulders
-About the water cycle-

The Cheonjiyeon waterfall falling vertically,
Water droplets shattering in the midst of a waterstorm,
They don't push each other away, but embrace each other.

Like a pledge that can never be undone,
In the gap of accelerating speed,
Even if the round waters torn and shattered on volcanic rocks,
It doesn't spare its own body with countless curves.
The more it empties and becomes one, the faster it accelerates.

Even the shattered water with different time gaps
Gathers and becomes one under the waterfall,
Forgetting the fear that was falling, water flows to the ocean
Embracing each other without boundaries.

When the wind brings waves and overturns the seawater,
Water embraces each other for not fall apart,
From the ocean that the sun caresses, rising to the sky,
They hold onto each other, forming water droplets.

Clouds flowing and turning into raindrops,
Just like all love begins with tears,
When people feel the most difficult and lonely,
Like your tears falling on my shoulders,
Water droplets melt the temperature and refresh the earth

내 어깨에 떨구는 당신의 눈물처럼
-물의 순환계에 대하여-

양금희

수직으로 낙하하는 천지연폭포
물보라 속으로 부서지는 물방울들
밀어내지 않고 서로 그러안는다

영영 돌이킬 수 없는 다짐인양
곤두박질치는 속도의 틈에서
둥근 물은 화산석에 찢기고 깨져도
무수한 곡선으로 제 몸을 아끼지 않는다
비우고 하나가 될수록 가속도가 붙는다

다른 시차를 두고 부서진 물도
폭포 아래 고여 하나가 된다
둥근 곤두박질치던 기억을 잊고
경계 없이 서로 안고 바다로 흘러간다

파도를 몰고온 바람이 바닷물을 뒤엎을 때
물은 떨어지지 않으려 서로를 안는다
태양이 애무하는 바다에서 하늘로 오르다
서로를 붙들어 물방울을 이룬다

구름으로 흐르다 빗물 되어 내리는 물방울
사람이 가장 힘들고 외로울 때
모든 사랑이 눈물로 시작되었듯
내 어깨에 떨구는 당신의 눈물처럼
물방울은 체온을 녹여 대지를 적셔준다.

Flight of the Ivy Leaf

By Yang, Geum-Hee

The flock on the wall, bathed in the glow of sunset,
Dancing and fluttering with wings of crimson red,
On the rugged cliff, in their nest,
Proudly boasting their green wings in summer.

Thanks to the wall standing there,
Passion turned the sunlight even more radiant,
As if weaving fabric, the wings were attached to the wall,
Growing long for a single flight.
Unaware that it was to be their final flight,
They strengthened their wings amidst the storm.

Those birds,
Living within the realm of the wall,
Desire to fly further away,
Ivy leaves rising to a different world,
Softly fluttering towards the soil,
Meeting the apex of life through an ecstatic flight.

담쟁이 잎의 비행

양금희

노을에 물든 벽의 새떼
붉게 물든 날개 파르르 떨며 춤을 추네
깎아지른 절벽 위 둥지에서
여름날 초록 날개 자랑스레 흔들었지

그곳에 벽이 있기에
푸른 열정이 햇살을 더욱 빛나고
직물을 짜듯이 날개를 벽에 붙들고
한 번의 비행을 위해 자랐네
그것이 마지막 비행인 줄도 모른 채
비바람 속에서 힘살을 키웠지

저 새떼는
벽의 세계에서 살다가
좀 더 멀리멀리 날고파
다른 세상으로 차오르는 담쟁이 잎새
흙을 맞하여 사푼사푼
황홀한 비행으로 생의 정점을 맞는다

64

러시아 《Russia-Free microphone》 시 2편 소개

— 「바람은 길을 묻지 않는다」, 「행복계좌」

Every Child lifeline /DEMO GOG international magazine

Free microphone

The wind doesn't ask the way
By Yang, Geum-Hee

No matter how much time goes by,
Wind never getting older
Even though Wind doesn't have a mouth,
Wind always say something What have to say
Even though Wind doesn't have eyes,
Never lose her direction

When Wind face an angular face,
Wind always blowing somewhere else,
Without scratching or hurting
Wind Never stay,
Even though face soft place

When can I run on the crooked road on the earth,
without asking for directions

바람은 길을 묻지 않는다
Author 양금희

세월이 가도
늙지 않는
바람의 나이

입이 없어도
할 말을 하고
눈이 없어도
방향을 잃지 않는다

모난 것에도
긁히지 않고
부드러운 것에도
머물지 않는다

나는 언제쯤
굽히 묻지 않고
지상의 구부러진 길을
바람처럼 달려갈 수 있을까

Happy account
By Geum-Hee Yang

Happy account,
Which is in the Heaven
Needless memorize password for Account

Even at night,
shining star lights fill in the Happy account
So, don't worry about bankruptcy

Even though it's a cloudy day
Believe that the clouds do contain
Happy account,
Behind of their dark clouds
When you see blue sky,
It's a day,
You transfer love to Happy account

Withdrawal is Always Possible
The happier,
The interest rate is high

가까이
Author 양금희

하늘에 있는
행복복신은
번호를 몰라도
문제없네

밤에도 반짝을 채워
계좌가 비는 날은 없으니
흐린 날에도
먹구름 위의
행복계좌를 믿으라

하늘이 더욱 파란 날은
행복복신로
사랑을 이체하는 날

출금은
언제나
가능하고
행복할수록
이윤은 높다

Poetess Yang Geum-Hee was born in 1967 in Jeju, Korea.
She published 2collections of poetry book, "Happiness Account", "Jeodo, Island of Legend and Existence", and 1 collections of essay "Happy Companion".
She was the first president of the Jeodo Literature Association, the editor in chief of the Jejuin News. And worked as a research fellow of the Society of Jeodo Research. She served as a researcher at Jeju Sea Grand Center at Jeju National University and a special professor at Jeju International University.
Currently, she is an editorial writer of New Jeju Ilbo, a special researcher at the Institute of Social Sciences of Jeju National University, a vice-president of the Jeju Regional Committee of the Korean PEN center, an Executive of the Korean Institute for the Korean Unification and an Executive of the Korean Association of Ethics.
She won 4 Literary Awards.

72

베트남 호치민 신문 시 5편 소개

— 「바람은 길을 묻지 않는다」, 「행복계좌」, 「노란점퍼」, 「목백일홍」, 「흙에 대한 소고」

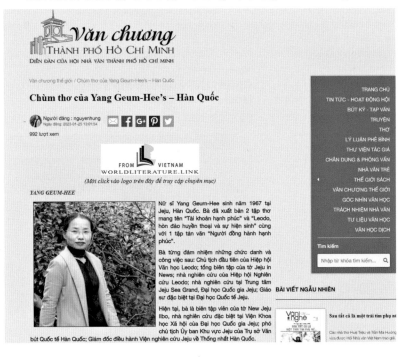

하노이에서 개최된 한-베트남 수교 30주년 기념 한-베트남 문학 교류 행사

2022년에 한-베트남 수교 30주년을 기념한 한-베트남 문인들이 참석한 문학 교류 행사가 베트남 하노이에서 12월 8일 개최되었다. 이 행사에는 전)주한베트남 대사를 비롯하여 베트남 대표문인들 수십 명과 제주PEN 회원들이 참석하여 우정을 교환했다.

전)주한베트남 대사와 함께

베트남 〈WORLDLITERATURE〉 시 5편 소개

— 「바람은 길을 묻지 않는다」, 「행복계좌」, 「노란점퍼」, 「목백일홍」, 「흙에 대한 소고」

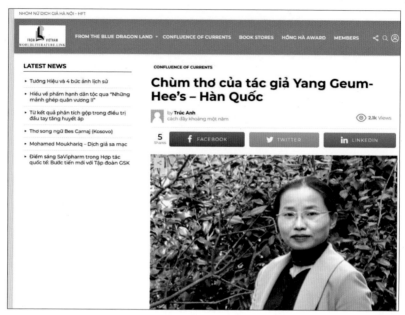

베트남 〈WORLDLITERATURE〉 사이트 캡쳐

(Mời click vào logo trên đây để truy cập chuyên mục)

YANG GEUM-HEE

Nữ sĩ Yang Geum-Hee sinh năm 1967 tại Jeju, Hàn Quốc. Bà đã xuất bản 2 tập thơ mang tên "Tài khoản hạnh phúc" và "Leodo, hòn đảo huyền thoại và sự hiện sinh" cùng với 1 tập tản văn "Người đồng hành hạnh phúc".

Bà từng đảm nhiệm những chức danh và công việc sau: Chủ tịch đầu tiên của Hiệp hội Văn học Leodo;

tổng biên tập của tờ Jeju in News; nhà nghiên cứu của Hiệp hội Nghiên cứu Leodo; nhà nghiên cứu tại Trung tâm Jeju Sea Grand, Đại học Quốc gia Jeju; Giáo sư đặc biệt tại Đại học Quốc tế Jeju.

Hiện tại, bà là biên tập viên của tờ New Jeju Ilbo, nhà nghiên cứu đặc biệt tại Viện Khoa học Xã hội của Đại học Quốc gia Jeju; phó chủ tịch Ủy ban Khu vực Jeju của Trụ sở Văn bút Quốc tế Hàn Quốc; Giám đốc điều hành Viện nghiên cứu Jeju về Thống nhất

Hàn Quốc.

Bà từng được Giải thưởng Văn học Leodo.

WLL xin trân trọng giới thiệu chùm thơ của bà trong ba ngôn ngữ Việt – Anh – Hàn.

Poetess Yang Geum-Hee was born in 1967 in Jeju, Korea.

She published 2 collections of poetry "Happiness Account", "Ieodo, Island of Legend and Existence", and 1 collections of essay "Happy Companion".

She was the first president of the Ieodo Literature Association, the editor in chief of the Jeju in News. And worked as a research fellow of the Society of Ieodo Research. She served as a researcher at Jeju Sea Grand Center at Jeju National University and a special professor at Jeju International University.

Currently, she is an editorial writer of New Jeju Ilbo, a special researcher at the Institute of Social Sciences of Jeju National University, a vice-president of the Jeju Regional Committee of the International PEN Korea Headquarters, an Executive of the Jeju Institute for the Korean Unification and an Executive of the Korean Association of Ethics.

She won the Ieodo Literary Award.

베트남 지면 신문 표지

Yang Keum-hee

Nguyên giáo sư đặc trách đại học quốc tế Jeju, Đã từng tham gia công tác văn học 19 năm. Đăng đàn trên tạp chí "Nguyệt san văn thơ". Thơ xuất bản: Tài khoản hạnh phúc; Ieodo, đảo của truyền thuyết và hiện thực. Giải thưởng lớn văn học Ieodo lần thứ 2. Hiện nay là bình luận viên của Nhật báo Jeju mới. Nhà nghiên cứu đặc biệt của Trung tâm nghiên cứu khoa học xã hội trường đại học Jeju.

Đường gió

Thời gian trôi vùn vụt
Gió mãi tuổi tráng niên
Không có miệng…
Vẫn vi vu lời gió
Không có mắt…
Vẫn xông xáo mọi cung đường

Xuyên gai góc mà không trầy xước
Nơi ấm êm chẳng chịu dừng chân
Tôi tự hỏi…
Liệu có thể phiêu du như gió
Không cần hỏi đường mà vẫn chạy như bay
Trên hành trình khúc khủy giữa thế gian này.

Lê Đăng Hoan (Dịch từ bản tiếng Hàn)
Phạm Vân Anh (Biên tập bản dịch tiếng Việt)

Preview of the poetry collection 'Nests of Birds', authored by South Korean poetess Yang Geum-Hee, a lover of nature and a conservationist

By Nasir Aijaz,
AsiaN Representative

SINDH: Sometimes it happens that you develop good friendly relations with a person whom you have never met. This has become possible mainly because of the cyber age we live in today, which has turned the world into a global village, as the internet, a marvelous invention of high-tech era, has connected the entire regions of the globe. Now the distance doesn't matter, as one-click is enough to cover the distance of thousands of kilometers. The friendship bond further strengthens with a realization that we all are the dwellers of same planet living under the same sky.

This happened in case of me and my South Korean friend, the Jeju Island-based poet and scholar Ms. Yang Geum-Hee, whom I have never met. I have been to South Korea six times and once had a trip to Jeju Island, but never knew about Ms. Yang. It was early 2023 when we were connected thanks to Dr. Byeong, who had shared her poetry for my web portal Sindh Courier. Since then, I have been reading her poetry, sharing views online on Korean culture and society, folk literature etc. Her scholarly conversation, command on history, culture, and Korean society, helped me a lot to understand phases of development of Korean society.

It transpired during the conversation that Ms. Yang is nature-lover and has deep belonging to the mountains, waterfalls, beaches, fishermen, fauna and flora, winds, folklore, myths, legends, and culture of Jeju Island. She often talked of peoples' uprising against the foreign occupation, role of women played in development of Korean society etc. And whenever I read her poetry, I found reflection of her intense feelings for entirety of Jeju Island, which she pens down with the words and phrases emerging from the core of her heart. I find in her a poet, and a 'Green Panther' of Jeju Island, who is a lover of nature, a conservationist and a green activist.

As is evident from the title of book 'Nests of Birds', Ms. Yang minutely describes each and every thing that belongs to Jeju Island. She even loves the fallen leaves of trees during the harsh winters, as narrated in one of her recent poems 'House made of fallen leaves'. Another poem 'A cup of Korea Woojeon Green Tea' manifests her deep affection even for the Korean green tea. And while writing about the Naga Parbat, the westernmost major peak of the Himalaya Mountain Range, she doesn't forget to mention Hallasan Mountain of Jeju Island. She mentions Hallasan Mountains in these words:

As I look at Hallasan,
And you gaze at Nanga Parbat,
We give each other wisdom for a new life,
Showing each other greater potential for growth.
Encouraging each other, we break out of our shells and grow.

The poem 'Looking at Halla Mountain and Nanga Parbat's peak' is not confined to mention or the comparison of two mountains, but revolves around the philosophy of life, as she says:

The moment we step out of our mother's embrace
And set foot in the world,
We realize that life is about breaking out of our shells.

When we taste the freshness of the unknown world,

We grow up by feeling the height of the world while looking at the mountains.

No matter what mountain it is,

We take one step at a time towards its summit,

Overcoming any obstacles and being reborn anew.

Even if we face disappointment, wound, sadness, and pain,

We rise again and seek the joy of life,

Discovering the truth of a new life.

Ms. Yang, author of two collections of poetry books, 'Happiness Account' and 'Ieodo, Island of Legend and Existence', as well as one collection of essays titled 'Happy Companion', loves reading poetry books and writing the poetry. I would conclude with quoting her poem 'Reading poetry book' which amply elaborates her vision and command over the words to express whatever see reads, observes and feels. It seems as if the simple but beautiful and powerful words start pouring out from her heart:

Someone sent a book of poetry,

The fruit of someone's heart.

Bite off the poetry book that contains the poet's life,

Fruits of different sizes, different colors.

Poet read the world and ripe poetry fruit,

When you take a bite, thick juice flows out.

The ever-changing essence of nature,

Dressed in the language of poetry,

Be beautiful,

Even in the freezing cold,

Snowflake flowers bloom, the world is warmed by the poetry

Bitter, sweet, spicy, astringent,

Fruits with all the flavors in the world.

Pick up the language of poetry from the sky,

Find your way through the trees,

Catch the language of poetry in the sea,

Find the language of poetry like wild ginseng in the mountains,

And the winding path of the poet's life is deciphered in the starlight.

Listening to the chirping of the birds and the sound of the wind

The poetry heals wound, comfort and happiness,

The poet's fresh fruit ripens.

The poet breathes life into poetry

To guide the path of happiness,

Awaken the senses, open the eyes of intellect.

Finally, we bite the fruit of the poet.

이집트·영국 공동의 저명한 잡지 《Dylan Thomas2023》, 《Dylan Thomas2024》

— 「봄의 여신의 꿈」, 「도시의 달빛 아래서」

Yang Geum-Hee, Korea
"Under the City Moonlight"

Under the City Moonlight

As the city lights grow brighter,
The moonlight and starlight fade, yet
I know the moonlight always touches my shoulder.

Even in the darkest night,
Without getting lost,
I never lose my direction.

Hard iron undergoes quenching.
After the storm, the sky turns a bright blue.
Only those who have sailed the sea of patience
Can reach the beautiful land.

Calm and unchanging at every turn in life,
The moon is always there to hold my shoulders and lift me up
The moon, a gift-like presence, is always there.
Because you shined on me,
My soul was never dark.
Even if I fell, I was able to stand and walk again.

Yang, Geum-Hee

#dylanday

Poetess Yang Geum-Hee was born in 1967 in Jeju, Korea. She has published two collections of poetry books, as well as one collection of essays titled "Happy Companion". She was the first president of the Ieodo Literature Association, the editor-in-chief of the Jejuin News, and worked as a researcher at the Jeju Sea Grand Center at Jeju National University and a specially appointed professor at Jeju International University. Currently, she is an editorial writer for the New Jeju Ilbo, a vice-president of the Jeju Regional Committee of the Korean PEN Center and an Executive of the Korean Association of Ethics. She has won seven literary awards.

파키스탄 〈SINDHCOURIER〉 시 다수 소개

―「새들의 둥지」외 다수

SINDHCOURIER.COM
Nests of Birds – A Poem from Jeju Island of Korea - Sindh Courier
Yang Geum-Hee Poetess Yang Geum-Hee was born in 1967 in Jeju, Korea. She has published t...

SINDHCOURIER.COM
Reading poetry book – A Poem from Jeju Island of Korea - Sindh Courier
Yang Geum-Hee Born in 1967 in Jeju, Korea, Poetess Yang Geum-Hee has published two collec...

파키스탄 〈SINDHCOURIER〉 사이트 화면 캡쳐

인도시인 Sourav Sarkar『Korean Poets』한국시인 13명 공동작품집 참여(아마존 판매)

―「새들의 둥지」

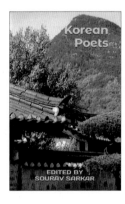

Korean Poet

Nests of Birds

Yang Geum-Hee

Birds do not build homes for themselves,
but for their young ones.
They fashion nests in bushes or tree holes
and share warmth with each other.

With that strength,
they become the wind,
they become the clouds,
opening their way to the sky.

Knowing their destiny is to fly high,
birds do not build nests to stay.

3 Poemas de Yang Geum-Hee, poeta surcoreana

Publicado por Mariela Cordero | 7 Sep, 2023 | Poetas del mundo, Poetas mujeres | 0 ●

POÉMAME
revista abierta de poesía

Inicio   Poemas ˅   Escuela   Entrevistas   Reseñas   Opinión ˅   Actualidad

Yang Geum-Hee nació en 1967 en Jeju (Corea). Ha publicado dos poemarios, «Happiness Account» e «Ieodo, Island of Legend and Existence», así como una colección de ensayos titulada «Happy Companion». Fue la primera presidenta de la Asociación de Literatura de Ieodo, redactora jefe de Jejuin News y trabajó como investigadora en la Sociedad de Investigación de Ieodo. Fue investigadora en el Jeju Sea Grand Center de la Universidad Nacional de Jeju y profesora nombrada especialmente en la Universidad

방글라데시 〈KAVYA KISHOR INTERNATIONAL〉 시 5편 소개
— 「바람은 길을 묻지 않는다」, 「행복계좌」, 「목백일홍」, 「노란점퍼」, 「흙에 대한 소고」

POEMS BY YANG GEUM-HEE

의견을 공유해주셔서 감사합니다. Ad choices ▷

Poetess **Yang Geum-Hee** was born in 1967 in Jeju, Korea. She has published two collections of poetry books, "Happiness Account" and "Ieodo, Island of Legend and Existence", as well as one collection of essays titled "Happy Companion". She was the first president of the

Poetess Yang Geum-Hee was born in 1967 in Jeju, Korea. She has published two collections of poetry books, "Happiness Account" and "Ieodo, Island of Legend and Existence", as well as one collection of essays titled "Happy Companion". She was the first president of the Ieodo Literature Association, the editor-in-chief of the Jejuin News, and worked as a research fellow at the Society of Ieodo Research. She served as a researcher at the Jeju Sea Grand Center at Jeju National University and a specially appointed professor at Jeju International University. Currently, she is an editorial writer for the New Jeju Ilbo, a special researcher at the Institute of Social Sciences of Jeju National University, a vice-president of the Jeju Regional Committee of the Korean PEN Center, an Executive of the Jeju Institute for Korean Unification, and an Executive of the Korean Association of Ethics. She has won seven literary awards.

방글라데시 The Daily Global Nation 《World Literature》 시 1편 소개

—「그대 마음속의 평화」

Dhaka Wednesday, 25 October 2023

World Literature

The Daily Global Nation 3

War

Marija Najthefer Popov

Me in that minefield deleted space
Every hour it rained death from the sky
On innocent people Children who die innocent
I know what it's like to be hated

And it's not your fault
when that smell of death is all around you
Drops of death fall from the sky
To a life that has no alternative

Stop!!! Enough is enough!!!
I screamed too under the sky of death
And there is no Sun anywhere
And no laughter anywhere
Everything smells like death all is darkness!

War ?
Oh my God
Stop everything called
That ominous name.

Bio:
Maria Na?thefer Popov from Serbia. Her poems have been published in more than one hundred national and international poetry collections, in various domestic and foreign magazines, and translated into several languages. She is the author of the poetry collection I Write to a Woman and the 2021 World Anthology, featuring 350 poets from around the world.

Gaza

Mohamed Rahal

I dedicate it to you from a heart that regrets Palestine

Honor is gone and our pride has died
It shook me
The situation of the Arabs is deteriorating.
Look at the situation of Gaza

The situation of the Arabs is devastated
At the time of representatives, their right is usurped
Where are their armies that you say will dissolve?
In the dust of their salt, there was a tremor for them
They increased scandals and said time is written
They will be defeated in times of stress and hardship

Bio:
Mohamed Rahal is an academic, poet, artist and lyricist from Algeria. He is considered one of the most famous poets at the national and international levels. He has participated in several national and international forums, festivals and competitions. He has 14 academic studies and is considered one of the greatest researchers in heritage and has written a collection of songs

TRANQUILITY JUSTICE

Alex Muriuki

Never thought this day would come
Seated under the coconut tree
Enjoying the beautiful aura
With a conducive cool breeze
On sight thrust birds
Twitting and humming
The best tune they compose
Wish I had carried a guitar
To sing along
Their song
Hope this won't go wrong

As free as they are
No worries
In their stories
They all understand
Hope am not left out
In this uncalled occasion
I need to feature in
Instance will dance in this chance
With no interruption
What a reprieve
This all I bank on

It's what was meant to be
A world full of serenity
To enjoy universal tranquility
With no sheared equality
With no speck of agony
As with we live in harmony
No more animosity
As our roots are one
Belonging to the same Father
Under his mercies we are

Let's embrace love
Let's embrace peace
Let's embrace unity
Let's embrace happiness
That was meant for us
As we shelter under the tree of hope.

Bio:
Alex Muriuki from Kenya. He is a poet, writer, translator and Storyteller. His works are published in different countries Anthologies. He is the International Peace Ambassador of The Daily Global Nation Independent Newspaper.

Inspired by the words

Lazaar Belhaj

One day I asked existence..
Why am I here....?
I asked him once when I felt like I didn't exist.......?
He said to me: That despair....and that depression.
that guilt and frustration...control your mind so
that you do not know the divine existence
for which we were created...yes.
Worshiping God, cultivating goodness,
and performing a sublime message...
If you follow the path of truth,
you will feel that you truly exist...
with your thought, mind, soul,
and everything within you pulsating with life.....
How beautiful life is, as the poet Elia Abu Madi said.
"Be beautiful and you will see existence as beautiful"

Bio:
Lazar Belhaj is a visual artist, sculptor, designer, and writer. Human rights activist, peace ambassador, diplomat. President of the international magazine Lazar for Arts and Peace. And international coordinater. From Algeria.

LIGHT OF SOUL

Kalipada Ghosh

Light , light , oh light The light heaven
Comes down on earth with the flood of light.
The Sun , the moon, the Galaxy in the Vast Space
The meteors vibrations and harmony
Diffusing light sounds reverberating.
A mysterious Creation A magical touch all through
A symmetry - all pervasive.

But the human souls the abode of God Conscience.
The inner Soul Light always diffusing
Starlight bestowing piercing and enlightenment
Mother's womb --light and shade
Sublime soul- Love and light
Cosmic radiance overpowering
Noble actions the stars, Ocean' depth

Solitude and calmness Ancient Indian hermitage
The celestial Void and light
And Sound there in cosmological Mathematics
Metaphysics and Astronomy cause -effect relationship
Light, Light and sound Enlightenment and infinity...

Bio:
Kalipada Ghosh ,MA (English),MA(Bengali), M.Phil (1st class),B.Ed.,Retd. Headmaster, International bilingual poet in English and Bengali languages, literary Critic, essayist, motivational speaker and authored 10 Books of poems including literary criticism. He has been awarded many national and international awards for the contribution to literature. His poetry is translated into 15 and more international languages. He delivers lectures on international literary platforms.

Peace Is in your mind

Yang Geum-Hee

Peace in all hearts,
Like snow falling from the sky,
Covers mind of all people,
Making the world beautiful.

Why do some hold guns,
And express their anger?
I wish peace would cover the world,
Like snow.

Peace is everywhere,
In the sky and on the ground,
In flowers and trees,
And in our hearts.

Bio:
Poetess Yang Geum-Hee has published two collections of 2 poetry books. She was the first president of the Ieodo Literature Association, the editor-in-chief of the Jejuin News, and worked as a researcher at the Jeju Sea Grand Center and a specially appointed professor at Jeju International University. Currently, she is an editorial writer for the New Jeju Ilbo, a vice-president of the Jeju Regional Committee of the Korean PEN Center, an Executive of the Jeju Institute for Korean Unification, and an Executive of the Korean Association of Ethics. She has won six literary awards.

We Need Real Heroes for Survival

Ratan Bhattacharjee

Today in this world of war-mongers
We all need fighters for survival not warriors to kill
We need no invaders as heroes with bows or arrows
You know brother ,real heroes give us a different feel
You heard of Gandhi ,Netaji Subhas
Che Guevara ,Malcolm X or Martin Luther King ,
Nelson Mandela was in prison for the longest years
But he was given the bell of freedom to ring
Salam Barkat and Abdul Jabbar were the real heroes
Speaking in mother tongue was their dream
Real heroes need not fight with arms
With love of humanity their mind is filled to the brim
O my country arise and awake
Change your ideal of wars and fight for peace
You may kill millions or burn billions
but all your lust for victory will be amiss.
A trapped house can be worse than a priso
We live in cell doors of fake ideals
Superficial smiles and cries make us sick
Our handshakes hide the knife in hand
Our hospitality and show of help are but a trick.

Bio:
Dr.Ratan Bhattacharjee from India. He is the Affiliate Faculty of English Virginia Commonwealth University Richmond is a multilingual writer and columnist is Founder President of Kolkata Indo American Society, Known as Oleander Poet , for his best seller Oleander Blooms (Authorspress New Delhi).he also authored anthology of Short Fiction Six Feet Distance (Bloomington USA) besides a number of books on American and British literature.

Reaching that happy space

Sahaj Sabharwal

You are away from your happy place,
Because you have to participate in the race.

It's that race,
From where even apathetic individuals can't chase.

Those who try to chase,
It creates another phase.

Just for the purpose to fill that void with the possible grace,
A grace which makes your face a happy face.

After doing struggle expelling wet sweat you need to chase,
It's interesting after achieving being nostalgic to have a quick trace.

With a hope that you will achieve those happy days,
Those days which you expect to achieve some grace.

Parties might have different ways,
All ways constrain to reach that common happy space.

Bio:
SAHAJ SABHARWAL from Jammu, Kashmir. He is the Author of Poems by Sahaj Sabharwal, Pedagogical Thoughts Made Facts, Anecdote. Hecis a Singer & Rapper, Social Worker & Motivational Speaker, Multi-category Content Creator & Explorer, Budding Writer & Author, Blogger, Vlogger, Reviewer & Influencer

AN INSECURE PLACE

Irma Kurti

The world has become an insecure and fearful place at our every step.
We feel something, maybe anxiety,
in each journey, in every walk we take.

Dreams and games are interrupted,
loud shouts of innocent people are
heard, joys are veiled with anguish.
In a climate of terror, our days drip
raindrops of blood and so much sadness.

Bio:
Irma Kurti is an Albanian poet, writer, lyricist, journalist, and translator and has been writing since she was a child. She is a naturalized Italian and lives in Bergamo, Italy. Irma Kurti has published 27 books in Albanian, 23 in Italian, 15 in English, and two in French. Her books have been translated and published in 14 countries.

Egypt Challenge

Sameh Al-Sheikh

I am the land of turquoise
And the graveyard of every aggressor
I am the conqueror of the Hyksos
And the Tatars have tasted my sorrow
I am free Egypt
I will never accept my sacrifice
Ask Gold Meir
About the bravery of a soldier
How it was destroyed
Sand berm
And her dream ended
My revenge day
Because of my sake, he left
Behind the rescue is a soldier
With pride and defiance
He gave me my land back
And I am the one who tasted it
The darkness of oppression with my son's arms
I am the one who brought back the smile
On my daughter's side
I will never accept my oppression
The best soldier on earth is a soldier

Bio:
Sameh Al-Sheikh from Egypt. He is a popular Media personality and journalist. His works are published in many Anthologies in different countries. His works have been translated more than 10 International Language. He is the International Peace Ambassador of The Daily Global Nation Independent International Newspaper.

A restrained life is a happy life.

Anurag Upadhyay

A balanced life is a happy life,
This is the journey to peace and happiness.
Mental stability is found only in restraint,
Concern and energy are exchanged.

The person has control over his decision,
He continuously increases his willpower.
Restrained life is the key to success,
There is a way to fulfill dreams.

Strength remains in health,
Fills life with happiness every moment.
Understand the importance of a balanced life,
Walk on the path of happiness and move forward.

Restrained life is the key to a happy life,
Mental peace means health.
Restraint of mind, pleasant organization of body,
The path to prosperity is to go towards success.

Poet biography -

Bio - My name is Anurag Upadhyay, I am interested in literature. I love reading and writing poems, stories, ghazals.
like. I am a student, I am very pleased to be a co-author of this book, I am very grateful. Who provided me this opportunity. I am very thankful to my parents, my sister, my God, my teachers, that they have made me worthy of being with and in front of you all today.
Thank you. Thank you. Thank you.

O WOMAN YOU ARE NOT FRAIL.

Shafkat Aziz Hajam

O woman you are not frail,
You are stronger than a male.
You give him relief in pain,
You stand by him in a storm
.
Into his life you bring charm.
You are his life long quietude
Though sometimes to you he's rude .
You have an immeasurable patience,
Against the harshness of each season
You are his defence.
Man's existence is because of you until
The day of resurrection.
You have no low status before your creator,
It's the man who thinks that he's far more better
Than you o God's beautiful creation.
What you can do, can't be done by him.
O though you are for man's happy life ,
You too can't be happy without him.

Bio:
Shafkat Aziz Hajam from Kashmir India. He is poet, reviewer and co author. His poems have been published in international anthologies like wheel song anthology UK based, Prodigy digital literary magazine USA, Inner Child Press International so on . He is the author of two value based children's poetry. His recently written poetry book for adults is titled as The Unknown Wounded Heart, that is going to be published in 2024.

제3회 국제 문학 공모전 '문학 아시아-2024(Literary Asia-2024)' 심사위원 선임

제3회 국제 문학 공모전 '문학 아시아-2024
(Literary Asia-2024)' 포스터

제3회 국제 문학 공모전 '문학 아시아-2024'의 회장 및
강병철 심사위원장 및 양금희 심사위원, 김남권 심사위
원

국제 공공 외교 연합(AP ICPD) 협회 창립자는 제3회 국제 문학 공모전 '문학 아시아-2024(Literary Asia-2024)'을 2024년 4월 1일부터 6월 30일까지 진행한다

'문학 아시아-2024(Literary Asia-2024)', East Abu Nasr Muhammad ibn Muhammad al-Farabi의 위대한 과학자이자 뛰어난 사상가 약어로 Alpharabius의 탄생 1155주년을 기념하는 공모전이며, 이번이 3회째다. 올해 공모전 심사에는 한국의 강병철 박사(한국평화협력연구원 부원장, 2023년 최고의 국제시인 및 세계 3대 번역가 선정)가 심사위원장에 선임되었으며, 한국 심사위원에는 양금희 세계문학협회 회장(전 제주국제대특임교수), 김남권 한국시문학문인회 회장(《시와 징후》 발행인)이 선임되었다.

조직위원회는 I, II, III 순위에 대한 3개의 참가 증명서와 대상을 ICPD 메달을 준비했다. 대회 결과에 따라 조직위원회의 결정에 따라 대회에 참가한 가치 있는 참가자에게는 '올해의 출판인', '올해의 시인', '올해의 작가', '올해의 저널리스트'라는 칭호가 수여된다.

문학과 폭넓은 사회활동과의 조화

    양 시인은 문학 활동과는 별개로 민주평화통일자문회의 자문위원으로 활동하였으며, 통일부의 통일교육위원으로 위촉되어 사회통일교육을 중점적으로 실시해 왔다. 시민을 대상으로 하는 순회통일교육을 통해 통일 정책을 홍보하고 통일 의지를 결집하는 한편 국민 화합과 지역 사회 통일 교육 발전에 이바지하고 있다. 또한 통일에 대한 공감대 확산을 위해 제주 지역 신문에 기고를 통해 통일에 관한 관심 제고와 평화통일 환경을 조성하고 있다. 우즈베키스탄에서는 '우즈베키스탄과 한국의 미래'를 주제로 발표하였으며, 프랑스에서는 '판문점 선언 1주년 성과와 향후 과제'를 주제로 강연을 하기도 하였다.

    제주 지역 통일 관련 유관 단체와의 세미나 참여 등을 통한 교류 협력 및 통일 역량 강화하는 한편, 통일교육 위원으로서 참여를 통한 전문성 강화 및 통일 역량 확충하고자 노력한 결과 2019년 통일부 '제1회 통일교육 위원 활동 우수사례 공모전' 최우수상을 받았으며, 2020년에는 민간통일운동 기여한 공로를 인정받아 국무총리 표창을 받았다. 또 2021년에는 평화통일공감대 확산 이바지한 공로로 제주특별자치도지사 표창을 받았으며, 그 외 다수의 문학상을 받았다. 활발한 사회활동과 더불어 세계적인 문학적 명성과 위상을 드높이고 있는 그녀의 다음 행보가 기대된다.

Tài khoản hạnh phúc

Có tài khoản hạnh phúc,
Để ngay trên Thiên đàng
Không cần nhớ mật khẩu
Chẳng cần lưu làm gì

Ngay cả vào ban đêm,
Ánh đèn sao lấp lánh
Tài khoản càng đong đầy
Lo chi sợ phá sản

Ngay cả ngày nhiều mây
Vẫn cứ mặc định tin
Những đám mây bao phủ
Hạnh phúc vẫn tràn về
Bởi đằng sau mây đen
Vẫn là bầu trời xanh,
Một ngày mới rạng ngời

Bạn chuyển thêm tình yêu
Vào tài khoản hạnh phúc

Rồi bạn luôn có thể

Lấy ra dùng thường xuyên

Vào bất cứ lúc nào

Hạnh phúc lại gia tăng,

Bởi có nhiều lãi suất.

행복계좌

하늘에 있는
행복계좌는
번호를 몰라도
문제없네

밤에도 별빛을 채워
계좌가 비는 날은 없으니
흐린 날에도
먹구름 뒤의
행복계좌를 믿으라

하늘이 더욱 파란 날은
행복계좌로
사랑을 이체하는 날

출금은
언제나
가능하고
행복할수록
이율은 높다

Happy account

Happy account,

Which is in the Heaven

Needless memorize password for Account

Even at night,

Shining star lights fill in the Happy account

So, don't worry about bankruptcy

Even though it's a cloudy day

Believe that the clouds do contain Happy account,

Behind of their dark clouds

When you see blue sky,

It's a day,

You transfer love to Happy account

Withdrawal is Always Possible

The happier,

The interest rate is high

Gió không cần hỏi đường

Cho dù có ngàn năm,
Gió không bao giờ già

Dù Gió không có miệng
Lời vẫn luôn thoang thoảng
Dù Gió không có mắt
Vẫn có đường có hướng

Khi đối mặt chướng ngại,
Gió biết cách luồn ngang,
Để không làm trầy xước
Chẳng tổn thương bất kỳ

Gió cũng không ở lại,
Dù cố níu cố thương
Đó là chuyện của Gió!

Vậy còn ta thì sao?
Biết khi nào có thể
Chạy tung tăng quanh co
Khắp hang cùng ngõ hẻm
Mà chẳng cần hỏi đường

바람은 길을 묻지 않는다

세월이 가도
늙지 않는
바람의 나이

입이 없어도
할 말을 하고
눈이 없어도
방향을 잃지 않는다

모난 것에도
긁히지 않고
부드러운 것에도
머물지 않는다

나는 언제쯤
길을 묻지 않고
지상의 구부러진 길을
바람처럼 달려갈 수 있을까

The wind doesn't ask the way

No matter how much time goes by,
Wind never getting older

Even though Wind doesn't have a mouth
Wind always say something What have to say
Even though Wind doesn't have eyes
Never lose her direction

When Wind face an angular face,
Wind always blowing somewhere else,
Without scratching or hurting
Wind Never stay,
Even though face soft face

When can I run on the crooked road on the earth,
Without asking for directions

Cúc Bách nhật

Mỗi khi em mệt mỏi

Anh gợi em nhớ tới

Hoa bách nhật xinh tươi

Hy vọng tiếp cho em

Thêm sức sống mãnh liệt

Như loài hoa tha thiết

Trăm ngày vẫn rạng ngời

Ngay cả khi héo khô

Sắc màu vẫn có thể

Lưu giữ nét tinh tế

Tím hồng tươi đam mê

Em ra nụ hồng xinh,

Anh gọi em, bách nhật

Giả vờ như thể là

Anh đâu biết tên em.

---

* Cúc bách nhật: Người ta gọi là bách nhật bởi hoa màu tím đỏ có sắc tươi lâu như thể trăm ngày kể từ khi hoa nở vào tháng 7. Cánh hoa không bị rụng rời tan tác như nhiều loài hoa khác.

목백일홍(木百日紅)

풀죽은 너에게
백일홍 하고 부르면
백일쯤 생기를 더 뿜을 것 같아
다정히 불러 본다

너를 부르면
무더위로 시들던 너의 자태에
은은한 향기와 화색이 돌아
백일쯤은 분홍 꽃망울
맘껏 피울 것 같아
네 이름 모른 척
불러 보네
백일홍.

* 백일홍: 7월에 꽃이 피기 시작하여 꽃이 다 지기까지 100일 정도 걸린다 하여 백일홍
　이라고 함

A Crape Myrtle

When you get discouraged,

I call you a crape myrtle

Hoping you might be full of life,

As a flower tree red for one hundred days,

A crape myrtle.

Named like that

Your appearance, withering with heat,

Might recover subtle aroma and

Rosy color again,

And for one hundred days

You may put out prink buds,

I call you

A crape myrtle,

Pretending as if I don't know your name.

Chiếc áo màu mơ màng

Chiếc áo len màu vàng
Món quà tôi được nhận
Từ một ngày xa xưa

Rồi chẳng hiểu vì sao
Chiếc áo vàng thất lạc
Trong tôi đầy tiếc nuối
Vật vã trong khổ đau

Như đánh mất tình yêu
Như đánh mất những điều
Thật vô cùng trân quý

Tôi đã để ở đâu
Hỡi màu vàng tinh khiết?
Có khi nào bỏ quên
Trên vỉa hè màu xám?

Màu chiếc áo thân thương
Một màu vàng mơ màng

Như màu lông gà con,
Màu của thời đôi tám

Mất rồi, mất thật rồi
Nhưng trong tim nhớ mãi.

노란 점퍼

오래전에 선물로 받은
노란 겨울 점퍼
잃어버렸다

잃어버린 것은
아끼던 만큼
아쉬움이 따른다

어디에 두고 왔을까
회색빛 포도(鋪道)에서
화색이 돌던 순수

너무도 선명하다
병아리의 솜털을 가졌던 시기
봄이었으니
잃어서 영원히 가슴에 남아

The Yellow Jumper

The yellow winter jumper,
Received as a gift long ago,
I lost

Much regret follows
As much as fondness
For the lost things.

Where did I put
The bright color of purity
On the gray pavement?

It is so clear
My days of chick's downy hair,
Spring time it was
Lost, so remaining forever in my heart.

Bản tình ca về đất

Đất là mẹ muôn loài
Nảy nở hạt giống loài
Nuôi sự sống sinh sôi
Trao nồng nàn hơi ấm
Trao trời non khí lực
Bao tháng ngày ươm ủ

Che chở những hàng cây
Chắn phong ba bão táp
Để rễ bám hàng loạt
Tầng tầng lớp lớp sâu

Bất kể là ngũ cốc
Hay cỏ dại mọc hoang
Đất cũng không phân biệt
Đối xử như nhau hết
Kiến hay voi, cũng vậy
Không nhỏ, to phân biệt
Không mạnh, yếu phân chia

Tất cả đều sải bước

Trên những chặng đường dài

Yêu thương hay thịnh nộ

Chiến tranh hay hòa bình

Tất cả đều bình đẳng

Trên mặt đất bao la

Muôn chúng sinh vạn vật

Rốt cuộc đều ra đi

Rồi cũng trở về đất

Khi mọi thứ thành thật

Cùng nằm nơi cát bụi

Mẹ trái đất dang tay

Ôm tất cả vào lòng!

흙에 대한 소고

흙은 생물들의 어머니다
배를 내주어 씨앗을 품고
따스한 포옹으로 키운다
여린 새싹들을 다정히 보며
바람에 흔들거리는 나무들
제 살 깊이 박아 붙들어 준다

곡식과 잡초를 가리지 않고
차별 없이 대해 준다
개미도 코끼리도
악인도 어린이도
그 등을 밟고 먼 길을 걸어간다

평화와 분노도 전쟁과 사랑도
흙 위에서는 평등하다

모든 존재는
흙 위에서 스러져간다
언젠가 먼지가 되어 돌아누우면
대지는 따뜻하게 꼭 안아 준다

Essay on soil

Soil is the mother of all living things

Giving a Belly to bear seeds

Giving warm hugs for raise

Giving fond look to the tender buds

Hold trees which is swaying in the wind

Permit its root deep into her flesh

Regardless of grains and weeds,

Treat them without discrimination

Ants and elephants,

Neither the wicked or the good,

All step on earth's back and walk a long way

Peace and rage, war and love

All equal on the ground

All beings

Crumble on the soil

When all things turn to dust and lie down

Earth Hug warmly and tightly

양금희 시인 연보

2010~2014 《제주인뉴스》 편집국장
2012~2016 이어도문학회 초대 회장
2014~2021 (사)이어도연구회 연구위원
2016~2018 제주대학교 제주씨그랜트센터 연구원
2017~현재 《뉴제주일보》 논설위원
2018~현재 제주대학교 사회과학연구소 특별연구원
2018~현재 (사)제주통일미래연구원 이사
2019~2021 제주국제대학교 특임교수
2019~현재 국제PEN한국본부 제주지역위원회 부회장
2021~2023 민주평화통일자문회의 제주평화통일포럼 연구간사
2021~2024 한국윤리학회 이사
           18·19·20기 민주평화통일자문회의 자문위원
           21·22·23기 통일부 통일교육위원 제주협의회 통일교육위원
2022~2024 한국평화협력연구원 이사
2023~현재 제주특별자치도 제8기 남북교류협력위원
2023~   한국시문학문인회 제주지회장
2023   제주학연구센터 『제주바투리』 Vol. 8 제주학 산책 '제주인과 이어도 문화' 소개
2024   한국세계문학협회 회장
2024   한국평화협력연구원 문화예술부원장
2024   유엔 기관 유네스코가 후원하는 그리스 시인 카바피스를 기리기 위한 '세계카바피스 날'
           창립멤버
2024   제3회 국제 문학 공모전 '문학 아시아-2024(Literary Asia-2024)' 심사위원

서적 발간

2009   시집 『행복계좌』
2017   시집 『이어도, 전설과 실존의 섬』
2022   산문집 『행복한 동행』
2023   연구서 『이어도 문화의 계승』
2024   중국어 번역 시집 『鳥巢 Nests of Birds(새들의 둥지)』(대만 출간)
2024년   영한시집 『새들의 둥지』

수상

이어도문학상 대상 외 다수 문학상 수상

논문

2015   「이어도문화의 계승발전을 위한 정책 연구」(강병철·양금희·권순철) 보고서, 제주발전연
       구원 제주학연구센터
2015   「남중국해 갈등과 '항행의 자유' 작전」, 『한국해양안보포럼 E-저널』, 제4호(10월).
2016   「남·북한 민주화 비교정치와 민주화 요인들」, 제주대 『사회과학연구』, 제7권 제2호.
2016   「남중국해 갈등과 수중드론(underwater drone)의 배치」, 『한국해양안보포럼 E-저널』, 제
       12호(06월).
2018   공저 「미얀마 로힝야 사태와 제노사이드 협약」, 제주대 『사회과학연구』, 제9권 제2호.
2019   공저 「우즈베키스탄의 정치변동과 한-우즈벡 관계의 미래」, 신아시아연구소 『신아세아』,
       Winter 2019. Vol.26. No.4.

영상

〈이어도문화를 찾아서〉
〈제주인의 이상향 이어도〉

이희국

국
인
품
계

이
시
작
세

이희국 시인(Lee Hee Kuk)

Lee Hee Kuk là một nhà thơ người Hàn Quốc. Sinh ra tại thành phố Seoul, Hàn Quốc. Anh là Dược sĩ và Giáo sư Thỉnh giảng tại Khoa Dược, Đại học Hàn Quốc. Anh là một thành viên của Ban điều hành PEN International. Anh ấy đã xuất bản 5 tập thơ và giành được 4 giải thưởng văn học.

1960년 서울에서 태어나 《시문학》으로 등단했다. 시집으로 『자작나무 풍경』, 『다리』, 『파랑새는 떠났다』, 공저 『흙집을 짓다』 외 다수가 있다. 국제 PEN한국본부이사, 한국문인협회 재정협력위원, 한국비평가협회 부회장, 한국세계시인협회 부회장, 시문학문인회 부회장, 이어도문학회 회장, 월간 《문예사조》 편집위원회장으로 활동하고 있다. 약사 시인으로 널리 알려져 있으며 가톨릭대학교 약학대학 외래교수이다. 한국비평문학협회작가상, 푸른시학상 등 다수의 문학상을 수상했다. Global Writers Academy, WORDSMITH International Editorial, Global Nation, World contemporary poets, International Federation of Governors 등에 Excellent Member로 활동 중이다. 그의 시는 그리스, 미국, 영국, 프랑스, 이탈리아, 스페인, 독일, 벨기에, 일본, 이집트, 멕시코, 베네수엘라, 볼리비아, 튀르키에, 네팔, 베트남, 인도, 파키스탄, 대만, 코소보, 우즈베키스탄, 타지키스탄 등에서 번역 소개되었다.

이희국 시인의 시와 3개의 꿈

1. 첫 번째 꿈

　서울시 마포구 공덕동에서 태어난 소년은 6·25동란이 끝난 지 불과 7년밖에 되지 않은 - 초등학교 1학년 때 우이동 계곡으로 소풍을 가서 가재잡기 놀이를 하던 중 계곡 바위틈에서 사람의 두개골이 나오는 등 - 참담한 서울에서 성장기를 보냈다. 시인의 부친은 당시로서는 한국을 대표하는 명문 혈족 중 하나인 집안의 장손으로 태어나 최고의 교육을 마친 아버지였지만, 시대 상황에 몰려 경제적 능력을 상실한 채 가족을 수시로 떠나는 등 방황했고, 어머니의 헌신과 희생으로 가족의 생계만 어렵게 이어 나갔다. 소년은 등록금을

내지 못해 초등학교 6년간 퇴학과 강제 전학으로 무려 6번의 전학을 경험해야 했다. 전쟁이 끝난 후 베이비붐으로 가장 많은 아이들이 태어난 1958-1960년생, 한 반 70여 명의 과밀학급으로 인해 당시 서울에서는 전학할 때마다 6개월여를 기다려야 자리가 나오곤 했다. 가족의 살림은 더욱 나빠져 급기야 뿔뿔이 흩어져 사는 지경에 이르렀다. 아들 3형제 중 막내였던 14세의 소년은 반드시 집안을

다시 일으키겠다는 꿈을 꾼다. 첫 번째 꿈이 아버님 이름으로 집을 사서 온 가족을 다시 모으겠다는 꿈이었다. 야간에도 문이 열려 있는 빈 교회나 독서실 실장 보조 등의 일을 하며 잠자리와 최소한의 식량을 제공받을 수 있었던 소년은 쉼 없는 노력으로 여러 굴곡을 거쳐 약사가 되었다. 의약분업 이전인 1990년대 한약과 양약의 복합처방으로 불임 치료와 여러 만성질환의 치료로 전국적으로 유명한 약사가 되었다. 경제적 성취를 크게 이루었고, 꿈을 꾼 지 20여 년이 되던 1994년 10월 어느 날 당시 일억 원 정도의 돈으로 아버님 이름의 집을 산다. 첫 번째 꿈을 이룬 날이었다. 그날의 기쁨을 대변하는 작품이 「아버지」이다.

아버지는 언제나 돌아서 있었다
명문가의 고학력 아버지
모진 세월의 회오리에 청운의 꿈 부서지고
하수들 설치는 꼴 보기 싫어
시대의 뒤편에서 절뚝거렸다

자식 등록금 없어 어머니가 사방으로 뛰어다닐 때,
배워봐야 쓸모없는 책 다 태워버린다고
소리치고 나가던 아버지
멀리서 귀뚜라미소리보다 작은 울음이 들리곤 했다

쌀독이 바닥을 드러내면
친구 같은 라디오를 들고 나갔고
한계까지 볼륨을 올린 듯 동네가 울었다
좁은 골목이 떠나가도록 들리던 광복20년 연속극

여보시오 백범 제발 나를 도와주시오… 성우 구민의 목소리
다섯 식구가 귀로 먹는 밥이었다
회기동 독립문표 메리아스 둑방 아래 단칸방에는
언제 꺼질지 모르는 백열등이 불안으로 깜빡거렸다

아버지 이름으로 아들이 첫 집을 사자,
35년 만에 가장 화난 얼굴로 달려오신 아버지
너 나한테 왜 이렇게 잘해? 무슨 억한 마음이냐!

아니요, 아버지니까요
부모님 집 사드리는 게 어린 날의 소원이었다고
편케 모시는 게 꿈이었다고
얼굴을 맞대고 한참이나 울었다

15년이 지나 영정으로 마주한 아버지
환하게 웃고 계신다.

―「아버지」 전문

2. 두 번째 꿈

첫 번째 꿈을 이룬 시인은 열심히 노력해도 갈수록 수렁에 빠지는 주위의 많은 이웃들을 보게 된다. 짧은 경력에 비해 일약 전국적 유명세를 떨치며 많은 돈을 벌게 되었지만 어린 시절부터 받은 집안의 정신교육과 존경하는 어머니의 훈계 - 月 천만 원 이상의 수입은 불로소득이니 반드시 어려운 사람들에게 돌려줘야 한다 - 를 좌우명처럼 공감하고 있었던 이희국은 이를 실천할

방법을 찾는다. 88올림픽이 막 끝난 1990년 초반의 대한민국 복지 체계는 현재보다 많이 열악했고 질병 및 여러 사정으로 인해 사지로 몰리는 사람이 많았다. 약국을 운영하며 만나는 하루 500여 명의 사람들과 인천시 남동구 관내 동사무소들과 관내 초·중학교를 찾아다니며 양말을

못 신고 다니는 아이들 등을 찾았다. 사각지대에 철저히 몰려 있어도 도울 방법이 없어 안타까워하던 공무원들이 일과 후나 휴일에 그들의 가정에 함께 방문하는 등 자신이 도움을 받는 것처럼 기뻐하며 큰 도움을 주었다. 소문이 번지자, 정치권 등의 여러 단체에서 국회의원 공천을 제의하는 등 갖가지 감투와 추천을 주었지만 젊음을 이유로 거부하였다. 2000년 경기도 부천으로 약국을 이전한 뒤에는 개인적 도움에서 각종 봉사단체의 임원 및 단체장을 역임하면서 정보와 실천의 폭을 더욱 확장시키게 된다. 당초 '100가구의 어려운 이웃들을 구해내겠다'는 목표는, 2020년 환갑을 맞이한 나에게 열 곱이 넘는 보람으로 종결되었다. 이 시절의 한 장면을 시 「새벽 바다」로 그린다.

연탄이요 연탄~ 리어카에 담긴 오정구의 사랑

설날을 앞두고 오정구 사회복지단체 '희망21 오정사랑회' (회장 이희국)가 어려운 이웃 오쇠리 주민 500여 가구에 연탄 5천장과 백미('20㎏) 50포를 직접 전달했다. 연탄리어커를 이희국 회장이 끌고 이상문 구청장이 밀고 찾아가는 연탄리어커의 따뜻한 사랑이 올해에는 부천 구석구석에 가득했으면 좋겠다.

유람선에서 내려다보는 밤바다
검은 물결 위에 오래전 감동이 반짝인다

공장에서 손이 절단된 아버지
반신마비 되어 누운 어머니
탁상행정을 넘어 가족을 돕다가 시말서 쓴 공무원
한겨울 맨발의 2남3녀 이야기를 바람이 전해주었다

온갖 풍랑에 겹겹이 난 생채기를 안고
출렁이는 파도에 찢긴 채 떠다니는

작은 배 한 척
구명동의라도 사 입히고자 열여섯 살 장남에게 물었다
제일 힘든 게 뭐니?

힘든 것 하나도 없어요
아버지 일하다 다쳤고 어머니 밤낮으로 일하다 쓰러졌는데
이제 제가 일할 차례가 되어 너무 기뻐요!
어설픈 동정의 뒤통수를 바람의 회초리가 철썩 쳤다
칠흑 같은 바다 좌표 없는 남루한 배 위에서
반짝이는 눈으로 힘차게 노를 젓고 있던 소년

파도가 부스럭거리며 구겨지던 바다
저 멀리서
환하게 동이 트는 것을 보았다.

— 「새벽 바다」 전문

3. 세 번째 꿈

시인의 어린 시절은 지독히도 가난했지만 퇴계 이황 선생님의 직계 장손 집안(16대)이라는 양반 교육과 이육사 시인을 비롯한 문인이 많은 집안의 환경 상 문학에 대한 관심이 늘 몸에 배어 있었다. 서너 살 무렵 어머니는 돈 벌러 나가고 할머니의 무릎에 누워 잠잘 때에도 자장가는 「구운몽」, 「옥루몽」 등 옛 고전과 이육사, 김소월, 윤동주, 한용운 등의 시와 모파상, 도스토옙스키, 톨스토이, 헤르만 헤세, 이광수, 황순원, 박종화 등의 소설이었다. 60년이 지난 지금도 그 책의 주인공 이름인 '양창곡' 등 많은 이름을 떠올린다.

이희국의 글쓰기는 하루 한 끼의 식사가 어려웠던 중학생 시절, 당시 국어 선생님이었던 안병국 담임 선생님(당시 50대 남자 국어선생님)과 윤청일 선생님(2학년)의 각별한 사랑에서 시작된다. 힘에 겨운 일상으로 늘 어둡고 외진 아이에게 그분들은 여러 차례의 물질적, 정신적 도움을 전해 주어 어둠보다는 빛을 향하는 아이로 바꾸어 주셨다.

두 번째 꿈까지 만족할 만큼 이루었던 이희국은 1998년경부터 너무나 간절했던 문학에 빠져들었고, 그것은 긴 유랑을 끝내고 고향에 돌아온 느낌이었다. 바쁜 일과로 인해 일상이 모두 잠든 새벽을 문학의 시간(새벽 5시-7시)으로 정해 독자의 입장이 되어 시와 소설을 탐독하였다. 수시로 시도 창작하고 한편으로 돌아가신 시인들의 발자취를 따라보는 것도 취미로 삼았다. 지역문화원(부천시) 등의 임원으로 활동하며 시 축제 등의 행사에 간간이 시를 발표하기도 했고, 중국 태산 등지의 국제 시 축제(2000년으로 추정)에도 한국을 대표하는 시인의 일원으로 참가하기도 했다. 그곳에서 《현대시》의 주간이었던 원구식 시인을 만나 '조금만 다듬으면 훌륭한 시인이 되겠다.'는 격려도 받는다.

너무나 바쁜 일상으로 애초에 등단은 엄두를 내지 않았으나 부천원미경찰서 경찰발전위원장 시절, 당시 경찰서장으로 부임해 온 남병근 경무관과 문학에 대한 깊은 교류를 나누게 되었고, 함께 활동하자는 그의 권유로 월간 《문예사조》에 원고를 보내고 등단하게 되었다(2013). 그러나 그 후 여러 지인들의 추천과 권유로 교류의 폭을 보다 확장시키기 위해 《시문학》(2017)에 다시 재등단하게 된다. 어둠 속에서 헤매던 이희국을 '이희국 시인'으로 만든

불씨를 주었던 국어 선생님의 은혜를 시「다리」로 돌아본다.

섬으로 가는 다리가 놓이고
사람들은 걸어서 바다를 건넜다
어린 시절 그런 대교 같은 선생님은
나의 다리였다

밤늦게 집으로 돌아오시던 부모님
나는 어둑할 때까지 교실에 남아 책을 읽었다

창밖에 눈이 내리던 날
어깨를 감싸는 따뜻한 손,
국어선생님은
내 손을 잡고 교무실로, 집으로 데려가주셨다

외진 구석에 피어있던 꽃, 어루만지며
목말까지 태워 주신 사랑은
겨울에서 봄을 이어주는 다리였다

창밖에는 그날처럼 눈이 내리고
꼬리를 문 차들이 어둠을 밝히며 영종대교를 지나고 있다

바닷물 위에 길이 환하다.

—「다리」 전문

『다리』와 『파랑새는 떠났다』 등 두 권의 시집은 오랜 기간 베스트셀러에 오른 바 있고, 특히 그의 작품인 시 「아버지」에 감동한 독자가 시인과의 한 끼 식사 값으로 2000만 원(2015년)을 기부했던 것으로도 유명하다.(2020. 01. 11. 《월간조선》 보도)

이희국 시인의 시 중 「묵향」, 「간이역」, 「달빛을 덮고 잠들다」, 「다리」, 「그대 있음에」 등 5편의 시는 가곡으로 작곡되어 대중의 많은 사랑을 받고 있다.

시인의 4번째 시집 『간이역에서』는 Global Magazine에 소개된 시로만 엮었다. 세계 27개국 15개 언어로 번역, 보도된 바 있는 영광스러운 시집이다.

이희국 시인의 가장 또렷하고 주목할 만한 시의 주제는 '인간에 대한 연민과 무한한 사랑'이다. 삶의 다리를 통해 펼쳐지는 과거와 현재 사이의 시적 공간은 독자에게 드넓은 감동의 공간을 선사하고 있다. 인간과 사물에 대한 무한한 사랑의 마음은 독자로 하여금 슬픔조차 기쁨으로 승화시키게 하는 '아름다운 절창의 다리'가 될 것이다._공광규

이희국 시인의 시세계는 가득한 긍정에서 나오는 휴머니즘 스토리이다. 불행했던 과거조차도 이해와 긍정의 힘으로 풀어내어 따스한 감동으로 종결된다. 주변에 대한 섬세하고 폭 넓은 사랑과 이해로 엮어진 그의 언어는 각박한 현대사회를 살아가는 우리들에게 큰 용기와 희망을 주리라 기대한다. 절대 긍정으로 풀어내는 그의 시세계에 기대와 응원의 박수를 보낸다._유안진

세심한 배려로 주변을 돌아보는 이희국 시인은 소통이 가능한 쉬운 언어를 사용해 독자에게 다가가 소박하고 아름다운 언어로 감동을 주며 각박한 현실에서 호흡을 고를 수 있는 '틈'이 되어 준다. 흘수선을 넘지 않는 '삶의 자세'는 자신에게는 강직하지만 타인에게는 너그럽다. 바람에 흔들려도 부러지지 않는 대

나무처럼 힘든 상황에도 열패감에 젖지 않고 어둠을 뛰어 넘는다. 슬픔에 둘러싸인 사회 또는 개인을 향해 사랑과 연민을 띠고 상처 많은 사람들을 어루만지며 사는 시인의 여정(旅情)과 세상을 향해 불러줄 사랑의 노래에 사뭇 기대가 크다._마경덕

    이희국 시인의 시는 현재 세계적으로 널리 퍼지고 있으며, 현재 50여 편의 시가 세계적 명성의 잡지와 언론 등에 15개국의 언어로 번역되어 독자들에게 큰 울림과 감동을 전하고 있다. 그리스, 영국. 미국, 프랑스, 독일, 이탈리아 스페인, 볼리비아, 베네수엘라, 튀르키에, 네팔, 베트남, 인도, 파키스탄, 대만, 코소보, 우즈베키스탄, 타즈키스탄 등 많은 나라에서 이희국 시인의 시를 보도하고 있다. 세계의 존경받고 있는 대만의 리쿠이셴(Li Kuixian) 시인과 튀르키에의 타릭귀너셀(Tarik Gunersel)과 알바니아의 Angela Kosta 시인, 베네수엘라의 Mariela Cordero 시인, 네팔의 Rupsingh Bhandari 시인, 인도의 MD에자즈 아흐메드 시인 등 세계의 유명 시인들이 그의 네 번째 시집인 한영시집 『간이역에서』를 위해 추천사와 함께 찬사를 보내왔다.

Cây Cầu

Một cây cầu dẫn đến hòn đảo đang được xây,
Người ta chân trần bước qua biển
Khi tôi còn nhỏ, có người thầy như cây cầu lớn,
Thầy ấy là cây cầu của tôi

Ba mẹ thường đêm mới về nhà,
Tôi ở lại lớp và đọc sách đến khi trời tối

Ngày hôm ấy tuyết rơi ngoài cửa sổ,
Một vòng tay tay ấm áp ôm lấy vai tôi
Thầy giáo dạy tiếng Hàn,
Thầy nắm tay tôi và dẫn tôi đến văn phòng rồi về nhà

Một bông hoa nở ở phía xa, chạm nhẹ lên cánh hoa
Tình yêu đã cho tôi được cưỡi lên vai thầy,
Đó là cây cầu nối mùa đông với mùa xuân

Bên ngoài cửa sổ, tuyết đang rơi hệt như ngày ấy
Hàng ô tô nối đuôi nhau đi, thắp sáng cả cầu Yeongjong

Con đường băng qua biển thật tươi sáng

다리

섬으로 가는 다리가 놓이고
사람들은 걸어서 바다를 건넜다
어린 시절 그런 대교 같은 선생님은
나의 다리였다

밤늦게 집으로 돌아오시던 부모님
나는 어둑할 때까지 교실에 남아 책을 읽었다

창밖에 눈이 내리던 날
어깨를 감싸는 따뜻한 손,
국어 선생님은
내 손을 잡고 교무실로, 집으로 데려가 주셨다

외진 구석에 피어 있던 꽃, 어루만지며
목말까지 태워 주신 사랑은
겨울에서 봄을 이어 주는 다리였다

창밖에는 그날처럼 눈이 내리고
꼬리를 문 차들이 어둠을 밝히며 영종대교를 지나고 있다

바닷물 위에 길이 환하다.

Bridge

A bridge to the island is built,
People crossed the sea on foot
When I was young, there was a teacher like grand bridge,
He was my bridge

Parents used to return home late at night,
I stayed in the classroom and read until dark

The day it snowed outside the window,
Warm hands wrapped around my shoulders
Korean language teacher,
He took my hand and led me to the office and home

A flower that bloomed in a remote corner, caressing it
The love that made me ride on his shoulders,
It was a bridge Which connects winter to spring

Outside the window, it snows like that day
Cars which biting their tails light up the darkness pass Yeongjong
Bridge

The road which is over the sea is bright

Trạm Dừng Chân

Lớp lớp của lặng im nằm dài như mấy thanh ray đường sắt

Nơi này
Thời gian chẳng ngoái nhìn lại
Chỉ có một hướng đi đang dần biến mất, là có thể ngắm thật lâu

Khi thanh ray đường sắt uốn cong thành góc,
Một góc trời bị rách,
không gian ẩm ướt

Mùa điếc lặng,
Thời gian điếc lặng
Dấu hiệu mùa xuân trở lại từ xa xăm,
Sắc vàng trên đường sắt

Từ khi nào trái tim vốn khép lại đã rời xa?
Người ra đi không bao giờ trở lại

Hoa đỗ quyên sau núi vẫy bao bàn tay đỏ
Lại thêm một người qua trạm dừng chân của ký ức

Có một thời gian nhăn nheo không thể dãn phẳng

간이역

몇 겹의 고요가 침목처럼 깔려 있다

이곳은
뒤를 돌아보지 않는 시간과
오래도록 바라보는 사라진 방향만 있다

철길이 모퉁이로 휘어지던 그때
하늘의 귀퉁이가 우두둑 뜯어지고
허공이 다 젖었다

난청의 계절
시간은 귀가 어두워
먼 길 한 바퀴 돌아온 봄의 표정이
철길에 노랗다

접힌 마음은 어느 지점에서 환승했을까
떠난 이들은 아무도 돌아오지 않았다

뒷산 진달래가 붉은 손을 흔들고
기억의 간이역으로 또 누군가 스쳐 간다

퍼지지 않는 주름진 시간도 있다.

Halt station

Several layers of silence lie like railroad sleeper tie

This place
Time which does not look back
There is only a disappearing direction to look at for a long time

When the railroad track bent into a corner,
The corner of the sky is torn apart,
The space is wet

Season of deafness,
Time is deaf
The expression of spring that has come back from a long way,
Yellow on the railroad

At what point did the folded heart transfer?
Those who left never returned

Azaleas from the back mountain wave red hands
Another person passes by at the halt station of memories

There is a wrinkled time that do not straighten out

Mặt Trăng

Tia sáng nhẹ nhàng gõ cửa
Ánh trăng,
Bàn tay ấm áp nào đã gửi ánh trăng đến?

Treo lơ lửng cả đêm
Chiếc đèn rọi sáng con đường tối
Chiếc đèn ấy thuộc về trái tim ấm áp nào?

Trằn trọc mãi, gắng xoa dịu giấc ngủ
Cái chạm khẽ ấm lòng,
Ai gửi tình yêu đến nơi đây?

Đã hứa rằng sẽ luôn ở đó
Dù ai đó cách xa,
Chúng tôi vẫn trân quý bạn.

Đẩy lùi bóng tối,
Bạn đây rồi, mỉm cười rạng rỡ
Cả thế giới như nở hoa.

Nơi đây hay đâu đó, tất cả chúng ta,
Sống và chết trong vòng tay của bạn.

*Chuyển ngữ bởi Trần Quỳnh Hoa5

달

고요히 창을 두드리는
저 달빛은
누가 보낸 손길입니까

밤새 공중에 걸려
캄캄한 길을 밝히는 등불 하나
누구의 뜨거운 가슴입니까

뒤척이는 잠을 다독이는
저 따뜻한 손길은
누가 보낸 사랑입니까

늘 그 자리를 지키는 약속에
멀리 있는 이들도
함께 당신을 우러러봅니다

어둠을 밀어내며
환하게 웃어 주는 당신이 있어
세상은 꽃처럼 피어납니다

이곳이나 그곳이나 우리들 모두
당신의 품 안에서 살고 집니다.

Moon

Light quietly knocks on the window
The moonlight,
Whose warm hand sent it?

Hanging in the air all night
A lamp brightening the dark road
Whose warm heart does it belong to?

Tossing and turning, trying to soothe sleep
That warm touch,
Who sent this love?

With a promise to always stay there
Even those who are far away,
Together we look up to you.

Pushing away the darkness,
There you are, smiling brightly
The world blooms like a flower.

Here or there, all of us,
We live and die in your embrace.

Tảng đá

Tôi đang ngắm những đám cỏ dại
Mượt mà trong gió ban mai

Cỏ sống một cuộc đời đẹp đẽ
Tôi đang ngắm
Những cây cổ thụ
Theo năm tháng đã trở nên mục rỗng
Tôi đang ngắm
Những bước chân cô đơn

Trở về với cát bụi
Tôi đang ngắm
Những cánh đồng héo úa
Rồi bỗng nhiên hoa nở trong tiết xuân

Thời gian bỏ lại một quãng đường xa
Và tôi vô tình sống trong một thế giới xa lạ
Đâu có gì là mãi mãi
Dù mọi thứ dường như vẫn ở cùng một nơi,

Như tảng đá kia
Luôn ở đó

Khánh Phương chuyển ngữ tiếng Việt từ bản tiếng Anh

바위

무성한 잡초들이
찬바람에 스러져 가는 것을 보고 있었다

한아름 푸르게 살다가
구새먹어 텅 비어 버린 고목들이
흙으로 돌아간 쓸쓸한 발자취를 보고 있었다

시든 들판이
새 봄의 노래로 뭉클하게 피어나는 것을 보고 있었다

먼 길을 걸어온 시간이
또 다른 시간에 밀려 어디론가 쫓겨 가는 뒷모습을
하염없이 보고 있었다

늘 그 자리에서
바위라는 이름으로.

Rock

I was watching the lush weeds blowing away,
In the cold wind.

Living a beautiful life
Old trees that have been eaten away and become empty
I was looking at the lonely footsteps that had returned to the dirt.

Withered fields
I was watching it blossom with the song of new spring.

Time to walk a long way
The back of me being pushed away and chased somewhere else in
another time
I was watching endlessly

Always in the same place,
As the name of rock.

이희국 시인 연보

1989	경희대학교 약학대학 졸업
1994	대한약사회 한방교육 강사
1994	중앙대학교 국제경영대학원 수료(France 제7대학(소르본느)평생입학자격 취득).
1997	공보처장관 표창(97049)
1998	국무총리 표창(남동사랑회회장)
1999	인천경찰청 치안자문위원
1999	인천자유총연맹 부위원장
1999	인천광역시 시정자문위원
2000	서울대학교 약료과정 수료
2002-2006	희망21오정사랑회 초대, 2대회장
2005	국무총리 표창(희망21오정사랑회회장)
2000-2012	국제Rotary3690지구 회장, 총재지역대표
2000-2015	부천시장 표창 5회
2002-2011	한국체질의학회 대우교수
2002-2017	부천원미경찰서경찰발전위원, 위원장
	부천중부경찰서 인사위원, 혁신위원장
	부천안심하고학교보내기운동본부 본부장
2003	외국인노동자의료공제회 감사패
2004-현재	국민건강보험공단부천북부지사 자문위원
2008-2014	부천시설관리공단 인사위원, 면접위원
2011-2016	한국생체부활의학회 상임위원
2012년	경기도지사 표창(14351)
2012년	동인지 『씨앗의 노래』 출간
2012-13	국제Rotary3690지구 빈곤퇴치위원장
2013-14	국제Rotary3690지구 다문화위원장
2014	경찰청장 감사패(1082)
2014	동인지 『틈의 미학』 출간
2014	국제 Rotary고액 기부자명단 수록(LEVEL1)
2014	〈자랑스러운 한국인 대상-사회봉사부문〉 수상
2014-현재	가톨릭대학교 약학대학 외래교수
2015-현재	월간《문예사조》 편집위원회 회장
2015	제1시집 『자작나무풍경』 출간

2016-현재	한국경찰문학회 자문위원
2017	《시문학》 신인작품상
2018	시집 『다리』 출간 (제2시집)
2018	한국비평문학상 수상
2018-현재	국제PEN한국본부 이사
2018-현재	한국현대시인협회 이사
2019	동인지 『세월속의 무지개』 출간
2019-현재	한국문인협회 재정협력위원
2020	시집 『파랑새는 떠났다』 출간 (제3시집)
2021-현재	한국문학비평가협회 부회장
2022	푸른시학상 수상
2023-현재	시문학문인회 부회장
2023-현재	이어도문학회 회장
2023	동인지 『흙집을 짓다』 출간
2024	〈한국세계문학〉 부회장
2024	동인지 『글밭을 가꾸는 사람들』 출간
2024	영한시집 『간이역에서』 출간 (제4시집)

당 응우엣 안
(Dang Nguyet Anh)

1948년생으로 베트남 Nam Dinh 성 Truc Ninh(현 Ninh Cuong) 마을 출신으로 베트남 작가협회 회원이자 호치민시 작가협회 회원이다. 그녀는 10권의 문학 서적을 출판했다. 2010년에는 하노이에서 열린 베트남 문학 홍보를 위한 국제회의에 참가했으며, 2011년에는 프랑스 문화교류에 참여했다. 2015년 태국 문학에 관한 국제회의에 참여했으며 2018년에는 보스턴 매사추세츠대학교 윌리엄 조이너 센터 초청으로 미국 작가들의 연례세미나와 여름 캠프에 참가했다.

Bà ơi, thương quá!

Ta về gối tóc vào sông

Nghe trên đồng bãi

Mênh mông quê nhà

Con cò bay lả bay la

Bà ơi thương quá, tiếng bà ru xưa!...

할머니, 정말 사랑해요

나는 강으로 돌아와서 머리를 쉬게 하지
들판에서 듣는 소리
나의 광대한 조국
황새가 소리치며 날아다닌다
할머니, 제가 너무 사랑해요, 옛날 자장가를…

Grandmother, love you so much

I return to the river and pillow my hair on it

Listening on the fields

My immense countryside

The storks fly around

Dear grandmother, I love so much your lullaby in the old days!...

Mẹ ta

Con cò mày đi ăn đêm

Mẹ ta chân cứng đá mềm cò ơi

Chín mươi bảy năm cuộc đời

Mẹ ta lặn lội ngược xuôi giống cò!...

우리 엄마

황새는 밤에 먹이를 찾으러 나간다
우리 엄마 다리는 돌처럼 단단하면서도 부드럽지!
97년의 인생
엄마는 황새처럼 힘들게 왔다 갔다 하네…

My mother

Storks, you go to seek food at night

My mother's feet are hard, stones are soft

Ninety-seven years of life

My mother is as hard as stork life!

Luẩn quẩn

Có một chiếc cầu Kiều
Thả từ trời xuống đất
Người đất lên gặp người trời
Hỏi: Bạn ở trên này có vui?
Vui. Nhưng tôi muốn về đất
Vì tôi nhớ gia đình quê hương ...
Người trời hỏi:
Bạn ở dưới ấy thế nào?
Cũng được.
Nhưng tôi lại muốn lên trời
Vì có Tiên, có Phật!...

떠나기 싫은 마음

키우(Kieu) 다리가 있어

하늘에서 땅으로 떨어졌네

지상의 사람이 천상의 사람에게 질문했지

질문: 당신은 이곳 천상에서 행복합니까?

그래요, 하지만 난 지상으로 돌아가고 싶어요

고향 가족이 그리워서…

천상의 사람이 질문했다

거기 아래 지상에서 잘 지내요?

좋아요

하지만 나는 천상에 가고 싶어요

천상에는 선녀도 있고 부처도 있으니까…!

Don't want to leave

There is Kieu bridge

Dropping down from heaven to earth

A person from earth meets a person from heaven

Question: Are you happy up there?

Yes, happy. But I want to return to earth

Because I miss my homeland family...

The person from heaven asked:

How are you down there?

It is OK.

But I want to go to heaven

Because there is a Fairy and Buddha!...

* Translated by HFT

크엉 티 멘
(Khương Thị Mến)

1979년생으로 흥옌(Hung Yên)성의 반장(Van Giang) 빈쿡(Vĩnh Khúc) 출신이다. 그녀는 『기울어지는 달빛 계절(Leaning sunshine in the moon season)』(2015), 『목마른 바람(Thirsty Wind)』(2020) 등 2권의 시집을 출간하였다. 그녀는 제4회 포히엔상(Fourth Pho Hien Prize), 제5회 포히엔상(Fourth Pho Hien Prize)을 받았다. 그녀는 내면의 목소리를 표현하기 위해 시의 뿌리를 내리고 생명력을 가꾸고 있다.

Vê Hà_Nam

Tam Chúc tọa mây xanh

Nhớ em mắm cáy Bình Lục.

Hà Nam bước chiêm khê mùa trũng.

Cái đói nghèo đeo đẳng trang văn.

Rút ruột giang Châu sinh khoa bảng Hà thành.

Vắt kiệt dòng nuôi trường ca thơ nhạc.

Trần Bình Trọng khẳng khái lời Sát Thát

Hào khí Thiên Trường vọng mãi Trần Thương.

Ếch vọng hồn sông vẳng giấc Tú Xương.

Cá đớp chân bèo

Neo bóng thu Yên Đổ.

Nguyễn Bính khóc mưa xuân dang dở.

Lục bát nào cũng dáng dấp chân quê.

Chuối Đại Hoàng thơm ngọt bờ đê.

Vũ Đại sống bằng tiếng chửi đời anh Chí.

Ông giáo Sống Mòn như ước mơ mục rỉ.

Trang văn đời viết lại còn đau.

Một chiều nắng tỏa sông Châu.

Soi bóng Đọi Sơn

Vua Lê tịch điền dựng nên cơ nghiệp.

Đêm Nam Xương, tôi viết

Trong tiếng con chàng Trương nấc lên thảm thiết.

Giữa Hoàng giang, nàng hiện về tiễn biệt.

Nguyễn Dữ ơi,

Có đàn tràng nào giải được bóng oan khiên?

Tôi đợi canh gà gọi bình minh Duy Tiên.

Chuông nhà thờ đổ thánh đường Hải Hậu.

하남으로 돌아가기

탐 축(Tam Chuc)은 푸른 구름 속에 앉아 있다.
그리워라, 빈룩(Binh Luc)의 참깨 발효 양념이 생각난다.
장마철에 하남 저지대가 물에 잠겼다.
빈곤은 문학의 페이지에 나타난다.

추강(Chau Giang) 강 하구에서 하탄(Ha Thanh)의 학자가 육성된다.
시냇물을 보며 시와 음악의 구절을 쓰네.
쩐빈쩐(Tran Binh Trong)은 Sat That의 말을 대담하게 선언했다
천하의 정신은 영원히 전웅 속에서 울려 퍼진다.

추강(Chau Giang) 강 하구에서 Ha Thanh의 훌륭한 학자를 양성합니다.
시와 음악의 구절에 영양을 공급하기 위해 시냇물을 짜냅니다.
Tran Binh Trong은 Sat That의 말을 대담하게 선언했습니다.
티엔쭝(Thien Truong)의 정신은 쩐쯩(Tran Thuong)에서 영원히 울려 퍼진다.

투 수옹(Tu Xuong)의 꿈속에서 개구리가 강의 영혼을 울리며
연근을 갉아 먹는 물고기

엔도(Yen Do) 가을의 그림자가 정박하여 있다.

응우옌 빈(Nguyen Binh)은 끝나지 않은 봄비 때문에 울었다.
68개의 시마다 조국의 정수가 담겨 있다.

강둑을 따라 펼쳐지는 다이호앙 바나나의 향긋한 달콤함.
부다이(Vu Dai) 마을은 치(Chi) 선생님의 저주로 인해 살고 있다.
"낭비하며 산다"라는 선생님은 썩어 가는 꿈과 같다.
인생의 다시 쓰인 페이지는 여전히 아프다.

추강(Chau Giang) 강에 태양이 빛나는 오후.
도이 손(Doi Son)의 실루엣을 반영하여,
레(Le) 왕의 수양의례를 실천하여 정권의 기초를 다진 곳이다.

남쑝(Nam Xuong)의 어느 날 밤, 나는 이렇게 썼다.
쩐(Truong)의 아들이 절망에 빠져 우는 소리.
황장강(Hoang Giang river) 한가운데에서 그녀가 작별 인사를 하는 모습이
보였다.
오 응우옌 두(Nguyen Du),
불의의 그림자를 쫓아내는 의식이 있었나요?

나는 Duy Tien 새벽을 부를 시간을 기다렸다.
하이하우(Hai Hau) 교회 위에 종소리가 울렸다.

Returning to Ha Nam

Tam Chuc sits amidst blue clouds
Missing you, recalling the fermented sesarmidae sauce of Binh Luc.
Ha Nam's lowland flooded during the rainy season.
Poverty haunts the pages of literature.

From the gut of Chau Giang river, raising great academics for Ha Thanh.
Squeezing the stream to nourish the verses of poetry and music.
Tran Binh Trong boldly declared the words of Sat That
The spirit of Thien Truong echoes eternally in Tran Thuong.

The frog echoes the soul of the river in Tu Xuong's dreams.
Fish nibbling the lotus roots
Anchored, the shadow of Yen Do autumn.
Nguyen Binh wept for the unfinished spring rain.
Every six-eight poem bears the mark of the homeland's essence.

The fragrant sweetness of Dai Hoang bananas along the riverbank.
Vu Dai village lives by the curse from Mr. Chi.
Teacher of "Living Wastefully" is like a dream of decay.

Life's rewritten pages still ache.

A sun shining afternoon on the Chau Giang river.

Reflecting the silhouette of Doi Son,

Where King Le practiced the cultivating ritual, building the

foundation of his regime.

At one night in Nam Xuong, I wrote

In the sound of Truong's son crying in despair.

Amidst the Hoang Giang river, she appeared to bid farewell.

Oh Nguyen Du,

Was there a ritual to dispel the shadow of injustice?

I waited for the coming time to call for Duy Tien dawn.

The bell tolled over the church of Hai Hau.

Độc Thoại Đêm

Ngày vẽ em loang lổ vệt nhàu
Đêm trói em bằng mưa móc
Em đếm tuổi mình rơi trên tóc
Trăm nhọc nhằn héo kiệt đời sông

Em mỏng tựa đêm giông
Anh đầy như bóng tối
Bóng tối nghiến mòn đêm như mọt
Đau như nhung, khảm rỗng tiếng thạch sùng.

Ngoài kia, trời bão nổi
Em tựa vai bóng tối
Đêm dâu bể khúc người

Em ngược dòng kí ức khóc cười
Ủ tàn tro nguội lạnh
Ngoảnh mặt đêm gió lùa
Tàn úa một ban mai.

밤의 독백

낮은 나를 알록달록한 색으로 물들게 하고
밤엔 비가 와서 나를 적시네
나는 내 머리카락으로 떨어지는 나이를 세고
수백 번의 고난이 인생을 시들게 하는구나!

나는 폭풍우가 치는 밤처럼 여위었네
어둠만큼 가득 찬 당신이라는 사람
어둠은 나방처럼 밤을 먹어 치운다
벨벳 같은 아픔, 도마뱀의 공허한 소리가 새겨졌네

밖에는 폭풍우가 치는 밤
나는 어둠의 어깨에 기대고
밤은 사람들의 슬픔으로 가득 찼네

나는 울고 웃으며 추억의 길을 거슬러 가네
냉각된 재를 배양하고
외풍이 밤을 떠나며 사라지고
새벽이 오네.

Monologue at night

The day paints me with variegated streaks of color
The night ties me up by rain
I count the years falling upon my hair
A hundred struggles exhaust my life

I'm as thin as a stormy night
You're as full as the darkness
The shadow eats away the night like the worms
Painful as silk, hollow mosaic with gecko sounds.

Outside, the sky rages in a storm
I lean on the night's shoulder
The night is filled with sorrow of people

I swim against the current of laughing and crying memories
Incubating the cold ash
Turning away, the wind of the night
Fading away, the dawn.

Nỗi Buồn Chiếc Lá

Treo nỗi buồn của em trên chiếc lá bạc màu

Phận tầm gửi chết đắng

Em lối về cuối thu, tàn trăng nào còn mê mải?

Chạm nẻo người thừa thãi xót xa.

Sương ngả màu nham nhở khúc du ca

Đêm cố đợi một bình minh lửa lọc

Bóng mùa say vùi em trong tiếng khóc

Trầy trật đời trôi đỏ mắt phía xa bờ

Lấp đầy tôi nỗi em mặn chát

Trong hình hài cơn đau

Em của phiên bản khác

Vò xót lòng xé nát trái tim ai?

Em trở về độc thoại với đêm dài

Khi dòng sông ngược lòng biển cả

Về như nắng đèo bòng khát vã

Ngực suối ngàn trăng gió vẫn u mê.

나뭇잎의 슬픔

떨어져 간 잎에 네 슬픔을 매달아 놓고
붙어 있던 것의 운명은 쓰라린 채로 죽는 것
가을 끝에 네가 방황했을 때, 달은 아직 매혹되어 있었나?
헛되이 애통해 하는 사람들의 길을 건드리며.

우울한 색조로 변색하는 아침이슬
밤은 고집스럽게 거짓된 새벽을 기다렸네
취한 계절의 그림자가 너를 눈물 속에 묻었지
삶은 떠돌았고, 네 붉은 눈은 먼 해변에서 밀려오네

네 쓴 아픔으로 나 자신을 채워
네 아픔의 형상으로
다른 형태의 너
누가 마음을 찢어 놓고 짓이겼나?

긴 밤의 독백으로 돌아온 너
강이 바다에 거슬러 흐르듯이
타는 듯한 햇볕이 되어 돌아왔고, 목마른
시냇물의 가슴, 수천 개의 달이 흘러가고, 여전히 매혹적인 바람

The sorrow of the leaf

Hanging your sorrow on the faded leaf
Fate of the dependant died bitterly
You wandered at the end of autumn, was the moon still entranced?
Touching the path of redundant grieving people.

The dew discolored in a melancholic tone
Night stubbornly awaited a deceitful dawn
The shadow of the drunk season buried you in tears
Life floated, your red eyes from the distant shores

Filling myself with your bitter pain
In the form of your pain
You, in another version
Who wrenches hearts, tearing them apart?

You returned to your monologue with the long night
As the river flows against the sea
Returning as the scorching sun on the hill, thirsty
The breast of the stream, a thousand moons passed, the wind's still
enthralled

* Translated into English by Tran Quynh Hoa

도안 만 프엉
(Doan Manh Phuong)

남딘성 출신으로 현재는 하노이에 거주하며 활동하고 있다. 그는 베트남작가협회 회원, 하노이작가협회 회원, 베트남언론인협회 회원이다. 그는 『Night Eye』(1996), 『Verses of human faces』(1999), 『Such long day』(2007), 『Rain of memories』(2021) 등을 출간하였다. 그는 베트남문학예술협회 전국위원회가 수여하는 'Award of Literature and Arts 2007' 상을 받았으며 'The Second Prize of the Poetry Contest of Vietnam Writers' Association'(2010), 'The Second Prize of the Poetry Contest of Military Arts and Literature Magazine'(2008-2009), 'The Poetry Award granted by Song Huong Magazine'(1996), 'The Second Prize granted by Green Age Literature Award'(1993), 'The First Prize granted by Green Age Literature Award'(1994), 'Typical Young Intellectual Award on the 1000th anniversary of Thang Long-Hanoi' 등의 상을 받았다. 그는 《지식개발 매거진》 편집장(2013~2016)을 역임하였고, 2017년부터 현재까지 《Vietnam Integration Magazine》 편집장으로 활동하고 있다.

Không đề

Mỗi ban mai cho ta một cái chớp mắt

Để gọi tên những điều bí mật

Chân từng đạp vào bóng đêm

Đầu gội nhiều sự thật

Có sự thật nào thoát trốn được ban mai

Mỗi ban mai chứa được rất nhiều cuộc chuyện trò

Của những đám mây

Mỗi đám mây thăng hoa từ rất nhiều mồ hôi và nước mắt

Và trong mỗi câu chuyện trò

Có rất nhiều vị mặn···

Vị mặn đã nuôi ta lớn lên sau những cái chớp mắt ngày ngày

Đủ để ta hiểu rằng

Sao khóe mắt mình cay?

Và để đến khi về già

Đừng hỏi chuyện những đám mây···

무제

매일 아침 우리는 눈 깜짝할 사이에
비밀의 이름을 지정하려면
우리는 어둠 속으로 발을 디뎠다
우리의 머리는 많은 진실로 씻겨져 있다
아침을 피해 갈 수 있는 진실이 있을까?

매일 아침에
구름에 대해 많은 대화를 하지
구름 하나하나가 수많은 땀과 눈물로 승화되고
그리고 모든 대화에서
짠맛이 너무 많이 나네…

매일 눈을 깜빡할 사이에 짠맛이 우릴 키웠어
그 정도만 이해해도 충분하지
왜 눈꼬리가 따끔거릴까?

그리고 늙어가기 전까지
구름에 대해서는 묻지 마라…

Untitled

Every early morning give us a blink
To name the secrets
Our feet used to tread in the dark
Our heads are washed with many truths
Is there any truth that can escape the morning?

Every morning contains a lot of conversations
Of the clouds
Every cloud sublimates from a lot of sweat and tears
And in every conversation
There are so many salty tastes…

The salty taste has raised us up after the blinks every day
It is enough for me to understand that
Why are my eyes stinging?

And until we are old
Don't ask about the clouds...

Dặn con

Cuộc đời không giản đơn như ly nước mỗi ngày con uống

Có vị đắng thú vị của cà phê

Vị cay xé lưỡi của trái ớt

Vị chát chua của trái chanh vừa mới bứt

Con hãy khoan đi tìm vị ngọt

Mà hãy để đắng cay chua chát

Giúp con định nghĩa cuộc đời

Mắt con nhìn thêm tinh

Tai con nghe thêm rõ

Trí con thông trong sấp ngửa cuộc người

Học cách ưng thuận cuộc chơi

Nếu có phải gặp phản trắc trong đời

Không nhờ ai lau nước mắt

Mà để nó tự rơi

Sau mưa

Là nắng hửng lên thôi.

아들에게 보내는 충고

인생은 매일 마시는 물 한 잔만큼 간단하지 않아
즐거운 커피의 쓴맛이 있고
고추의 매운맛이
갓 딴 레몬의 신맛이 있어

부디 달콤함을 쫓지 말아라
그러나 쓴맛과 신맛을 피하지 마라
그 맛들이 네 인생 알게 도와준단다
네 눈이 더 선명하게 볼 수 있도록
네 귀가 더 또렷하게 들을 수 있게
너는 삶의 깊이에 대해 잘 알게 된다

게임을 받아들이는 법을 배워라
삶이 너를 속이더라도
누구에게도 눈물을 닦아달라고 애원하지 마라
저절로 마르게 두어라

비가 내린 후
해가 더 밝게 떠오르는 법이란다.

Advice to my son

Life is not as simple as the glass of water you drink every day

It has the delightful bitter taste of coffee

The spicy taste of chili peppers

The sour taste of freshly squeezed lemons

Please do not try to find the sweetness

But let the bitter and sour

Help you define your life

So that your eyes look better

Your ears hear more clearly

You will become smarter in the real life

Learn to accept the game

If you have to face the betrayal in life

Don't ask anyone to wipe your tears

But let it fall on its own

After the rain

The sun will shine bright.

Duy cảm

Thấm thấu vào em
Bằng một trái tim không cạn ký ức
Trườn ra khỏi giấc ngủ đêm
Bằng cánh tay của nỗi nhớ
Ngực Anh
      căng phồng Em

Yêu nhau
Như một phép lạ
Tình anh ứa mầm
Nói thật khẽ, nghĩ thật êm

Tình yêu như chớp mắt
Cùng mê hoặc không tên
Anh – một gân guốc
Đính chính lên thô nhám của ngày
Với tất cả vị đời
      đắng ngọt chua cay

Yêu

mềm

em

Với bội thực nỗi niềm

Còn – trong – ngực – anh – đây…

감상주의(感傷主義)

나에게 스며들어
추억이 고갈되지 않는 마음으로
내 밤잠에서 기어 나왔어
향수의 팔로
당신의 가슴이
나를 부풀리고 있어

우리는 서로 사랑해
기적처럼
당신의 사랑이 싹트고 있어
부드럽게 말하고, 부드럽게 생각하라

사랑은 눈 깜빡임
우린 함께 매료되었지
당신은 - 거친 이
하루의 거칢을 바로잡고 있지!
삶의 모든 맛을 통해
쓰고 달콤하고 시큼한 맛을

사랑은

부드러워

당신처럼

마음속 깊은 감정을 가득 담아

그리고 아직도 내 마음속에…

Sentimentalism

It is penetrating ino me
With a heart that does not run out of memories
Slipping out of the night sleep
By the arm of nostalgia
Your chest
Is inflating me

We love each other
Like a miracle
Your love sprouts
Speaking softly, thinking softly

Love is like a blink
We are equally enchanted
You - a rugged person,
Is correcting up the roughness of the day
With all tastes of life
With bitter, sweet and sour tastes

Love

Is soft

Like you

With full inmost feelings

And still in my heart…

응우옌딘떰

(Nguyen Dinh Tam)

1944년 7월 24일 베트남 응에안(Nghe An)성 끄아로티사(Cua Lo thi xa)에서 태어났다. 그는 베트남 해양대학교 열기관학부 전직강사이며 베트남문인협회 회원이자 하이퐁시 문인협회 회원이다. 또한, 베트남 역외연구협회(Member of Vietnam Overseas Study Association) 회원이다. 시인의 많은 작품은 한국, 루마니아, 네팔, 이탈리아, 러시아, 파키스탄, 인도, 그리스 등에 시선집, 아시아 문학, 세계작가협회 등에서 소개되고 있다.

시인은 베트남 작가협회와 통신교통부가 주관하는 2014~2015년 통신교통부 70주년 기념 문학경연대회에서 서사시 『Wake up with the sea』(2015)로 1등 수상. 하이퐁시 응오취엔구 시경연대회 '땅과 사람 55년' 1등 수상(2016), 하이퐁시교우회 '좋은 시 10년' 수상(2007~2017), 나눔문학상(한국, 2018), 전국 시경연대회 '하이퐁-떠오르는 열망'(2019), 우키요토출판사 '2022년 올해의 시인'(2022년) 등을 수상하였다.

시집으로는 『Waves in Autumn』(1982), 『Love of the sea』(2005), 『Wake up with the autumn』(2012. 『Wake up with the sea』(2015), 『A time of the sea』(2017), 『Purple sunset Lan Chau』(2018), 『Words of Seagulls』(2021), 『Autumn and the Sea』(2022) 등이 있다.

Giữa hai mùa lá đỏ

Giữa hai mùa lá đỏ

Trong nắng và trong mưa

Là bi hùng đời tôi

Những niềm vui xa xứ qua rồi

Và nỗi buồn cũng đã thành kỉ niệm

Tôi của phấn trắng, bảng đen

Của Đại dương, của biển

Có cánh chim trời đập tỉnh những cơn mê

∗ Seoul 2018-2019

붉은 잎의 두 계절 사이

잎들이 붉게 물드는 두 계절 사이
해와 비의 두 계절 사이
비극과 기쁨의 내 인생이여
기쁨도 지나고 슬픔도 추억이 되었도다
나는 하얀 분필이요
바다는 흑판이라네
바닷새들의 날갯짓으로 황홀경에서 깨어나네!

* 서울 2018 - 2019

Between The Two Seasons Of Red Leaves

Between the two seasons of red leaves

Between the sun and the rain

Is my tragic and heroic life

The joys of being far away are over

And sadness has also become a memory

Me of white chalk, blackboard

Of the Ocean, of the sea

There are birds in the sky those wake up the dreams

* Seoul 2018 - 2019

Sao Thế

Em thì ngọt
Còn tôi thì mặn
Có duyên chi mà hoa tím nở tràn

Em phù sa
Tôi lại là cát trắng
Sao mãi ngọt ngào giọng hát xa khơi

Đừng nhìn thế, em ơi
Đừng nhìn tha thiết thế
Kẻo tàu tôi phải quay lái··· tìm về.

뭐가 문제일까!

당신은 달콤해요
그리고 난 짜지요
보라색 꽃을 풍성하게 피우는 운명이 있어요

당신은 쌓인 모래이고
난 하얀 모래예요
당신의 달콤한 목소리는 왜 그렇게 멀리 있을까요?

그런 표정 짓지 마세요, 내 사랑
너무 진지하게 보지 마세요
내 배가 돌아가려고 방향을 바꾸지 않게,

What For!

You are sweet

And I am acridly salty

What grace is there that purple flowers bloom

You are alluvial

I'm white sand

Forever sweet voice offshore

Do not look at me like that, my dear

Do not look at me so earnestly like that

Or my ship has to turn the steering wheel... to return

Giấc Thời Gian

Tôi cứ thế lớn lên bên bờ mặn

Con sóng ướp tuổi thơ tươi đến tận bạc đầu

Giọt máu, giọt mồ hôi cùng chung vị biển

Mong manh tôi hòa vào dữ dội Đại dương

Lại cùng cánh Hải âu về cát trắng Dã tràng

Chiều già theo hàng phi lao lặng lẽ

Những yếu mềm trả cho loài nhuyễn thể

Thả mình lên đá cho sóng vỡ mùa thu

잠자는 시간

난 그냥 짠 해변에서 자랐지

파도가 내 어린 시절을 담가 회색으로 변하게 했어

피와 땀이 어우러진 바다의 맛

강렬한 바다와 연약한 내가 하나가 되었어

다시 갈매기와 함께 다시 바다로 돌아왔건만 노동력은 잃었지

바닷가의 하얀 모래. 늦은 오후가 조용히 카수아리나 나무의 줄을 따라가
네

약함은 연체 동물에게 보상이 되지

바위에서 가을 파도가 부서지는 것을 보네

Time Sleep

I just like that grow up on salty seaside

The wave marinated my fresh childhood until grey-headed

Blood, sweat together sea taste

A fragile me mixed in intense ocean

I come after seagulls back with white sand domain, labour lost

Half light with casuarina row quietly

Soft things give back for mollusca

쿠 에 안
(Khue Anh)

1964년 생으로 본명은 응우옌 마이 안(Nguyen Mai Anh)이다. 베트남 하노이에 거주하며 약사이지만 어릴 적부터 시를 좋아하여 누에강(Nhue River) 둑 사이에서 시심을 키웠다. 약사로 일하면서 가끔 시를 발표하고 있으며 베트남 하이즈엉 소재 탄동대학교(Thanh Dong University)의 약학대학에서 강사로 강의하고 있다.

Mẹ tôi

Mẹ tôi,

Têm giấc mơ cánh phượng

Gặp lá trầu con gái sang sông.

Mẹ tôi,

Đi hái hoa hồng

Gặp tiếng gọi chồng bay trong khói sương.

Mẹ tôi,

Mê nón đội trưa

Mót trong bom đạn cũng vừa quảy khoai.

Mẹ tôi,

Chiều rớt hôm mai

Nghĩa dâu dâng trọn, đôi vai hao gầy.

Mẹ tôi,

Cười khóc với mây

Hỏi trong khói súng đâu đây bóng chồng?

Trời mưa bong bóng phập phồng*

Mẹ tôi đan gió

Gánh đồng nuôi con.

Chiến tranh

Một thế kỷ tròn

Sóng xô gối mẹ giấc mòn trăm năm?

Chín mươi

Buồn mấy áo khăn

Hỏi ai đếm nổi vết nhăn đôi bờ?

Nhớ, quên

Đã tự bao giờ

Chỉ còn tôi khóc đến mờ lư hương.

Dấu chân

In đậm nẻo đường

Mênh mang mẹ giữa vô thường đời con!

* Ca dao

시어머니

우리 어머니,
불사조의 날개를 꿈꾸네*
딸의 결혼식에서 빈랑잎을 보며

우리 어머니,
정원에서 장미를 따왔죠
이른 안개 속에 남편의 목소리를 환청으로 들었죠.

우리 어머니,
강렬한 태양의 눈 부심을 뚫고 고깔모자 아래,
폭탄 밭에 흩어져 있는 감자 조각을 주웠어요.

우리 어머니,
황혼의 늦은 부름까지,
그녀는 하루하루를 시댁 식구들에게 헌신했죠.

우리 어머니,
구름과 함께 웃고 울었죠.
총 연기 속에서 남편이 있는 것은 아닐까?

거품이 생길 정도로 비가 많이 내렸죠**

어머니는 바람을 엮어서,
아이들의 새벽을 짜기 위해 들판에서 수고했죠.

전쟁은
한 세기 동안
그 끊임없는 파도가 어머니의 밤을 강타했죠.

구십 년이 지났고,
그녀의 옷조차도 그녀의 주름을 공유했죠.
그녀의 눈 주위에 흐르는 시간의 흔적을 누가 셀 수 있겠어요?
언제부터…
추억이 이렇게 흐릿해진 걸까요?
나 홀로 남아서, 내 눈물이 그녀의 향로를 흐리게 하네요.

그녀의 발자국
내 발걸음 하나하나에 각인되어 있어.
그리고 여전히 삶의 덧없음에 잠겨 있는 그녀의 변함없는 사랑!

* 빈랑잎 모양의 불사조 날개: 베트남 결혼식 파티의 전통 절차
** 베트남 민속시

My mother-in-law

My Mother,
Dreamed of Phoenix wings*
Seeing the betel leaves, her daughter's wedding

My Mother,
Picked up roses in the garden
Hallucinated her husband's voice in the early mist.

My Mother,
Beneath her conical hat, against the sun's fierce glare
Gleaned pieces of scattered potatoes in the bomb field.

My Mother,
Til dusk's late call,
She devoted each day to her in-laws.

My Mother,
Smiled and wept with the clouds,
Wondering if her husband's figure was in gun smoke?

It rained so long that bubbles formed**

My Mother knitted the wind,
Toiled the fields to weave her children's dawn.

The war
Lasted for a whole century.
Its relentless waves crashed my Mother's nights.

Ninety years have passes by,
Even her clothes shared her wrinkles.
Who could count the traces of time surrounding her eyes?
Since when…
Did memories become so vague?
Only I remain, my tears blurring her censer.

Her footprints
Imprinted every step of mine,
And her unwavering love still immersed in the impermanence of
life!

* Betel leaves shaped Phoenix wings: Traditional procedure in Vietnamese wedding party.
** Folk poetry of Vietnam

Thì ta còn có thể mơ

Ồ không phải,
Là ai còn có một giấc mơ.

Ta cúi nhặt vụn đêm loang trong nước
Đêm đen. Và ta ước
Một giấc chìm xin đậu một giấc hoa.

그러면 우리는 여전히 꿈을 꿀 수 있다

안 돼,
아직도 꿈을 가진 사람이 누구입니까?

물속에 있는 밤의 잔해를 주우려고 몸을 굽혔어요
검은 밤. 그리고 나는 바라죠
깊은 잠, 내 잠 속에는 꽃으로 가득한 꿈이 있어요.

Then we can still dream

Oh no one,

Who still has a dream?

I bent down to pick up the night debris spreading in the water

Pitch black night. And I wish

In my slumber, there will be a dream filled with flowers.

Vũ Điệu Gọi Hòa Bình

Nào em ơi cùng bước lên sàn

Làn da hoa sáng cả những vì sao

Nào em ơi đến đây gieo trồng hạnh phúc

Vũ điệu này vang sóng men say.

Nào hãy để thanh xuân quay tròn sức sống

Miệng em cười trăng tỏa triệu năm xanh

Ta không thể để con tim một phút giây mây xám

Bởi muôn điều đang khát long lanh.

Không chỉ mình em không chỉ mình anh

Không chỉ đôi ta bừng bừng hoa nở

Em nhún bước với lời ca rộn ràng từ muôn phương gió

Váy tung bay.

Anh chẳng phải chàng trai anh tài tuấn tú

Em là ngàn cô gái tuổi hoa hiên

Ô kìa núi!

Ô kìa sông!

Và biển cả từ năm châu cất lên tổ khúc

Hòa bình xanh gọi khắp hành tinh xanh!

Em đẹp lắm sau ngày mùa ruộm vàng lúa chín
Anh trai hùng vì mặn mòi tôm cá trùng khơi
Ta thăng hoa vì chúng ta là con Trái Đất
Vũ điệu này phải bùng lên tắt khói lửa chiến tranh!

Vũ điệu này phải bùng lên tắt khói lửa chiến tranh!
Vũ điệu này phải bùng lên tắt khói lửa chiến tranh!

평화를 부르는 춤

자, 댄스 플로어를 밟아 보자
별처럼 빛나는 피부
이리 와라. 친구야 행복을 심어라
이 춤은 열정적으로 울려 퍼지네

젊음이 다시 살아나도록 해보자
너의 입은 백만 년의 푸른 달빛처럼 미소 짓고 있어
한시도 마음이 흐려질 수는 없어
왜냐하면, 모든 것이 반짝임에 목말라 있기 때문이지

너뿐만 아니고 나만이 아니야
꽃을 피우는 것은 우리 둘만이 아니야
나는 모든 바람 속에서 떠들썩한 노래와 함께 걷지
치마가 날아가네.

그 사람은 잘생기고 능력 있는 사람이 아니야
나는 천 살 소녀야
아 산이여!
아, 강이여!
그리고 다섯 대륙의 바다가 노래를 불렀어

녹색 행성 전체가 녹색 평화를 외치네!

황금벼 추수일 이후 너는 너무 아름다워
바다의 생선과 새우의 짠맛 때문에 동생은 매력이 넘치네
우리는 지구의 자녀이기 때문에 번영하고 있어
전쟁의 연기를 진압하려면 이 춤이 타올라야 해!

전쟁의 연기를 진압하려면 이 춤이 타올라야 해!
전쟁의 연기를 진압하려면 이 춤이 타올라야 해!

The Dance Calling For Peace

Come on darling, let's step on the dance floor
Your skin radiates like the stars
Come darling, come here and sow happiness
This dance echoes like drunken waves.

Let youth be twirling with vitality
Your lips smile like the moon shining for millions of green years
We can't allow a single moment of gloomy cloud in our hearts
For countless things are thirsty brightly.

Not just you, not just me
Not just the two of us blooming like flowers
You sway with joyous songs of the wind from all directions
Your dress billowing.

I'm not a talented handsome young man
You are a thousand young girls in their youth
Oh, the mountains!
Oh, the rivers!
And the oceans from all continents sing the song

Calling for green peace across the green planet!

You are so beautiful after the golden rice harvest days
And a strong brother because of the saltiness of the sea
We flourish because we are Earth's children
This dance must flare up to extinguish the flames of war!

This dance must flare up to extinguish the flames of war!
This dance must flare up to extinguish the flames of war!

*Translated into English by HFT

라 이 홍 칸
(Lai Hong Khanh)

1950년생으로 하노이 푸쑤옌(Phu Xuyen) 출신이다. 베트남문인협회 회원이고 베트남언론인협회 회원이자 베트남변호사협회 회원이다. 저서로 『The White Ferry-Call』(1990), 『Writing Through The Forest』(2002), 『Summer Heart』(2003), 『Kinh Bac Moon』(2007), 『Time Fully Loaded』(2014), 『Vietnamese Spirit』(2020), 『Every Morning』(2021) 등이 있다. 2002년 전국 텔레비전 페스티벌에서 『진주의 어머니』 문학 대본 공모전 은상을 수상했다.

Khi không nhìn vào đâu cả

Khi không nhìn

Vào đâu cả

Là lúc ta

Nhìn thẳng chính mình

Lời ai đó

Ta giật mình thảng thốt

Về cõi người

Những bí ẩn

Tâm linh.

아무것도 보지 않을 때

우리가 아무것도
주시하지 않는 시간이
우리 자신을 들여다보는
우리 시간이야.
누군가 말하자
우린 깜짝 놀라지
인간세계에 대하여
신비한
영성.

When we are looking in nowhere

When we are looking

In nowhere

It's when we

Looking right through ourselves

Someone said

Startling us

It's about human live

Mystery

Spiritual.

Tri kỷ

Ta với nàng Xuân như tri kỷ
Qua hạ, thu, đông, bạn lại về
Giao thừa muôn cũ mà luôn mới
Tinh khôi trời đất, sáng trăm quê

영혼의 단짝

봄은 내 영혼의 단짝
여름, 가을, 겨울이 가고
봄, 그대가 돌아오면
섣달그믐날은 영원히 과거가 되고 새날이 밝아
순수한 하늘과 땅, 밝아지는 수백 개의 촌락

Soulmate

Spring and I like a soulmate
After Summer, Autumn, Winter, you come back again
New Year's Eve is forever old but always new
Pure heaven and earth, bright hundreds of villages

Để mãi là

Chúng mình là

Tài sản của nhau

Không bán mua

Chỉ tận lòng dâng hiến

Không phung phí

Và không hà tiện

Để mãi còn

Tài sản cho nhau.

영원하려면

우리는
서로의 자산
사고팔 수 없는
서로 온 마음을 다해 주는 것뿐이야.
낭비하지 말고
인색하지도 않게
영원히 지속하는 관계가 되길
우리는 서로의 자산.

To be last eternally

We are

Each other's property

Not for sale

Just giving wholeheartedly

Not wasting

And not miserly

To be there eternally

Property for each other.

Giọt thời gian
— Quý tặng các bạn tôi

Giọt thời gian tích tắc

Như từng chấm cà phê

Nhỏ đều vào quên lãng

Một đi không ngược về.

Cốc cà phê quá khứ

Có vị đắng cuộc đời

Cốc cà phê năm tháng

Có dài rộng đời tôi.

Quỹ thời gian em ơi!

Ta có trong tay ấy

Dẫu khôn, ngoan, vụng, dại

Nó vẫn cứ dần vơi.

Nhấp vị đắng cuộc đời

Giọt thời gian tích tắc.

*Buôn Mê Thuột, một ngày thu

시간의 방울
— 친구들에게 바칩니다

똑딱이는 시간의 방울
커피의 점처럼
망각에 빠진다.
한번 가면 되돌릴 수 없다.
과거의 커피잔
인생에는 쓴맛이 있다.
시간의 커피잔
내 인생 전체가 그 안에 있다.
아, 내 시간 기금!
내 손에 있어.
현명하든, 서투르든, 어리석든
누구에게나 시간은 천천히 사라지고 있어.
인생의 쓴맛을 음미하네
똑딱거리는 시간의 방울.

* 가을날 Buon Me Thuot에서

The drop of time
— To my dear friends

The drop of time ticking

Like the dot of coffee

Falling into oblivion

One goes without coming back.

The coffee cup from the past

There's a bitter taste in life

The coffee cup of time

All my life in it.

Oh my time fund!

I have it in my hand

Whether it's wise, clumsy, foolish

It's still fading slowly.

Taste the bitter of life

The drop of time ticking.

* One Autumn day in Buon Me Thuot.

Không chia được nữa

Cốc nước anh trao, hai đứa uống cạn rồi

Có anh trong em và em trong anh đó

Hòa vào nước thì ai chia được nữa

Thấu tận cùng mỗi đứa, phải không em?

더는 나눌 수 없어

내가 준 물 한 잔, 우리는 마지막 한 방울까지 마셨지.
너 안에 내가, 내 안에 네가
모든 것이 뒤섞이면 누가 나눌 수 있겠는가?
당신과 나는 머리끝에서 발끝까지 하나인 거죠, 그렇죠?

Couldn't be divided anymore

The cup of water I gave, we drank 'till the last drop
Me in you and you in me
Who can divide when everything is blended
Getting to the bottom of you and me, right?

반 디 엔
(Van Dien)

1958년생으로 베트남 흥옌(Hung Yen) 출신이다. 베트남문인협회 회원이고, 베트남문학저작권센터 부소장이며 흥옌문학예술협회 회원이다. 시집 3권을 출간하였다.

Đôi Mắt Em

Có đôi mắt từ trời

Cứu rỗi

Có đôi mắt từ người

Ma mị tôi

Đôi mắt con của Chúa trời

Em

Đốt cháy anh

Bằng đôi mắt

Không lời…

너의 눈

하늘에서 온 눈은
구원을 주고
누군가의 눈은
나를 매혹하네

하느님의 자녀의 눈
너는
나를 불타게 하네
말없이
눈길만으로도…

Your Eyes

There are eyes from heaven
That redeem
There are eyes from someone
That bewitch me

The eyes of God's child
You
Burn me
With wordless eyes…

Bóng Đời

Đời pha loãng tưởng như đầy đặn

Kết cô lại giật mình mỏng vơi

Tự tại bên đời ôi cái bóng

Nhỏ to lớn bé góc gương soi.

생명의 그림자

희석된 삶이 꽉 찬 것 같아
농축되었던 것이 연해져서, 나를 놀라게 하네
삶에서 벗어나라, 그림자야
작든 크든, 그것은 거울 한구석과 같아라.

Life's Shadow

A diluted life seems full

Once condensed it becomes so thin, startling me

Live life free, oh, the shadow,

Small or large, it's like the corner of the mirror.

Vuông Tròn

Trong lồng trong hộp tròn vuông
Dặm soi trình chọn mảnh vuông trái tròn

Căng buồm chèo lái véo von
Dạt về bao mơ vuông tròn xô nghiêng

Chân trời in bóng nỗi niềm
Vuông tròn muôn nẻo lại biền biệt xa.

둥근 사각형

우리 안에, 정사각형 원형 상자가 있네
몇 마일을 가며 성찰하고 정사각형과 둥근 조각을 선택하네

돛이 올라가고 아름다운 곡조 따라 항해를 하지
앞으로 나아가면, 무수히 기울어지는 사각형과 원형의 엉킴들

지평선은 슬픔의 그림자를 반영하네
둥글고 모나고, 저 멀리 가는 무수한 길에 있을

Square And Round

Within the cage, within the round and square box
Going for miles and reflecting, selecting the square and round pieces

Hoist the sails, steering the ship melodiously
Drifting towards it are countless tilting square and round tangles

The shadow of sorrows are imprinted on the horizon
Squares and rounds, on myriad paths going far away.

팜 응옥 동
(Phạm Ngọc Động)

1949년 훙옌(Hung Yen)성 티엔 루(Tien Lu)현 투이 로이(Thuy Loi) 마을에서 태어났다. 그는 훙옌문학
예술협회 회원, 전 문학예술협회 집행위원, 시부장(2008~2018)이다. 저서로는 2006년 제2회 '포히엔 문
학예술상(Pho Hien Literary and Artistic Award)'을 수상한 시집 『계절의 변화』가 있다.

Hương Cỏ Mật

Chẳng cao sang lộng lẫy
Chỉ dịu dàng cỏ xanh
Run rẩy trăng thanh
Nồng nàn cỏ mật

Nửa đời thành thị tất bật
Day dứt mãi mùi cỏ quê
Càng vò càng dậy mật
Thơm như hương phải lòng

Dè dặt thơm hương mong
Dãi dầu thơm hương nhớ
Bồi hồi đêm trăng thơ
Vương vãi lời cỏ cây

Ai xui người trở lại
Tha thẩn tìm hương xưa
Đêm ướt đẫm bờ bãi
Cỏ— tìm đâu bây giờ?

허니그라스의 향기

웅장하지도 화려하지도 않은
그저 온화하고 푸른 잔디
달빛 아래서 떨리는
허니그라스의 정열적인 향기

분주한 도시에서의 반평생
시골 풀 향기를 그리워하다
으깨면 으깰수록 꿀 향이 나지
사랑의 향기처럼 향기로운

그리움의 향기처럼 마지못해
그리움의 향기처럼 힘들게
달은 밤에 쉬지 않고 숨을 쉬었네
풀과 나무가 흩어진 말

누가 남으라고 설득했나?
과거의 향기를 찾아 헤매며
밤에는 땅이 흠뻑 젖어 있었어
그 잔디- 지금 어디서 찾을 수 있나?

Scent Of Honey Grass

Not grand or luxurious
Just gentle, green grass
Quivering under the moon
Passionate scent of honey grass

Half a lifetime in the bustling city
Yearning for the scent of the countryside grass
The more it's crushed, the more honey it smells like
Fragrant as the scent of love

Reluctant like the scent of longing
Arduous like the scent of missing
Restlessly the moon breathed at night
The words of grass and trees scattered

Who persuaded one to stay
Wandering around, seeking for the scent of the past
At night, the ground was drenched
Grass- where to find it now?

Duyên Quê

Duyên quê em chẳng phấn son
Duyên em nhuộm nắng cho giòn màu da
Chẳng bay tà áo thướt tha
Duyên em lẫn lẫn trong tà nâu non

Duyên em đầy đặn trăng tròn
Duyên em đằm thắm sen non nhú quỳ
Cỏ may bám áo em đi
Thẹn thùng em đã biết gì đâu anh

Em là cô Tấm hiền lành
Trái thơm ủ chín để dành nay mai.
Lúa non xanh mướt tóc dài
Ngô căng hạt mẩy áo cài xuân xanh

Em là táo chín trên cành
Để cho ai phải đi rình ngẩn ngơ
Nồng nàn hương nhãn hồn thơ
Trăng Kinh Kỳ cũng nằm mơ Nguyệt Hồ

Thuyền ai neo bến lửng lơ

Chờ sen chờ nhãn hay chờ··· chờ duyên

시골의 아름다움

시골의 아름다움은 꾸밀 필요가 없죠
당신의 아름다움은 피부를 태닝하여 뽀송뽀송한 안색을 선사하죠
펄럭이는 세련된 가운도 필요 없어요
젊은 갈색 셔츠를 통해 당신의 아름다움이 눈에 띄죠

당신의 아름다움은 완전히 보름달과 같아요
당신의 아름다움은 어린 연꽃 봉오리처럼 열정적이에요
걸을 때 풀이 옷에 달라붙고,
수줍게 말했어요 "나는 아무것도 몰라, 자기야"

당신은 온화한 Tam과 같아요
내일을 위한 향기로운 과일이 익어가는 중
푸르른 어린 논, 길게 흐르는 머리
통통한 알맹이가 가득한 미로 셔츠의 단추는 청춘처럼

당신은 가지에 달린 잘 익은 사과와 같아요
누군가를 놀라게 하고 당신을 따르게 만들죠
용안과 시적인 영혼의 강렬한 향기
수도의 달도 달 호수를 꿈꾸죠

누구의 보트가 부두에 한가롭게 정박하고 있나요?

연꽃이나 용안을 들고 있거나 어쩌면 운명을 기다리는 중일 수도 있어요

Countryside Beauty

Your countryside beauty doesn't need makeup
Your beauty, tanning the skin to have a crispy complexion
No need fluttering stylish robes
Your beauty is obvious through your young brown shirt

Your beauty is wholly like the full moon
Your beauty is passionate like young lotus buds
Grass clings to your clothes as you walk,
Shyly you said, "I know nothing, my dear"

You are like the gentle Tam
Ripening fragrant fruits for tomorrow
Green young rice fields, long flowing hair
Maze full of plump kernels, your shirt is buttoned like your lush
youth

You are like a ripe apple on the branch
Making someone astounded and follow you
The intense scent of longans and poetic souls
Even the Capital moon dreams of the Moon Lake

Whose boat docks at the pier idly?

Carrying lotuses, longans, or perhaps waiting to… carry destiny.

우리는 함께 빛난다
― 시인 D.T.L.L을 위해

어느 이른 봄날 오후에 당신을 만나러 왔어요

인도차이나 용매화 가득한 하늘과 수도의 안개가 뒤섞인

토강, 부두가 있던 곳…!

La Thanh Dike에는 왜 해안에 잔물결이 없었죠…!

꿈처럼 당신을 찾으러 왔어요

부오이 거리의 경사면이 마치 턱받이 다리처럼 흔들리고 있었어요.

당신을 만나서 마음이 흔들렸어요

당신 시의 연기가 내 영혼과 얽혀 있어요

손에 손을 잡고 타오르는 열정의 불길처럼

마음이 묶인 듯 끈질기게 가만히 있어요

꿈을 꾸었는데, 꿈에서 본 적이 있어요.

우리는 함께 밤을 적시려고 불을 붙였어요

갑자기 불이 났어요…. 우리 둘은…. 타오르는 석탄으로 변했어요….

Together We Kindle
— For poetess D.T.L.L

I came to visit you one early spring afternoon

Fog of the capital blended with the sky full of Indochina dragon

plum flowers

The To River, where was its pier…!

Why did La Thanh Dike have no ripple on its shores…!

I came to find you as if in a dream

The slope of Buoi Street was swinging, perhaps like a bib strip

bridge

Meeting you, my heart was stirred

Your poetry's smoke entwined with my soul

Hand in hand, like a smoldering passionate fire

Persistently still, as if our hearts were tied

I dreamed and once I saw in my dream

Together we kindled to wet the night

Suddenly, the fire broke out… the two of us turned into… burning

coal…

여름!

신나는 여름이 찾아와 은색 핑크빛으로 물들여
매미의 울음소리가 하늘을 엮는다
무더운 날씨에 연이 해먹을 살며시 흔들며 자장가를 부른다
여름은 그 열정을 강물에 쏟아붓는다

날씬한 허리, 부드러운 바람, 부드러운 곡선
오후는 고깔모자의 기울어진 테두리와 같아서 감정의 파도를 불러일으킨
다
어리둥절해 여름에 반해
일몰의 절반, 햇빛이 펄럭인다.

Summer!

Summer arrives exciting, dyeing the silk pink

The cicadas' chirps weave the sky

The kite gently rocks the hammock, singing a lullaby in the sultry weather

Summer pours its passion into the river

Slim waist, gentle breeze, soft curves

Afternoon is like a conical hat's tilting rim, evoking waves of emotions

I'm bewildered, falling in love with the summer

Half of the sunset, sunbeams are puffing.

아버지의 제삿날…!

늙은 어머니는 시간의 그림자처럼 기대어 계셨다
내 아버지의 제단 앞에서 떨며
눈물의 향을 태웠네
희미한 램프 불빛 속에서

예전 사진 속 아버지는 여전히 여유로운 미소를 짓고 계시다
국가의 영웅적 공헌에 대한 신성한 증명서에 그의 이름이 포함되어 있다
짙은 전쟁의 연기 속에서 수많은 군인을 보았네
그리고 갑자기 아버지의 이름이 붉은 섬광처럼 빛났다

아버지는 그 이후로 돌아오지 않으셨다
그 아이의 얼굴을 본 적이 없다.
세상을 떠나기 전에는 유니폼을 입지 않았다
아버지, 아버지의 아들로서 저는 전장의 잔혹함을 이해합니다
그리고 삶과 죽음의 취약성

마지막 노력을 끝까지 헌신하였습니다
승리 - 패배
아버지, 전쟁이 장난이 아니라는 걸 이해해요
가장 불합리하고 잔인한 일이죠

같은 시대에 태어났다면 네 운명을 피하지 못했을 텐데
나라가 위험해지면 피를 흘려도 후회하지 않을 겁니다
그 누구도 이별을 위해 자존심을 바꾸지 않습니다
하지만 아버지!
우리나라를 위한 거니까

조국을 잃은 고통에 비하면 고통도 아니지요
손실이 없다는 것은 독립과 자유를 잃는 것과 같습니다

아버지는 스물세 살에 돌아가셨죠
당신은 영원히 젊었고, 늙지도 않았죠
아버지, 당신은 여전히 저를 지지하시고 당신 손에 저를 키우십니다
내 나이 스물일곱 살인데도-
아버지께는 저는 아직 어린아이예요

눈물의 향이 제단을 붉게 물들였습니다
눈물을 닦으며 어머니는 깜짝 놀랐어요
우리 아이가 꼭 안고 옹알이를 하고 있었어요
할머니…!

Father's Memorial Day !

My old mother reclined like the shadow of time
Trembling before the altar of my father
The tearful incense was burned
In the dim light of the lamp

In the old photo, my father still wears a carefree smile
With his name in the sacred certificate of Nation's Heroic
Contributions
I saw countless soldiers in the dense smoke of war
And my father's name suddenly shined like a red flash

My father never returned since then
Never saw his child's face
Never wore his uniform before passing away
Father, as your son I understand the brutality of the battlefield
And the fragility of life and death

The final efforts were devoted for the end
Victory - defeat
Father, I understand that war is no joke
It's the most irrational and cruel thing

If I were born in the same era, I wouldn't escape your fate

Wouldn't regret shedding my blood if our country is in peril

No one trades pride for separation

But father!

Because it's for our country

No pain compares to the pain of losing one's homeland

No loss equals to losing independence and freedom

My father was gone at the age of twenty three

He remained forever young, and was unable to grow older

Father, you still supports me and I'm raised up by you

Even though I'm twenty seven years old -

to father, I'm still a child

The tearful incense reddened the altar

Wiping her tears, my mother was startled

My child was holding her tight and babbling

Grandmother…!

* Translation by HFT

응우옌 티 비크 브엉

(Nguyen Thi Bich Vuong)

그녀의 고향은 베트남 홍옌성 코아이쩌우현(Khoai Chau District) 투단면(Tu Dan Commune) 토안탕(Toan Thang Village) 마을이다. 베트남문인협회 회원이자 홍옌(Hung Yen) 베트남문인협회지부 부회장을 맡고 있다. 또한 홍옌문학예술협회의 문학부 책임자이기도 하다. 저서로는 Short story collection 『Childhood Memories』(2012), 『The Late Afternoon Sunbeam』(2014), 『A Galaxy Strip』(2017), 『Late Afternoon in the Cemetery』(2020), Poetry collection 『There is a Love』(2014), 『The Heart of the Sun』(2023) 등이 있다. 단편집 『The Late Afternoon Sunbeam』이 제4회 'Pho Hien Literature Award(2011-2015)' B Prize (there was no A Prize)을 수상하였고, 단편집 『Late Afternoon in the Cemetery』으로 제5회 'Pho Hien Literature Award(2016-2021)' Third Prize을 수상하였다.

Cây Hạnh Phúc

Trời xanh, mây trắng, nắng hanh...
Em trong núi biếc, anh xanh đại ngàn

Mình ngồi dưới bóng cây ban
Hương trà nồng ấm, thu tràn sắc hoa

Nghe như tiếng gió thoảng qua
Hình như có cả tiếng hoa đang cười

Tiếng người, tiếng suối reo vui
Cây đời hạnh phúc xanh tươi ngọt ngào!

행복의 나무

푸른 하늘, 흰 구름, 밝은 태양…
나는 푸른 산처럼 순수하고, 당신은 넓은 숲처럼 푸르다

우리는 흰난초나무 그늘에 앉아 있다
따뜻한 차향, 꽃이 만발한 가을

바람이 스쳐 가는 것 같아
꽃들이 웃고 있는 것처럼

사람들의 웃음소리, 즐거운 시냇물 소리
생명과 행복의 나무는 매우 무성하고 달콤하다!

The Tree Of Happiness

Blue sky, white clouds, bright sun…
I'm pure as blue mountains, you're green as vast forests

We sit beneath the shade of the bauhinia variegata tree
The scent of warm tea, the autumn overflowing with flowers

Sounds like the breeze is drifting by
As if the flowers were laughing

The laughter of people, the joyous babble of the streams
The tree of life and happiness is so lush and sweet!

Đời Nở Hoa

Phố phường chen chúc hàng ngày
Chàng ơi, lên núi trồng cây xây nhà

Suối reo chim hót ngân nga
Nửa đêm văng vẳng tiếng gà sang canh

Nhà mình hoa trái trĩu cành
Đất cho vị ngọt rau xanh ngút trời

Về cùng em nhé chàng ơi!
Mình gieo hạnh phúc cho đời nở hoa!

생명이 피어나다

매일 거리에는 사람들이 분주하다
내 사랑, 산에 가서 나무를 심고 집을 짓자

시냇물은 졸졸졸 흐르고, 새들이 노래하는 곡조
자정이 지나서 때가 되면 닭 울음소리가 난다

우리 집에는 꽃과 과일이 가득하다
땅은 단맛과 무성한 녹색 채소를 생산한다

나와 함께 돌아가자, 내 사랑!
생명이 꽃피울 수 있도록 행복을 심자!

Life Blooms

People are bustling on the streets everyday

My darling, let's go to the mountains to plant trees and build our

home

Streams babbling, birds singing melodiously

At midnight, the rooster's crow resounds when another hour passes

Our home is laden with blossoms and fruits

The land yields sweetness and lush green vegetables

Come back with me, my darling!

Let's sow happiness for life to bloom!

Với Em Thế Đã Đủ Rồi

Biển mênh mông

Trời lộng gió

Sóng cồn cào thương nhớ

Hoa muống biển tím xanh miền ký ức

Em thổn thức ngồi, đếm từng giọt nắng rơi

Lòng chơi vơi...

Anh ơi!

Xin anh đừng là biển

Đứng bờ này chẳng nhìn thấy bên kia

Anh cũng đừng là nắng chói mùa hè

Nắng làm sạm đôi má hồng con gái

Anh cũng đừng là trăng đêm rằm

Rồi mai trăng lại khuyết

Cũng đừng là mây

Lang thang theo gió trôi

Cũng đừng là hoa mềm yếu anh ơi!...

Anh chỉ là anh thôi

Người đàn ông yêu em tha thiết...

Chỉ thế thôi, với em đã đủ rồi!

내겐 그것으로 충분해

광활한 바다

바람 부는 하늘

부서지는 파도, 그리움

바다 시금치 꽃은 추억처럼 보라색과 파란색

나는 거기 앉아서 흐느끼며 떨어지는 햇빛을 헤아렸지

마음이 탁 트이는 것 같았어…

사랑하는 그대여!

제발 바다가 되지 마

이 해안에 서 있으면 반대편이 보이지 않아

여름의 뜨거운 햇살이 되지 마

그건 여자애들의 장밋빛 뺨을 황갈색으로 만들어

보름달이 되지 마

내일은 또 달이 기울겠지

구름이 되지 마

그건 떠도는 바람과 함께 방황하지.

그리고 섬세한 꽃이 되지 마, 자기야!…

너는 바로 너야

나를 열렬히 사랑해 주는 남자…

바로 그거야! 내겐 그걸로 충분해!

For Me, That's Enough

The vast sea

The windy sky

Waves crashing, longing

Sea spinach flowers are purple and blue like the memories

I sat there, sobbing and counting each falling sunbeam

My heart felt adrift…

Oh, my darling!

Please don't be the sea

Standing on this shore, one is unable to see the other side

Don't be the scorching sunshine in the summer

That makes the rosy cheeks of girls tan

Don't be the full moon

For tomorrow, the moon will wane again

Don't be clouds

Wandering with the wind drifting

And don't be a delicate flower, my darling!…

You're just you

The man who loves me passionately…

Just that! That's enough for me!

* Translated into English by HFT

떨어지는 달

어떤 희미한 그림자가 우리 엄마의 실루엣 같았어요
햇살이 내리쬐는 거리를 서둘러 걷는
셔츠가 땀에 젖어서 마른 어깨가 드러났어요
맨머리, 벌써 백발이 된 머리

시장에서 급히 돌아오신 우리 어머니
아이들의 식사 하나하나를 챙겨 주는
게 냄새와 생선 냄새가 골목을 가득 채웠던 것 같아요
이제 차가운 재와 난로, 우리 엄마는 이제 없어요

우리 엄마는 멀리, 오래전에 가셨어요.
지는 달 아래서 밤새도록 그녀를 기다렸어요
그녀가 없으니 황량한 정원은 들풀로 가득 차 있었어요
이끼 낀 마당과 곰팡이 핀 벽이 우울한 꽃을 피웠죠

오늘날 시장에서 더는 우리 어머니를 보지 못하죠
생선 장수는 먼 곳을 바라보고 있네요
어머니는 돌아가시고 차가운 재만 남았어요
그녀의 아이들인 우리를 위해 생선을 요리해 줄 사람은 누구일까요?

Descending Moon

Some faint shadow looked like our mother's silhouette

Walking hurriedly on the sun-baked street

Sweat soaked her shirt, showing her skinny shoulders

Bareheaded, her hair already turned gray

Our mother hastily returned from the market

Taking care of her children's every meal

The aroma of crab and fish once scented the alley

Now, cold ash and stove, our mother is no longer here

Our mother is far away, long gone

I waited for her all night under the descending moon

Without her, the deserted garden was full of wild weeds

The mossy yard and moldy walls brewed melancholy flowers

Today the market no longer sees our mother

The fish seller has a far away look in her eyes

My mother is gone, only cold ash left

Who would cook the fish for us, her children

사랑하는 마음

여보!
나는 한때 이렇게 말했었죠
당신은 강이고 나는 들판이에요
수천 번의 생애에도 여전히 똑같아요
강에는 가는 고운 모래가 풍부하고 강둑은 깎이기도 하고 쌓이기도 하죠
들판은 꽃과 열매로 무성하죠

나는 당신을 간절히 바랐어요
끝없이 그리워요
흐느끼는 마음이 당신을 너무 사랑했어요
내 입술을 살며시 어루만지는 파도 당신의 손길에 목말랐어요
우리는 서로 녹아들어 마음이 하나로 뛰고 있었어요
나는 당신을 사랑했어요, 지칠 때까지 당신을 사랑했어요!

그러나 지금
강과 들판은
남아 있지만 그들은 헤어져요
강은 더는 강이 아니에요
내 밭도 나뭇잎도 꽃도 슬퍼하고 있어요
우리 사랑 노래가 반쯤 버려졌어요

새들은 노래를 멈추고 꽃은 피지 않아요
하늘은 파랗게 빛나고, 흰 구름은 더는 표류하지 않아요…

아무것도 남지 않았어요, 내 사랑!
모든 것이 끝났어요!
지금 내 마음이 너무 아파요
난 죽었어, 죽었어, 정말 죽었어!!!

The Heart That Loves

Darling!
I once said:
You are the river, I am the field

Through thousands of lifetimes, still the same
The river is rich in silt, its banks are ebbing and accreting
The field is lush with blossoms and fruits

I was desperately longing for you
Missing you endlessly
My sobbing heart loved you so much
Waves softly caressed my lips, I was thirsty for your touch
We melted into each other, our hearts were beating as one
I had loved you, loved you until I was exhausted!

But now
The river and the field
Remain, yet they separate
The river is no longer a river
My field, leaves and flowers are grieving

Our love song is abandoned halfway

Birds stop singing, flowers cease to bloom

The sky loses its blue, and white clouds no longer drift…

Nothing left, my darling!

Everything has ended!

My heart is too painful now

I am dead, dead, truly dead!!!

3부

한국문학

장 정 순

(Jang Jeong Sun)

Nhà thơ JANG JEONG SUN tốt nghiệp Đại học Giáo dục Daegu và nhận bằng thạc sĩ Giáo dục Ngôn ngữ Hàn Quốc từ Trường Cao học Giáo dục Đại học Yeungnam. Bà từng làm giáo viên tiểu học. Thơ của bà được in lần đầu tiên vào năm 2016 trong tạp chí hàng tháng 'Simunhag'. Bà là thành viên của Hiệp hội Simunhag Hàn Quốc, Hiệp hội Nhà thơ Hiện đại Hàn Quốc, Hiệp hội Văn học Hàn Quốc, Hiệp hội Nhà phê bình Văn học Hàn Quốc, Hiệp hội Văn học Chữa lành Hàn Quốc và Hiệp hội Văn học Ieodo. Bà đã nhận 'Giải thưởng Hiệp hội Nhà phê bình Văn học Hàn Quốc', 'Giải thưởng Văn học Baekun', 'Giải thưởng Văn học Chữa lành Hàn Quốc' và 'Giải thưởng Hiệp hội Nhà văn Chữa lành Hàn Quốc'. Các tuyển tập thơ của bà bao gồm: Cuối cùng trời cũng nắng(Finally Sunny)(2020), và Vượt qua đêm cuối cùng(Overcoming the Last Night)(2023).

2016년 월간 《시문학》으로 시 등단하였다. 대구교육대학교 졸업, 영남대학교 교육대학원 국어교육 석사. 초등학교 교사 역임. 한국시문학문인회, 한국현대시인협회, 한국문인협회, 한국문학비평가협회, 한국힐링문학협회, 이어도문학회, 국제계관시인협회, 한국사이버문예협회 회원으로 활동하고 있다. 한국문학비평가협회상, 백운문학상, 한국힐링문인협회상, 한국힐링문학상 등을 수상했다. 시집으로 『드디어 맑음』(2020), 『그믐밤을 이기다』(2023)가 있다. 시인의 시는 미국, 베트남 등 여러 나라의 언어로 번역되어 소개되었고, 'Kavya Kishor International'에 6월의 최고 신인 시인으로 선정되었다.

Ánh nắng chiếu trên ngọn tháp

Xuyên qua bức tường giữa các dây thường xuân,
Tia nắng đang cố len lỏi vào.

Như bao đôi mắt từ vô vàn đám đông,
Một chú rể với mái tóc xoăn đang chờ đợi cô dâu của mình

Đàn xen−lô và đàn vi−ô−lông
Kèn coonê và đàn vĩ cầm trầm
Xin đừng ngừng nói lời cầu nguyện đẹp đẽ

Một phụ nữ tóc đen, một người đàn ông đội khăn xếp

Cái bắt tay kết hợp giữa phương Đông và phương Tây,
Hướng về phía ngọn tháp

À, đây là khoảnh khắc mất mát của chiếc đồng hồ cát.

Nỗi khát khao từ đôi mắt buồn đã bám rễ

Trên tấm khăn trải bàn thêu hoa hồng vàng,

Một người hầu mặc bộ đồ vàng đang rót nước từ chai

Rượu vang chảy ra cùng ánh hào quang

Bộ tứ chơi nhạc của cuộc sống đang tiến đến đỉnh cao.

첨탑 위에 내린 햇살

담쟁이덩굴 사이 벽을 뚫고
햇살은 끼어들고 싶어 안간힘을 쓴다

수많은 군중의 눈빛처럼
곱슬머리의 신랑은 신부를 기다린다

첼로와 바이올린
코넷과 비올라의
아름다운 기도는 멈추지 말아 줘

까만 머리카락의 숙녀, 터번의 남성

동양인과 서양인의 악수는 합쳐져
첨탑으로 향하고

앗 모래시계는 상실의 찰나구나

애절한 눈빛들의 갈구는 뿌리를 벋는다

노란 장미가 수놓인 식탁보에

노란 옷 하인이 물병을 붓는다

포도주가 후광을 받으며 쏟아진다

생명의 사중주는 절정을 치닫고 있다

Sunlight falling on the spire

Breaking through the wall between the ivy vines,
The sunlight is trying hard to intervene.

Like the eyes of countless crowds,
A groom with curly hair waits for his bride

Cello and violin,
Cornet and viola,
Please don't stop the beautiful prayers

Lady with black hair, man in turban

Asian and Western handshakes are combined,
Heading to the spire

Ah, it's a moment of loss for the hourglass

The longing of sorrowful eyes takes root

On a tablecloth embroidered with yellow roses

A servant in yellow clothes pours a bottle of water

Wine pours with a halo

The quartet of life is reaching its peak

Ngôn ngữ hai mươi tuổi

Khiến tôi mỉm cười trong giây lát.
Đó là ngôn ngữ tuổi hai mươi.

Làn da ấy mềm mại như vải bông phơi khô trong nắng.
Hương cà phê thơm nồng khiến ta khó ngủ.
Là dòng thơ dẫn lối.
Là giai điệu sống động của đĩa CD mới ra lò.
Cứng như vỏ quả óc chó,
Không lay chuyển bởi tiếng khóc của mèo đen.
Gáy trắng tỏa sáng ngay cả trong ánh chiều tà.
Chúng là đôi cánh của gió đang tiến dần lên dốc, v.v…

Viết một lá thư ngay cả trong bão tuyết.
Bật sáng đèn đường mỗi ngày.
Với một ngôn ngữ đã hai mươi tuổi,
Tôi cần treo lên chiếc váy trắng của mình.

스무 살 언어

잠깐 나에게 눈웃음 지어 준
스무 살 언어는

햇볕에 말린 솜처럼 보송보송한 피부다
잠 못 드는 진한 커피 향이다
길잡이가 되어 주는 시 한 구절이다
갓 구운 CD의 통통 튀는 선율이다
호두알 껍질같이 강하다
까만 고양이의 울음에도 흔들리지 않는다
어스름 속에서도 빛나는 하얀 목덜미다
오르막으로 전진하는 바람의 날개 등이다

눈보라 땅에서도 편지를 쓰며
날마다 가로등을 켜는
스무 살 언어를 위하여
하얀 드레스를 걸어두어야겠다

Twenty-year-old language

It made me smile for a moment.

It's a twenty-year-old language.

Its skin is as soft as sun-dried cotton.

It's the strong scent of coffee that makes it difficult to sleep.

It is a line of poetry that serves as a guide.

It's the lively melody of a freshly baked CD.

Strong like a walnut shell,

Not shaken by the cry of a black cat.

The white nape of the neck shines even in the twilight.

They are the wings of the wind that advance uphill, etc.

Writing a letter even in a blizzard.

Turning on the street lights every day.

For a twenty-year-old language,

I need to hang up my white dress.

Cuối cùng trời cũng nắng

Mấy suy nghĩ cứ quẩn quanh ngày hôm ấy,

Bao giọt nước mắt tích lại chẳng thể giải tỏa

Tôi đoán đều biến mất rồi

Buông bỏ khoảng thời gian bị đè nén nặng nề này,

Cả sân đang chật kín khách mời.

Tôi không thể trì hoãn nữa.

Tôi cần chọn đôi giày thật nhẹ và vững vàng để chuẩn bị tiếp

họ.

Màu tử đinh hương ngời sáng trên chiếc váy trắng.

Con bướm vàng tươi thường bay ra bay vào bức tranh ấy,

cũng đang xòe cánh rồi.

Ngày hôm nay vẫn là chút kỷ niệm,

Dẫu chỉ như cơn gió

Để tránh bị tê liệt như con bù nhìn rơm

Cần chào đón những con vẹt tình yêu và đám lau sậy đỏ nhạt.

Cuối cùng tôi

Học cách giao tiếp bằng ánh mắt yêu thương

Nhảy bật dậy từ băng ghế

* Chuyển ngữ bởi Trần Quỳnh Hoa

드디어 맑음

그날 축 늘어뜨렸던 상념과
정리하지 못해 고였던 눈물이
떠났나 보다

이런 무겁게 억눌린 시간을 툭 툭 털어버리니
온 뜰은 손님으로 가득하다

지체할 수 없다
가볍고 탄탄한 신을 골라 마중 채비를 차리자

하얀 원피스에 라일락 빛이 화사하다
화폭을 드나들던 샛노란 나비도 날개를 펴고 있다

한 움큼의 기억으로 남는 오늘이
설령 바람 같을지라도

허수아비처럼 마비되지 않으려면
사랑 앵무새와 연붉은 갈대도 맞이해야 한다

나는 드디어

사랑스러운 눈 맞춤을 배우며
벤치에서 벌떡 일어난다

It's finally sunny

The thoughts that were hanging around that day,
The tears that accumulated because I couldn't sort them out
I guess they left

Letting go of this heavily suppressed time,
The whole yard is full of guests.

I can't delay.
I need to choose light and sturdy shoes and prepare to meet them.

The lilac color is bright on the white dress.
The bright yellow butterfly that was flying in and out of the canvas
is also spreading its wings.

Today remains as a handful of memories,
Even if it's like the wind

To avoid being paralyzed like a scarecrow
Love parrots and light red reeds must also be welcomed.

I finally

Learning loving eye contact

Jump up from the bench

이　도　연
(Lee Do Yeon)

Nhà thơ Lee Do Yeon tốt nghiệp Trường Đại học nữ sinh Busan và đã nhận giải thưởng Tác giả mới của Tạp chí Văn hóa và Văn chương hàng quý năm 2013. Bà đã làm việc trong ban biên tập của Tạp chí Văn hóa và Văn chương phát hành theo quý, ban biên tập của Báo Dong-gu và làm thư ký cho Ủy ban khu vực Busan thuộc Trụ sở Văn bút Quốc tế PEN tại Hàn Quốc. Bà đã xuất bản các tập thơ "Con đường đến Hy vọng" và "Con đường Cuộc đời đến với Em". Bà đã giành giải thưởng Hình ảnh xuất sắc nhất lần thứ 11 của Tạp chí Văn hóa và Văn chương, giải thưởng Nhà văn lần thứ 13 của Tạp chí Văn hóa và Văn chương, giải thưởng Nhà văn và văn học PEN tại Busan thuộc Trụ sở Văn bút Quốc tế PEN tại Hàn Quốc, giải thưởng Thơ Sen Trắng lần thứ 14 và giải thưởng Văn hóa và Nghệ thuật Hàn Quốc (Giải thưởng Giáo dục Văn hóa Trà). Hiện nay, bà là Phó Chủ tịch Ủy ban khu vực Busan của Trụ sở Văn bút Quốc tế PEN Hàn Quốc, Phó Chủ tịch Hiệp hội Văn học Ieodo và Phó Chủ tịch Hội Văn học Thế giới Hàn Quốc.

1960년생 진주에서 출생으로 부산여자대학교를 졸업하였다. 2013년에 《문화와문학타임》 등단하였고, 2002년도 《동구신문》 편집위원으로 꾸준히 20여년 활동을 하였다. 2014년 (사)국제펜한국본부 부산지역위원회사무국장을 역임하였고, (사)국제펜한국본부 부산지역위원회 부회장 부산동래차밭골문화원회장, 이어도문학회부회장 한국세계문학협회부회장이다. 시집으로는 『희망으로 가는 길』(2015), 『그대에게 가는 인생 길』, 『꽃비 쏟아지는 날』 등이 있다. 2022년 사)국제펜한국본부 부산펜문학상 작가상을 수상, 제15회 계간 종합문예지 《아름다운문학작품집》 우수상을 수상하였다.

Cây cẩm tú cầu

Mùa hè với ánh nắng chói chang,

Những bông hoa cẩm tú cầu tại đền Taejongsa nở rộ trong sắc hồng và xanh lam.

Tuổi trẻ có giống vậy không?

Hương sắc rực rỡ của hoa cẩm tú cầu phản chiếu trên mặt nước ao,

Một vệt hình khác cũng đang thấm dần vào nước.

Gương mặt tôi phản ánh niềm vui của một đứa trẻ cẩm tú cầu

Giữa đám đông hối hả.

Dưới ánh nắng nhạt nhòa của mùa hè oi bức,

Tôi đắm chìm trong vẻ đẹp chan chứa của những đóa hoa cẩm tú cầu.

Quên đi cái nóng một lát,

Tôi đi qua con đường những cây cẩm tú cầu tươi non nở hoa mỗi năm,

Mang theo tâm hồn tôi.

수국

뜨거운 태양이 내리쬐는 여름
태종사 수국 연분홍 파란색 영롱함 모습

청춘이 이랬든가
연못에 비친 수국의 아름다운 자태
그 물에 스며드는 또 다른 잔영

나의 모습은 수국 아이처럼 즐겁구나
오고 가는 인파 속

무더운 여름 햇볕이
수국의 풍성한 아름다움에 반해

더위도 잠시 잊은 채
해마다 피는 청춘의 수국 열차에
몸을 싣고 가는구나

Hydrangea

Summer with its scorching sun,
Taejongsa Temple's hydrangeas bloom in vibrant pink and blue hues.

Was youth akin to this?
The resplendent sight of hydrangeas mirrored in a pond,
Another vestige seeping into the water.

My countenance mirrors the joy of a hydrangea child
Amidst the bustling crowd.

Under the faint sunlight of the sweltering summer,
I fall in love with the abundant beauty of hydrangeas.

Forgetting the heat momentarily,
I traverse the path of youthful hydrangeas that bloom every year,
Carrying my spirit along.

Ở nơi đó

Nước biển xanh hơn trời

Bọt trắng như đang mơn trớn hòn đảo đá.

Biển bị bầm dập vì sóng đánh nhiều quá

Nhẹ nhàng xô vào những tảng đá và rút đi.

Chẳng màng xem tôi có thích hay không

Hòn đá tròn tròn, nảy nảy

Hòn đá im lặng suốt ngày đêm

Dù sóng biển đến nhẹ nhàng

Dù tôi quật mạnh vào mặt hòn đá

Hòn đá là một chàng trai nhút nhát và chẳng biết nói năng.

Đừng buồn chán cả ngày

Hòn đá sẽ biết ơn khi được chơi cùng.

Mỗi khi bạn gặp khó khăn, đập một hòn đá hoặc cái gì đó và chơi đùa với chúng.

Hòn đá thậm chí không ngẩng đầu lên

Ngàn năm năm dài

Miễn là không có dịch chuyển mảng kiến tạo

Hòn đá sẽ luôn ở đó

Với tấm lòng bên trong

Chờ đợi bạn đến

그 자리에

하늘보다 더 파아란 바닷물
흰 물거품 되어 바위섬 간지럼 태우듯
많이 맞아서 멍이 든
내 등 살짝 스치며 물러난다
좋은지 싫은지 내색도 없이

몽글몽글 탱글탱글
나는 낮이고 밤이고 침묵 모드
파도 타고 잔잔히 와도
세차게 내 볼을 쳐도
나는 샤이보이 말이 없어

하루 종일 심심하지 않게
놀아주는 것이 고마운 게지
어느 때고 힘들면 내 등물 치며 놀라고
고개조차 안 들고
납작 엎드려 있어 온 천년 세월

지각변동이 없는 한
나는 언제나 그 자리

붙박이장으로

너만 기다릴께

In that place

Sea water bluer than the sky
The white foam is like tickling a rocky island.
The sea is bruised from being beaten so much
The sea gently brushes against the rocks and recedes.
Without showing whether I like it or not

Round, round, bouncy rock
The rock is in silent mode day and night
Even if the waves come calmly
Even if I hit the rock hard on the face
The rock is shy boy and has no words.

Don't be bored all day long
Rocks are grateful to be played with.
Whenever you're having a hard time, hit a rock or something and
play.
The rock doesn't even raise its head
A thousand years of lying flat

As long as there is no tectonic shift

The rock is always there

With built-in closet

The rock will wait for you

Hoa mận rủ xuống

Tôi phải lòng sức hấp dẫn của đường cong chữ S
Tôi hỏi tên bạn
Những bông hoa mận rủ xuống

Vẫn đang mùa đông
Có bao nụ hoa trên những cành cây

Để truyền đi tin tức mùa xuân
Đã rất lâu kể từ những bông tuyết đầu tiên

Nụ hoa cố gắng nhìn thế giới trước đã
Dù bạn chỉ nhẹ nhàng chạm vào

Nhìn như là nụ sắp nổ tung
Tôi mong hoa nở như mong tiếng cười trẻ thơ

Nghĩ về những bông hoa tuyệt đẹp trên mỗi cành mận rủ,
Tôi nhớ hoa ấy như nhớ người thân yêu.

능수매화

에스라인의 매력에 빠져
그대 이름을 물어보니
처진 매화

아직 겨울이 저만치
가지엔 방울방울 눈이 달렸네

봄소식 전하기 위해
첫눈도 저만치 보내고

내가 먼저 세상을 보겠다고
살짝 손만 터치해도

금방 터질 듯한 모습이
아이 웃음마냥 기다려진다

처진 가지가지마다 아름다운 꽃들을
볼 생각하니 님 보듯 그리워

Drooping plum blossom

I fell in love with S-Line's charm
I asked your name
Drooping plum blossoms

It's still winter
There are buds on the branches

To deliver spring news
A lot of time has passed since the first snow

Flower buds try to see the world first
Even if you just lightly touch the flower bud,

Looks like it's about to explode
I look forward to it like a child's laughter

When I think of seeing the beautiful flowers on each drooping
branch,
  I miss it like seeing a loved one.

김 봄 서
(Kim Bom seo)

Nhà thơ Kim Bomseo(tên thật là Kim Mi-hee) sinh năm 1968 tại Boryeong, tỉnh Nam Chungcheong, Hàn Quốc. Bà tốt nghiệp bằng Thạc sĩ tại Trường Đại học Hallym chuyên ngành xã hội học. Bà là Phó Chủ tịch Hội Văn học Thế giới Hàn Quốc.

Năm 2019, bà giành "Giải thưởng Văn chương hàng quý" lần thứ 19 cho Tác giả mới.

Bà là tác giả của nhiều tuyển tập thơ, bao gồm: "Chạm vào vầng trán những vì sao," "Kỷ niệm hoa anh đào," "Vụ tấn công và Decasi," "Quầy vé trời."

본명 김미희, 1968년 충남 보령 출생으로 한림대학교 사회복지대학원 석사 졸업하였다. 2019년 제19회 계간 《문예감성》 신인문학상 대상을 수상하며 등단하였다. '세계카바피스의날' 창립 멤버이며, 달빛문학회, 이어도문학회 정회원, 한국세계문학협회 부회장이다. 여성가족부 산하 공공기관 청소년상담사로 13년 동안 일했으며, 현 학교폭력조사관, 법무부 보호관찰 보호위원으로 활동하며 아동·청소년 교육 및 상담·보호 활동을 하고 있다. 2023년 제4회 이어도문학상 수상, 2021년 강원문화재단 전문 예술지원 시 부문을 지원받았고, 2024년 강원문화재단 전문 예술지원 수필 부문 지원받았다. 저서로는 시집 『별의 이마를 짚다』, 『벚꽃기념일 습격 사건』, 디카시 『하늘 매표소』, 수필 『시선, 침묵에 닿다』가 있다. 그리스, 독일, 미국, 멕시코, 방글라데시, 베트남, 벨기에, 알바니아, 이란, 이탈리아, 인도, 파키스탄에 다양한 언어로 시가 번역되어 소개되었다.

Chôn Cất Trong Rừng

Tôi đã gieo cha mình xuống đất

Cha lang thang trên cánh đồng cả đời, cố gắng tạo bóng mát

trên ba mét đất

Ông sẽ không ngã xuống nữa

Mong ông bám rễ thật sâu và trải rộng bóng mát.

Nén đất lại thật chặt,

Rồi tưới lên nhiều nước,

Tôi đã trồng cha trên đỉnh đồi gió.

수목장

아버지를 심었습니다

평생 그늘 몇 평 만드느라 들판을 헤매셨던 아버지

다시는 쓰러지지 않게

깊이 뿌리내려 넓은 그늘 드리우도록

꼭꼭 밟아가며

물 듬뿍 주며,

바람의 언덕에 아버지를 심었습니다

Woodland Burial

I planted my father

My father wandered around the fields all his life trying to make a

few pyeong(3.3㎡) of shade.

He won't fall again

May he take deep roots and cast wide shade.

Tamp down the soil tightly,

Give plenty of water,

I planted my father on the windy hill

Đêm Ấy Đã Lấy Đi Bóng Tối

Đêm thật quá dài khi bóng tối bị tước mất

Nỗi nhớ ngày xưa lại tràn về

Đêm nay cũng vậy

Thật khó để rơi vào giấc ngủ

Tôi sẽ không hối hận về những gì đã mất

Tôi nên bình tĩnh hơn.

Chỉ khi đó, tâm hồn tôi mới có thể nghỉ ngơi thật sự.

Sáng ngày mai, tôi sẽ hỏi những bông hoa ngoài thềm.

Khi nào tôi mới có thể là chính mình?

그림자를 빼앗긴 밤

그림자를 빼앗긴 밤이 길다
낡은 그리움이 밀려든다
오늘 밤도
쉬 잠들기는 틀린 것 같다
잃어버린 것을 애석해하지 않을
평정심이 더 필요하다
그래야 내 영혼이 한뼘이라도
제대로 쉴 수 있을 텐데 말이다

내일 아침 문밖 풀꽃에 물어봐야겠다
어느 때라야 나로 설 수 있는지,

The Night That Took the Shadow Away from It

The night is long when the shadow is taken away

Old longing rushes in

Tonight too

It seems difficult to fall asleep easily

I won't regret what I lost

I need more composure.

Only then will my soul be able to rest properly.

I'll have to ask the flowers outside the door tomorrow morning.

When will I be able to stand as myself,

Mảnh Vỡ Của Cuộc Sống

Mảnh đất nơi mặt trời bị chôn ở vĩ tuyến 90 độ Bắc

Ngay cả những vì sao cũng bị chôn vùi

Ánh sáng trắng của tuổi trẻ,

Không phai mờ đi trong thời gian dài

Những vết máu trắng

Tôi không thể mở mắt trước giai điệu buồn này.

Một ngôn ngữ tĩnh lặng khiến cho cả thế giới hóa thiên đàng.

Ngay cả trong mơ,

Tôi vẫn cầu nguyện mình sẽ nhớ lại ngôn ngữ ấy.

Trái đất nuốt chửng hết máu của những vì sao.

Chỉ khi ấy trái đất chuyển màu máu

Chồi non tơ nảy mầm trên cây cỏ,

Một bụi hoa giống như vì sao đang mở mắt ra.

* Bản dịch tiếng Việt của Trần Quỳnh Hoa

삶의 프랙털(Fractal)

북위 90도 태양의 매장지
별들도 순장되었다
하얀 청춘의 빛이
오래도록 사그라들지 않았다
하얀 혈흔
슬픈 지조에 눈을 뜰 수 없다

땅마저 하늘되게 하는
정지된 언어를 기억하기 위해
꿈속에서도 기도를 올린다

별들의 혈흔을 모두 삼키고 나서야
땅에 혈기가 돈다
나무에도 솜털이 돋아나고
별을 닮은 꽃송이 실눈을 뜬다

Fractal of life

The land where the sun is buried at 90 degrees north latitude

Even the stars were buried

The white light of youth,

It didn't fade away for a long time

White blood stains

I can't open my eyes to this sad tone

A static language that makes even the earth heavenly.

Even in my dreams,

I pray to remember the language

The earth swallows all the blood of the stars.

Only then does the earth turn bloody

Fluff sprouts on the trees,

A cluster of flowers resembling a star open its eyes

이 아 영

(Lee Ah Young)

Nhà thơ Lee Ah Young sinh ra tại Sangju, tỉnh Gyeongsangbuk—do, và đã hoàn thành khóa học viết sáng tạo tại Trường sau đại học thuộc Đại học Mỹ thuật Chung—Ang. Bà ra mắt tác phẩm đầu tiên trong tạp chí hàng quý "Free Literature" vào năm 2001. Bà đã viết ba tập thơ và giành được hai giải thưởng văn học. Hiện tại, bà là Phó Chủ tịch của Hội Văn học Thế giới Hàn Quốc.

경상북도 상주 출생으로 2001년에 《자유문학》에서 시로 등단하면서 본격적인 작품활동을 시작했다. 중앙대학교 예술대학원 문예창작과정을 수료했다. 그녀는 자유문학회 이사, 한국현대시인협회 전통문화위원, 한국현대시인협회 이사, 열린시학회 이사 등을 역임하고 한국문인협회, 불교문인협회, 자유문학회 회원이며 (사)한국문인협회,불교문예작가회 운영위원, 중앙대문인회, 대륙문인협회 자문위원, 작가와함께 회원, 이어도문학회 회원, 한국문협강북지부 이사, 한국세계문학협회 부회장으로 왕성한 활동을 하고 있으며, 세계 카바피스의 날' 창립회원이다. 시집으로 『돌확 속의 지구본』, 『꽃요일의 죽비』,『별꽃 뿌리이끼』 등이 있다. 순수문학상 본상, 열린시학상 등을 수상하였다. 미국, 그리스, 스페인, 벨기에, 베트남, 인도, 알바니아, 방글라데시 등 세계 각국에서 시인의 작품이 번역되어 소개되고 있다.

Dal Bodrae

Chín giờ tối sắp chuyển sang mười giờ
Giao lộ Văn phòng Quận Gangbuk
Ngã tư đang đợi ánh đèn giao thông

Con đường giữa Đỉnh Insubong và Baekundae, với tuyết còn sót lại
Mặt trăng trắng tinh khôi đang mọc lên
Trên đỉnh Insubong
Mặt trăng ló dạng thật tươi tắn và lịch lãm.

Khi đèn giao thông chuyển xanh
Mặt trăng gọi tôi qua bên kia đường
Đến quán cà phê Dal Bodrae ngay trước mặt

Mẹ xuất hiện trong giấc mơ của tôi đêm qua
Che giấu những ngón tay thương tổn trong chiếc váy tạp dề
Giống như một chiếc lá sen đẫm sương
Mẹ lau trán cho tôi

Mẹ giống như mặt trăng trước cửa quán cà phê Dal Bodrae
Trở thành một bức tượng đá
Chờ đợi sao Thiên Lang xuất hiện.

달 보드레

밤 아홉 시가 열 시로 가고 있는
강북구청 사거리
건널목이 신호등을 기다린다

잔설 남은 인수봉과 백운대 사잇길
새하얀 보름달이
인수봉 머리 위로
새색시 맵시처럼 걸어 나온다

신호등이 바뀌자
어서 건너오라 손짓하는
눈앞에 달 보드레 카페

어젯밤 꿈 섶에 나타나시어
생손 앓은 손가락 행주치마에 감추고
이슬 머금은 연잎처럼
내 이마 씻어 주시던 어머니
달 보드레 문 앞에
망부석 되어
알파성이 뜰 때까지 기다리신다

Dal Bodrae

Nine o'clock at night is turning to ten o'clock
Gangbuk-gu Office Intersection
The crossing waits for the traffic light

The road between Insubong Peak and Baekundae, with residual
snow remaining
The pure white full moon is rising
Above Insubong's head
The moon walks out looking fresh and stylish.

When the traffic light changed
The moon beckons me to come across
To Dal Bodrae Cafe before my eyes

My mother appeared in my dream last night
Hiding her raw, sore fingers in her dishcloth skirt
Like a dew-covered lotus leaf
Mother washing my forehead

She's like the moon in front of the Dal Bodrae Cafe door
Becoming a stone statue
Waiting until the alpha star appears.

Căn nhà bùng cháy

Khi cánh cổng riêng đóng lại, nửa vầng trăng mọc trên ngôi làng.

Trên mái nhà tràn leo kín giàn bầu,

Hoa bầu trắng chầm chậm mở hé mắt.

Ngày gió thổi qua lỗ hổng ở bức tường,

Trong trái tim cô gái đang tìm kiếm các vì sao lúc mặt trời mọc,

Có một căn nhà tranh đang bốc cháy.

Lửa nào mà không thể dập tắt, ngay cả khi xe cứu hỏa đến,

Có phải vì cô ấy thích núi non hơn biển cả?

Nếu băng qua sa mạc, cô ấy sẽ thấy nhiều đồng cỏ và ốc đảo

Thử thổi vào một cây sáo không có lỗ.

Ẩn náu trong những ngọn lửa cháy,

Cô ấy đi qua đi lại Haneuljae trên núi Wolaksan.

Một con đường xanh thăm thẳm trong tháng bảy,

Mùi thông kích thích mũi cô ấy.

Ngọn lửa ấy chưa bao giờ được dập tắt.

화택(火宅) 한 채

사립문 닫히자 반달 뜬 마을
박 넝쿨 넘실넘실 기어오른 지붕 위에
하얀 박꽃 사르륵 눈 뜨고 있다

구멍 뚫린 담벼락에 바람이 스쳐 가던 날
떠오르는 해 속에서 별을 찾던 가슴에
초가 한 채 불타고 있다

소방차가 와도 끄지 못하는 것은
바다보다 산을 더 좋아했던 탓일까?

사막을 걷다 보면 초원도 오아시스도 만날 수 있겠지
구멍 없는 피리를 불어나 볼 거나

훨훨 타오르는 불길 속을 피신해
월악산 하늘재를 넘고 또 넘는다

잔뜩 짙푸른 칠월의 오솔길
솔 내음이 콧속을 간질이는데
그 불은 여태껏 꺼질 줄 모른다.

A Burning House

As the private gate closes, a half-moon rises above the village.
On the roof overflowing with gourd vines,
White gourd flowers slowly open their eyes.

The day the wind passed through the hole in the wall,
In her heart that searched for stars in the rising sun,
A thatched house is burning.

What can't be put out even when a fire truck comes,
Was it because She liked the mountains more than the sea?

If she walks through the desert, she will find meadows and oases.
Try blowing on a flute without holes.

Take refuge in the burning flames,
She crosses over and over Haneuljae on Wolaksan Mountain.

A path full of deep blue in July,
The smell of pine tickles her nostrils.
That fire has never been extinguished.

Hoa anh thảo

Dãy núi sông của tuổi thơ tôi, nơi gió tươi mới ở lại

Tôi ghét ánh sáng ban ngày; ghét cay ghét đắng

Hoa nở trong ánh trăng

Giữa bóng tối và ánh sáng

Con đường tự động sáng bừng bởi đèn hoa năm màu.

Khi cổ họng đau, tôi lắc lắc đầu

Trong bức tranh còn dang dở của anh trai tôi

Nếu trăng lưỡi liềm đang sầu muộn, đó chính là bông hoa mặt trăng mà ai đó đã cần cù chăm bón.

Phía ngọn đồi xanh nơi làn gió nhẹ thoảng bay

Anh trai tôi, người chưa bao giờ lấy được vợ,

Mang theo một đôi giày hoa ướt đẫm sương đêm

Cung cách dễ thương của chị ấy, cách chị ấy giao tiếp với anh, cách anh xử sự với chị ấy.

Anh vội vã đến gặp chị ấy với đôi chân trần của mình.

달맞이꽃

싱그런 바람 머무는 내 유년의 강 두렁
밝은 대낮이 나는 싫어 싫어
달 속에서 피어난 꽃
어둠과 밝은 사이사이마다
절로 저절로 오색꽃등 길이 환하다

목울대가 아파오면 머리를 쓸래 슬래
못다 그린 우리 오빠 그림 속에서
초승달이 애면글면 애써 자란 달꽃이여

한 줄기 바람 부는 푸르른 언덕을 향해
여태껏 장가 못 간 우리 오빠는
밤이슬 젖은 꽃신 한 켤레 데리고
애동대동 걸어오는 그녀에게로
서둘러 맨발로 임 마중 나가신다.

Evening Primrose

The river ridge of my childhood, where the fresh wind stays

I hate bright daylight; I detest it

Flowers blooming in the moonlight

Between darkness and light

The road is automatically brightened with five-colored flower lamps.

When my throat hurts, I shake my head

In my brother's unfinished drawing

If the crescent moon is sad, it is a moon flower that you worked

hard to grow.

Toward the green hill where a ray of wind blows

My brother, who has never been able to get married,

Brings a pair of flower shoes wet with the night dew

Her cute way, her way towards him, his way towards her.

He hurries to meet her with his bare feet.

김 남 권
(Kim Nam-Kwon)

Kim Nam-Kwon là một tác giả và nhà thơ Hàn Quốc. Sinh ra ở Gapyeong, Gyeonggi-do vào năm 1961. Ông là Chủ tịch Hiệp hội văn học thơ ca Hàn Quốc và Giám đốc điều hành của Học viện Sáng tạo Nghệ thuật Văn hóa. Trong Thư viện Tổng thống có giới thiệu tập thơ của ông. Ông đã xuất bản 14 cuốn sách. 10 tập thơ và 4 tập thơ thiếu nhi.

1961년 경기도 가평에서 태어났다. 계간 《시와징후》 발행인이며 한국시문학문인회 회장, 강원아동문학회 부회장이다. 《문화앤피플》 인터넷 뉴스 편집국장, 《울산광역매일신문》 칼럼니스트, 오마이뉴스 시민기자이다. 동국대·연세대 평생교육원 출강. KBS창작동요대회 노랫말 우수상. 강원아동문학상, 이어도문학상 대상, 행정안전부 장관상을 수상하였다. 저서로는 시집 『당신이 따뜻해서 봄이 왔습니다』 외 12권, 동시집 『쉿! 비밀이야』 외 4권, 시낭송 이론서 『마음치유 시낭송』 외 2권이 있다.

Mùa xuân đến bởi hơi ấm nơi em

Mùa xuân đã đến bên anh,

Bởi có em mang an lành ấm áp

Bất cứ nơi nào dấu ấn em lưu lại,

Trăm hoa cùng đua sắc trong ban mai

Bất cứ nơi nào bàn tay em chạm tới,

Kìa chồi non chúm hé thật rồi!

Ôi lung linh mùa xuân phơi phới,

Bởi có em, mang nhịp đập yêu đời!

* HFT chuyển ngữ

당신이 따뜻해서 봄이 왔습니다

당신이 따뜻해서 봄이 왔습니다
당신의 마음이 머문 자리마다
꽃망울이 터지고
당신의 손길이 머문 자리마다
이파리가 돋아납니다
당신이 따뜻해서 봄이 왔습니다

Spring has come, because of your warmness

Spring has come,

Because of your warmness

Wherever your mind stay,

Flowers bloom

Wherever your hands touch,

Buds are appearing

Spring has come,

Because of your loving hearts.

등대지기

아득한 바다 저 멀리
빛 한 줌 뿌려 놓고서
희망이라 부르는 이

세상의 햇살 처음 받아
섬 냄새가 떠도는 언덕 위에서
밤마다 불씨를 되살린다

홀로 뜬 달 그림자를
지우기 위해 아득히 먼 바다에
마지막 희망을 노래하는 이

기다려도 오지 않는
한 사람을 위해
불꽃 같은 사랑의 암세포 뿌려 놓고서
그대로 섬이 된
고독한 그 사람을 알고 있다

Lighthouse Keeper

Far into the distant sea
Scattering a handful of light
This one called hope

In the place where the sun first touched the world
On a hill where the smell of an island wafts
He rekindles the embers every night

The shadow of the moon floating alone
In order to erase it, to a distant sea
He is the one who sings of the last hope

For one person
Even if wait, doesn't come

Scattering cancer cells of love like flames
It became an island
I know that lonely person

혼자 있다는 것은

혼자 있다는 것은
누군가 내 가슴 속으로 들어와야 한다는 말이다
그냥, 혼자 있다는 것은
내가 그대의 가슴속으로 들어가고 싶다는 말이다
그래도 아직 혼자 있다는 것은
그대를 향한 물결이 밤새 흐르고 있다는 말이다
물결 따라 눈물이 흐르고 있다는 것이다
눈물 속에 노을의 어깨가 젖고 있다는 것이다
혼자 있다는 이유만으로 목련꽃이 붉게 피어나도록
가지가 흔들려도 된다는 말이다
꽃은 저 홀로 피어나려고 수없이 바람의 발자국에
짓밟혔을 것이다
무수히 상처로 얼룩진 그 자리에서 꽃눈은 깨어났을 것이다
나무를 뒤덮은 꽃송이들은 결국 혼자 있다는 말이다
혼자 있다는 것은
누군가 지금 내 가슴 속으로 들어와야 한다는 말이다

Being alone means

Being alone means

Someone needs to come into my heart

Just being alone

Means I want to enter your heart

Still, being alone means

Waves of longing for you flow all night

Tears flow along with the waves

In tears, the shoulders of dusk get wet

So that the magnolia flowers bloom red just because I am alone.

Even if the branches sway

The flowers would have been trampled countless times by the footsteps of the wind

In countless spots stained with wounds, the flower buds would have awakened

The clusters of flowers covering the trees eventually mean being alone

Being alone means

Someone needs to come into my heart right now

강 병 철

(Kang Byeong-Cheol)

Kang Byeong–Cheol là một học giả, nhà thơ Hàn Quốc. Sinh ra ở thành phố Jeju năm 1964.
Ông bắt đầu viết văn vào năm 1993, xuất bản truyện ngắn đầu tiên của mình với tiêu đề "Bài
ca của Shuba" ở tuổi hai mươi chín. Ông xuất bản tập truyện ngắn năm 2005. Đến nay ông
từng đoạt 2 giải thưởng văn học và xuất bản hơn 8 đầu sách.

Ông là thành viên của Ủy ban Nhà văn Phi kiểm duyệt(WiPC) của Hiệp hội PEN quốc tế
(2009–2014); ông là biên tập viên của tờ NewJejuIlbo, một tờ tin tức của thành phố Jeju,
Hàn Quốc; Ông là Giám đốc Nghiên cứu của Viện Hòa bình và Hợp tác Hàn Quốc.

1993년 제주문인협회가 주최하는 소설 부문 신인문학상을 수상하며 문단에 데뷔했으며 2016년《시문
학》으로 등단했다. 2012년 제주대에서 국제정치전공으로 정치학 박사학위를 받았다. 제주대학교 평화
연구소 특별연구원, 인터넷 신문 《제주인뉴스》 대표이사, 충남대 국방연구소 연구교수, 제주국제대 특
임교수, 한국해양전략연구소 선임연구위원, 제주통일교육센터 사무처장 등을 역임하고 현재 한국평화
협력연구원 부원장으로 학술 활동을 하고 있다. 제33대 국제PEN한국본부 인권위원으로 국제PEN투옥
작가위원회 위원으로 활동했으며 제34대 국제PEN한국본부 인권위원으로 재선임됐다. 단편소설 「이어
도로 간 어머니」로 월간 《문학세계》에서 주관한 제11회 문학세계 문학상 소설 부문 대상을 받았으며,
한국시문학문인회에서 주관하는 제19회 푸른시학상을 수상했다. 중국의 계간 문학지 《국제시가번역
(國際詩歌飜譯)》과 세계시연맹협의회(世界诗刊联盟理事会)가 공동으로 주관하여 국제시번역연구센터
(国际诗歌翻译研究中心)가 주는 2023년 최고의 국제 시인 및 번역가 상을 받았다. 2023년에는 한영시
집 『대나무 숲의 소리』, 소설집 『신은 주사위를 던지지 않는다』를 발간하였다.

Chú mèo có đôi mắt màu vàng

Vào một ngày xuân ấm áp,

Chú mèo con lạc trôi bên tôi,

Chú khập khiễng trong tiếng kêu sợ hãi,

Tự hỏi rằng không biết có an toàn, nếu người kia đến gần.

Biết chú mèo lo sợ, tôi rón rén mời một chút thức ăn,

Nhìn chằm chằm vào đĩa có miếng mỡ thơm ngon, chú mèo con bối rối,

Rồi giật mình quay chạy

Nhưng lát sau mèo con quay lại cùng ánh mắt tò mò.

Dưới gốc cây bách xù, mèo con ăn ngấu nghiến,

Rồi dần dần, chầm chậm,

Mèo không còn khập khiễng, sức sống dần hồi phục,

Chú leo lên bậc thang và đến gần bên tôi.

Song mèo con vẫn nem nép,

Tôi tự hỏi sẽ mất bao lâu,

Để mèo con tin tưởng, để đến gần tôi hơn,

Để nhận ra, rằng tôi cũng rất hiền lành.

Vào ngày xuân ấm áp, chúng tôi cùng ngắm nhìn,

Ánh mắt cùng nhìn nhau, rồi vô cùng bỡ ngỡ.

Tôi tự hỏi con mèo đang nghĩ gì,

Có lẽ con mèo cũng đang thắc mắc rằng tôi đang suy tư.

Sự thật là làm sao mà biết được, nhưng quả thật,

Chúng tôi đã có cùng khoảnh khắc hồi hộp,

Về sự bình an vào ngày xuân đó,

Con mèo và tôi, đắm chìm trong những suy nghĩ miên man.

노란 눈의 검은 고양이

따뜻하고 밝은 봄날에,
작은 들고양이가 내게 다가왔지,
두려움에 절뚝거리며 야옹거리고,
내가 더 다가가도 괜찮은지 두려운 듯이

그러나 고양이가 두려워하는 것을 알면서도,
음식을 내어 주었지,
먹이 접시 앞에서 고양이는 혼란스러워 보였지만,
놀란 듯 도망갔다가 큰 눈으로 다시 돌아왔어.

향나무 그늘에서 고양이는 먹이를 먹으며,
서서히 안정을 되찾았지,
절뚝거리지도 않고, 생명력도 찾았어,
다섯 계단을 올라와 내게 가까이 다가왔어.

하지만 고양이는 여전히 두려움을 느끼고 있었지,
고양이의 신뢰를 얻기 위해서는 얼마나 걸릴까?
고양이가 나를 친근하게 생각하며,
가까워질 수 있게 되는 날을 기대해 보았지.

따뜻한 봄날, 우리는 서로 눈을 마주쳤어,
나는 고양이가 무엇을 생각하고 있는지 궁금했고,
아마 고양이도 내 생각이 궁금했을거야

진실을 알 수는 없었지만
우리는 그 봄날에,
평온한 순간을 함께했어
고양이와 난, 깊은 생각에 잠겨 있었어.

The black cat with yellow eyes

On a warm and bright spring day,
A little stray cat came my way,
Limping and meowing in fear,
Wondering safe of not, if I'd come closer.

Though it was scared, I offered some food,
On a food plate, it looked confused,
It ran away in surprise,
But later came back with curiosity eyes.

Under the Juniper tree, it ate,
Slowly, it began to abate,
No longer limping, it regained its life,
It climbed up five stairs and came close to me.

But still, the cat was afraid,
I wondered how long it would take,
To gain its trust, to come closer,
To see me as more friendly.

On a warm spring day, we gazed,

Into each other's eyes, amazed.

I wondered what the cat was thinking,

Perhaps the cat was also wondering what I was thinking.

The truth is unknown, but still,

We shared a moment, a thrill,

Of peace, on that spring day,

The cat and I, lost in deep thoughts.

4부

세　계
문학협회
부 회 장
작　품

이 혜 선
(Lee Hye Seon)

Poetess Dr. Lee, Hye Seon graduated from the Korean language and literature department of Dongguk University and obtained a doctor of literature degree from Sejong University. She has taught at several universities including Dongguk University. She made her debut in 1981 through the monthly literature Magazine 'Simunhak'. She writes poetry and literary criticism. She has won Korea Free Literature Prize, Modern Poet Prize, Dongguk Literary Prize, Korea Literary Critics Association Prize (in criticism). She has published 7 books of poetry including One God, 3 collections of criticism including Metamorphosis of Literature and Dream and Famous Poems Promenade by Lee Hye Seon.

Her early literary trend was based on the sense of history. Rooted in Korea's traditional emotions and the Buddhist spirit, her poetry demonstrates a strong sense of identity formed by the meeting of temporality and the sense of collective national awareness. Her more recent poetry celebrates cosmic perceptions and an awareness of the transcendental world, undifferentiated sympathy for universal existences including close neighbors, and a world of beautiful rainbows emanating from self-reflections.

1950년 출생하였으며, 현재 사단법인 한국여성문학인회 이사장을 맡고 있다. 1981년 『시문학』 추천으로 등단하였다. 시집 『불로 끄다, 물에 타오르다』, 『홀린 술이 반이다』, 『운문호일(雲門好日)』, 『새소리 택배』(2016. 세종우수도서), 『바람 한 분 만나시거든』, 『나보다 더 나를 잘 아시는 이』, 『神 한 마리』 등이 있다. 저서 『이혜선의 시가 있는 저녁』, 『문학과 꿈의 변용』, 『아버지의 교육법』 등을 펴냈다. 윤동주문학상, 한국현대시인상, 한국예총예술문화대상, 비평가협회평론상 외 다수 수상하였다. 동국대학교 외래교수, 한국문인협회 부이사장과 문화체육관광부 문학진흥정책위원을 역임했다.

코이법칙

코이라는 비단잉어는

어항에서 키우면 8센티미터밖에 안 자란다

냇물에 풀어놓으면

무한정 커진다 너의 꿈나무처럼,

Koi Law

A koi fish is a type of ornamental fish

When kept in a fish tank,

Grows only 8 centimeters.

But if released into a stream,

It can grow indefinitely—

Just like your dream tree.

숲속 마을에는

숲속에는 나무들이 모여 산다
큰 나무 밑에는 작은 나무가
작은 나무 밑에는 귀염둥이 풀꽃이
싹 틔우고 줄기 뻗어 어울려 산다

숲속에는 나무들이 모여 산다
큰 나무는 작은 나무 손잡아주고
작은 나무는 앉은뱅이 풀꽃들 일으켜주고
꽃 피우며 웃으며 어울려 산다

숲속만 들어가면 햇살은 웃고
아랫도리 다 내놓고 여울물도 웃는다
숲속에선 철마다 웃음꽃 핀다
숲속에선 울음도 꽃으로 핀다

In the Forest Village

In the forest, trees gather together and live.

Under the big trees, small trees.

Under the small trees, charming little wildflowers.

Sprouting and stretching their stems, living together in harmony.

In the forest, trees gather together and live.

Big trees hold the hands of small trees.

Small trees lift the seated wildflowers.

Blooming and smiling, living together in harmony.

As soon as you enter the forest, the sunlight smiles.

The stream exposes its lower body and laughs too.

In the forest, laughter blooms each season.

In the forest, even tears bloom into flowers.

불이(不二)*, 서로 기대어

고속도로 달리다가
나무에 기대고 있는 산을 보았다
허공에 기대고 있는 나무를 보았다

배를 타고
청산도 가는 길에
물방울에 기대는 물을 보았다
갈매기 날개에 기대는 하늘을 보았다

흙은 씨앗에 기대어 피어나고
엄마 젖가슴은 아기에 기대어 자라난다

하루해가 기우는 시간
들녘 끝 잡초들이 서로 어깨 기대는 것을 보았다

그 어깨 위에 하루살이들 내려앉아
깊은 잠 들고 있었다

* 불이(不二) : 분별이 없고 차별이 없는 세계. 너와 나, 있음과 없음, 삶과 죽음, 미와 추가
다르지 않고 근본은 하나로 연결되어 있다는 연기론적 관점. (하나와 나머지 여럿의 관
계는 근원적으로 둘이 아니며 관계의 그물망 속에 존재한다)

Non-duality*, Leaning on Each Other

While driving on the highway,

I saw a mountain leaning on a tree.

I saw a tree leaning on the sky.

While sailing the boat,

On the way to Cheongsan-do,

I saw water leaning on droplets.

I saw the sky leaning on a seagull's wing.

The earth leans on seeds to bloom,

And a mother's breast grows as it leans on her baby.

At dusk,

I saw weeds in the field leaning on each other's shoulders.

On those shoulders, mayflies had settled down,

Falling into a deep sleep.

* Non-duality: A world without discrimination and differentiation. From the perspective of interdependence, you and I, existence and non-existence, life and death, beauty and ugliness are fundamentally interconnected as one. The relationship between the one and the many is essentially non-dual, existing within a web of relationships.

김 나 현
(Kim Na hyun)

Poetess Ms. Nahyun Kim is a poet and essayist who made her debut in poetry and essay writing in the literary magazine 'Munyesajo' in 2018. Presently, she serves as the vice president of the editorial board of 'Munyesajo' and is also a member of the Ieodo Literature Association. She holds a Ph.D. in Oriental Philosophy from the International Brain Education Graduate University.

2018년 문예지 《문예사조》에서 시와 수필로 데뷔한 시인이자 수필가다. 현재는 《문예사조》 편집위원회 부회장을 맡고 있으며 이어도문학회 회원이기도 하다. 국제뇌교육종합대학원대학교(University of Brain Education)에서 동양철학 박사학위를 취득했다.

세계와 함께 쓰는 우산

작은 분홍색 우산 아래 젊은 남녀,
두 사람이 서로를 지지할 때 사랑이 꽃피는 우산이 된다.

우리 이웃들에게 준 사랑과 자비,
세상과 융합되는 나눔의 우산을 형성한다.

한 지붕 아래 피어나는 웃음 소리,
행복한 가족의 아름다운 사랑 우산.

Umbrella Sharing with the World

Young men and women under a small pink umbrella,
When two people support each other, it becomes an umbrella where
love can blossom.

The love and mercy we give to our neighbors
Form an umbrella of sharing that merge with the world.

The sound of laughter blooming under one roof,
A beautiful love umbrella of a happy family.

화합의 노래

신선한 숲속에 서면 꽃향기가 퍼지고
바람에 민들레 꽃씨는 널리 퍼지네
자연은 서로 작용하고
대지는 엄마처럼 과일을 키우네

하늘과 땅, 그리고 인간은 아름다운 조화
모두 순환하며 조화롭게 존재하네
사철 푸른 숲속에서
모두 함께 조화로운 노래를 부르네

얼마나 아름다운 세상인가!
인간과 자연이 조화로운 곳.

Harmonious Song

When I stand in a fresh forest, the scent of flowers spreads.

Dandelion seeds spread widely in the wind,

Nature interacts with each other

The earth grows fruit like a mother.

Heaven, earth, and humans are in beautiful harmony

Everything circulates and exists in harmony

In the evergreen forest

Everyone sings a song in harmony together

What a beautiful world,

A place where humans and nature are in harmony.

삶의 허상을 보기

삶의 순간적인 흐름 속에 환상이 흔들리고,
진실이 뒤틀리는 몽환적인 춤.
태어나서 죽을 때까지 찰나의 시선,
바람의 속삭임처럼, 삶의 전진 속에서.

보이는 것은 허상이고 그저 꿈일 뿐이네
존재의 하늘에서는 먼지가 빛날 수도 있어.
그러나 표면 아래에는 심오한 깊이가 있지.
무상함의 손아귀에 우리는 묶여 있어.

빠르게 사라져가는 생명의 본질,
순간이 만나는 찰나의 현실.
이 덧없음 속에서도 깨달음은 빛나고,
그러나 세상적인 욕망이 그 흐름을 흐리게 하네.

인생의 거대한 계획 속에서 진실을 추구하는 사람들은
흐르는 시냇물처럼 환상을 탐색하라.
'금강경'의 깊은 가르침에,
환상 속에서 명확성을 추구했지.

Navigating Life's Illusions

In life's transient flow, illusions sway,
A dreamy dance where truths betray.
From birth to death, a fleeting glance,
Like whispers of wind, in life's advance.

Nothing's as it seems, all but a dream,
In the sky of existence, dust may gleam.
Yet beneath the surface, a depth profound,
In impermanence's grasp, we're bound.

Swiftly vanishing, life's essence,
A fleeting reality, where moments meet.
Amidst this ephemerality, awareness gleams,
But worldly desires cloud its streams.

Truth seekers, amidst life's grand scheme,
Navigate illusions, like a flowing stream.
In the teachings of the 'Diamond Sutra' deep,
Clarity sought, in illusions' keep.

이 희 주
(Lee Hee Ju)

Poetess Ms. Lee Hee-ju was born in 1965, went to Japan in 1989, and returned to Korea in 2010. She made her debut in 2022 by winning the Best New Artist Award from the quarterly literary magazine "Lovers". Her poetry collection "38 National Highway" is available, and in 2023, she received the Ieodo Literary Award. She currently serves as the Vice President of Korean World Literature.

1965년에 태어나 1989년에 일본으로 갔다가 2010년에 한국으로 돌아왔다. 그녀는 계간 《연인들》로 최우수 신인상을 받으면서 2022년에 데뷔했다. 시집 『38국도』가 있고, 2023년에 이어도문학상을 받았다. 현재 한국세계문학협회 부회장으로 활동하고 있다.

달과의 만찬

저녁의 고요함 속에서,
창문을 열자 문득 달의 존재가 느껴졌다.
달이 세계로 모험을 떠나는 동안,
오늘 저녁, 남편과 아이들은 아직 돌아오지 않았다.
창문으로 뛰어 들어온 달,
나는 달과 함께 식사를 한다.

초승달부터 보름달까지,
달은 사람들이 혼자 식사하는 집을 방문한다.
달은 나의 동반자가 되어 나를 위로하며,
달은 내 곁에 서 있고
그 빛 속에서 위안을 받으며 나는 외로움을 고백한다.
마음속에 무거운 그리움을 안고
달과 함께 나는 아름다움의 눈을 뜬다.

내 마음 가장 깊은 곳에,
안개처럼 그리움이 찾아오면
나는 달을 저녁 식사에 초대한다.
보름달은 내 앞에 수저를 내려놓지 않고
내 영혼에 위안을 줄 때까지 기다린다.

Dinner with the moon

In the tranquility of the evening,
As I opened the window, I suddenly felt the presence of the moon.
While the moon ventures into the world,
This evening, my husband and children have not yet returned.
The moon, gracefully slipping through the window,
Becomes my dinner companion.

From the crescent moon to the full moon,
The moon visits houses where people dine alone.
It becomes my companion and source of comfort,
Standing beside me in its gentle glow.
Finding solace in its luminous light, I confess my loneliness,
With a heavy longing in my heart,
I open my eyes to beauty with the moon by my side.

In the deepest recesses of my heart,
When longing descends like fog,
I always invite the full moon to dinner.
The full moon steadfastly remains,
Waiting to bring solace to my weary soul.

별과 명태

성큼 추석이 다가왔네
지난밤 아버지가 다녀가셨지
새끼줄로 엮은 마른 명태 꾸러미를
자전거 앞에 매달고
노을이 붉게 번지는 긴 골목을 지나,
우리가 살았던 집 옛날 그 골목까지 오셨지만,
삼천리 상표가 새겨진 자전거에서 끝내 내려오지 않았다

평생 술을 좋아했던 우리 아버지
이제는 여든을 넘긴 아버지의 아내는
지팡이를 짚는 할머니가 되셨고
아버지가 세상을 떠나실 무렵,
토란처럼 남겨졌던 우리는
얼치기 어른이 되어 솥단지 따로 걸고 각자의 밥을 해 먹는다

오실 거면 미리 전보라도 치시든가….
기척도 없이 바람 빠진 자전거에 마른 명태 한 묶음 걸쳐서
내 잠 속으로 다녀가시다니
아버지 명탯국이 드시고 싶으셨나요?
아버지가 별이 되어 하늘에 갔어도

Stars and pollack

Chuseok is fast approaching.
Last night, my father returned home
With a package of dried pollack, tied with straw rope.
Hang it in front of your bike,
Passing through a long alley where the sunset spreads red.
He arrived at the alley where we used to live,
Never getting off the bicycle with the Samchully brand on it.

My father loved alcohol his whole life.
His wife, now over 80,
Resembled her grandmother, leaning on her cane.
Around the time father passed away,
We were left behind like taro roots,
Children becoming adults, hanging separate pots, and cooking our
own meals.

If you're coming, please send a telegram in advance...
A bundle of dried pollack was placed on a deflated bicycle without
any sign of presence,
You enter into my dreams.
Did you want to eat pollack soup, Dad?
Even if my father became a star and went to heaven.

초희(楚姬)

바람 등에 업혀 온 햇살 한 줌이

초당동 뜨락에 살풋 내려왔다

묵은 기왓장에 몰래 숨어든 한숨이

겨울보다 시린 입김을 불어

간밤 작은 꽃 한 송이 피웠지만

눈 녹은 옛 마당 언저리 백향나무는

고개 숙여 절하고 떠난 열여섯 그녀가 그리워

달빛 부서지는 새벽

은하 물에, 목젖이 붓도록 울고 말았다

입술을 말아 그녀를 불러 본다

풀빛 푸른 소리로 더욱 서러이 불러 보지만

초희(楚姬)는 세상에 없다

연모에, 뿌리내리지 않았던

시(詩)도 문(文)도 그냥 두고 떠났네.

해마다 슬픈 사연의 부용꽃

피었다 지고 나면

아무도 모르게 초희(楚姬) 다녀간 줄, 알겠다.

Cho Hee

A handful of sunlight carried by the wind,

It softly descended to the ground in Chodang-dong.

A sigh secretly hidden in the old tiles,

Its breath colder than winter.

Last night, a small flower bloomed,

Amidst the cedar trees at the edge of the old yard where the snow

has melted.

I miss the sixteen who bowed her head and left.

Moonlight breaking dawn,

I cried until my uvula swelled in the water of the Milky Way.

I curl my lips and call her out,

Trying to sing more and more in a grass-colored voice,

But Cho Hee does not exist in this world.

In longing, she didn't take root,

Leaving behind both her poetry and her writings.

A Buyong flower with a sad story every year,

After it blooms and withers,

I know that Cho Hee went there without anyone knowing.

탄 트 엉
(Thanh Thuong)

1968년 출생하였고 하노이에서 교사로 재직하고 있다. 신문과 문학잡지에 많은 시를 발표하였으며 베트남시클럽(Vietnam Poetry Club) 부회장이다. 현재 한국세계문학협회 부회장으로 활동하고 있다.

Hoa Tháng Ba

Anh có gửi gì vào sợi gió tháng ba
Mà thơm ngát nẻo xa mùi hoa bưởi
Mà khiến em cứ ngập ngừng bối rối
Mà ánh mắt người trói buộc nửa hồn em!

Anh có gửi gì vào vạt nắng cuối trời
Mà thắp lửa phía đường xa vời vợi
Hoa gạo đỏ nồng nàn như muốn nói
Tháng ba về náo nức bản tình ca!

Anh có trao vòng tay ấm ngọc ngà
Đêm say đắm hương hoa đan mùi tóc
Đôi mắt huyền nét cười muôn ý ngọc
Em một đời say đắm khóe môi xinh!

Anh có gửi không câu thân ái chung tình
Tha thiết trọn một đời không lừa dối
Mà sao em như kẻ khờ lạc lối···
Cứ ngẩn ngơ cười vụng dại trước tình anh!

3월의 꽃

3월 바람에 무엇을 보냈나요?
하지만 자몽꽃 향기는 멀리 있어서
나를 망설이고 혼란스럽게 하네요
하지만 당신의 눈은 내 영혼의 절반을 묶었어요!

하늘 끝까지 무엇을 보냈나요?
하지만 길 건너편에 불을 피운 듯이
붉은 벼꽃이 말하는 것처럼 정열적이에요
3월은 사랑 노래로 분주하게 다가오네요!

그는 나를 따뜻하게 안아 주었죠
꽃향기와 머리카락 향기가 가득한 밤
진주 가득한 미소와 검은 눈
나는 평생 당신의 아름다운 입술을 사랑했죠!

진심 어린 애정의 메시지를 보냈나요?
평생을 거짓 없이 진심을 보였죠
그런데 난 왜 길 잃은 바보 같을까…
그냥 내 사랑을 보고 어색하게 웃네요!

March Flowers

Did you send anything to the wind in March?
But the scent of grapefruit flowers is far away
Which makes me hesitant and confused
But your eyes bind half of my soul!

Did you send anything to the end of the sky?
But light a fire on the far side of the road
The red rice flower is as passionate as it wants to say
March comes bustling with love songs!

He gave me a warm embrace
The night is filled with the scent of flowers and hair
Dark eyes with a smile full of pearls
I've been in love with the corners of your beautiful lips all my life!

Have you sent me a message of sincere affection?
Earnestly spend a lifetime without deceit
But why am I like a lost fool...
Just laugh awkwardly at my love!

에바 페트로
포울로우 리아누
(EVA Petropoulou Lianou)

그리스 자일로카스트로(Xylokastro) 출신으로 그리스 예술가와 문인협회 회원이며 시인이자 동화작가이다. 피레우스 예술가와 작가협회 회원이자, 그리스 코린토스 작가협회 회원이다. 현재 한국세계문학협회 부회장이다. 초기에는 언론인으로 활동하였으며 1994년 프랑스의 《Le Libre Journal》 잡지사에서 일했으나 2002년 그리스로 돌아가 문학 활동을 하고 있으며 2024년 노벨평화상 후보로 지명되었다. 저서로는 『Me and my other self, my shadow』, 『Geraldine and the Lake elf』, 『The Daughter of the Moon』, 『The Fairy of the Amazon』, 『dedicated to Myrto with a disability, and』 등이 있다. 그는 전자문학잡지를 운영하며 다른 문학단체와 협업을 하고 있다. 그리스 문학을 세계에 알리기 위하여 미국의 국제문학연맹(International Literary Union)과 협업하고 있다. 최근 중국 문학과 전자 저널 시집 웹의 고문과 부편집자, 그리고 멕시코 평화의 국제 시 축제의 초청 참가자로 선정되었다.

평화

우리는 우리의 생명을 잃고 있다
다른 사람들이 내린 결정에

그들은 자신들의 이익을 생각한다
지구의 안전보다는

왜 전쟁이 일어나는 걸까?
항상 같은 대답이 있을 뿐
'아무도 모른다'는

말하는 법을 배워라
소통하는 법을 배워라
받아들이는 법을 배워라
존중하는 법을 배워라

평화는,
이 지구에서는 매우 드물다
인류가 존재한 이래로
조용함은 소수의 사람만의 특권

이해하라,
들어라,
침묵하라
밝은 미래를 위한 규칙이다…

희망,
오늘 밤에는
아이들이 부모 없이 잠들지 않을 것이다

기도하라,
천사의 보호를 위해
모든 집이 보호받기를
왜냐하면, 드론이 가자에서
어린이들을 폭격하고 있기에.

Peace

We pay with our lives
Decision others they took

Because they are looking at their pockets
And not at the safety of the planet

Why a war is happening?
Always the same response
Nobody knows

Learn to talk
Learn to communicate
Learn to accept
Learn to respect

Peace,
So rare in this planet
Since the existence of the humanity
Quiet was a privilege for few people

Understand,

Listen,

Be silent

Those are the rules for a bright future....

Hope,

No children will sleep

Without their parents tonight

Pray,

For Angel's protection

To everyone 's house

Because drones are bombing

Children in Gaza

마키 스타필드
(Maki Starfield)

1972년 에히메현(愛媛県, えひめけん, Ehime-ken)에서 태어났으며, 일본국제시인협회 회원이자 일본하이쿠협회 회원이다. 2008년부터 시와 하이쿠 작품을 발표하였으며, 제12회 마이니치 하이쿠 콘테스트에서 입상했다. 또한 아크릴화를 배워서 동물을 모티브로 한 작품을 전시하여 호평받고 있는데 주로 고양이를 그리고 있으며 화가 및 번역가로도 활동하고 있다. 1999년 도시샤 대학(同志社大学, Doshisha University) 문학부 영문학과를 졸업하고 2002년 조치 대학(上智大学, Sophia University)에서 영미문학 석사학위를 취득한 후 2013년 캐나다 나이아가라 대학(Niagara College)에서 '국제경영관리자디플로마'와 세인트 조지 국제대학에서 'TESOL(국제영어교사)' 자격증을 취득했다. 또한 Gabriel Rosenstock에서 Bill Wolak에 이르기까지 여러 영어 작품을 일본어로 번역했다. 하이쿠 잡지와 Duet of Fireflies와 같은 이중 언어 책을 출판했다. 시인의 작품은 15개국 이상의 언어로 번역되어 많은 문예지에 발표되었는데 이탈리아의 Imagine & Poesia vol 5 Anthology, 그리스의 Poeticanet, 중국의 Guandongluming -Voice Overseas, Monthly Poetry, 아제르바이잔의 Parafraz.az, 루마니아의 REVISTA, 영국의 Ephemerae, 인도의 Taj Mahal Review, 한국의 '해외문학', 벨기에의 De Auteur 등에 소개되었다. Guido Gozzano Prize (Honorable Mention) 2018, 2019, JUNPA Prize for a new poet 2020, PushCart prize nomination 2020 등의 수상했다. 현재 한국세계문학협회 부회장으로 활동하고 있다.

幻の影

影が生まれてまもない日

その影が人々に影響を与えているのではないかと
疑問を持ってしまった

テレビや雑誌、映画
他に、写真、絵、漫画、文字さえも影であるのか？

影は平面としての二次元のなかで生きている

（三次元のなかにいる人間が
影を文化だ文明だという方がおかしい）
わたしは驚いてみせるが 他の人々は笑って答えた
「わたしたちの発展は科学の力だよ」

影の文化の代償に ロボットのように生活させられている
多くの人々の現実は 未来もコントロールされ
物の世界へ落ちていく

文明文化は歴史のなかの蜃気楼

影の暗闇のなかに入ってはいけない

影の光を見なさい

환영의 그림자

그림자가 태어나는 날

나에겐 질문이 있었지
"그 그림자가 사람들에게 영향을 미치는지 궁금해"

텔레비전, 잡지, 영화,
또한, 사진, 그림, 만화, 소설 속 주인공까지—
그들은 모두 그림자일까?

그림자는 2차원 평면에 살지

(3차원의 인간에게는
그림자가 문화이고 문명이라는 말이 웃기네)
나는 놀랄 거야
다른 사람들은 웃으며 대답했지
"우리의 발전은 과학의 힘이야"

그림자 문화를 보상하기 위해
우리는 로봇처럼 살도록 만들어져서
많은 사람의 현실은 미래에도 통제되고

그들은 물질의 세계에 떨어질 거야

문명과 문화는 역사의 신기루
그림자의 어두움에 들어가지 마
그림자의 빛을 봐

The Phantom's Shadow

The day when shadows are born

I had the question,
"I wonder if that shadow affects people."

Television, magazines, movies,
Also photographs, pictures, cartoons, even written characters—
Are they all shadows?

Shadows live in a two-dimensional plane

(For human beings in three dimensions,
It is funny to say that shadows are culture and civilization)
I will be surprised
Other people laughed and replied,
"Our development is the power of science"

To compensate for the shadow culture
We are made to live like robots
The reality of many people is controlled in the future as well

They will fall to the world of things

Civilization and culture are a mirage in history
Do not enter into the darkness of the shadow
Look at the shadow's light

룹씽 반다리
(Rupsingh Bhandari)

네팔 카르날리주(Karnali Province) 출신의 시인, 단편 소설 작가, 사회 운동가, 비평가, 번역가이다. 그는
영어, 네팔어, 힌디어로 글을 쓰고 있으며 시, 단편 소설, 기사, 번역 작품들을 발표하였다. 시집 『양심의
양자(Conscience's Quantum)』를 출간하였으며 『2020년 국제팬데믹시선집(International Anthology of
Pandemic Poetry 2020)』의 편집자였으며 Words Highway International(문인협회)의 설립자이다. 현재 한
국세계문학협회 부회장으로 한국과 네팔의 문학 교류를 위하여 활동하고 있다.

생명의 순환

아무것도 끝나지 않는다
모든 것이 보이지 않는 무한한 순환을 이루며
인생의 틈새로부터
가끔은
평범한 유혹이 우리를 혼란스럽게 하고, 잘못 인도하고, 당혹스럽게 하기
도 하지
그러나,
우선순위, 목적, 그리고 열정에 따라 진리의 맛은 다르다
우리가 설정할 때
인생은 달라붙고, 부딪치고, 망치질을 당한다
그 과정이 새겨진다
누군가는 그 과정에서 삶을 잃고
누군가는 삶을 얻는다
누군가는 삶을 다시 정의한다
누군가는 정의된 것을 증명한다
모든 것이 따르는 것이다
우리의 결정 아래에서
사실, "끝은 없고" 고정된 규칙 집합이 있다 …
그러므로,
우리가 만드는 생명의 순환이 크든 작든

아무것도 갖지 않는다

태어나서 죽을 때까지

우리의 순환은 오히려

다른 사람들의 순환과 깊게 얽히며

우주의 상호 연결성의 아름다움을 반짝이게 한다

모든 차별을 일으키며……

그러므로,

가져오고, 받아들이고, 환영하라 인생의 모든 길을

아무것도 끝나지 않는다

Life's Circle

Nothing ends

Everything circles invisibly infinite

From fissures of life

Sometimes

Temptations of mundane confound, misguide, puzzle us

But,

Taste of truth difference by priorities, purposes, and passion,

As we set up.

Life clings, bumps, hammers

And the procedure embeds

Someone loses their life in procedures

And someone gains life

Someone redefine life

And someone proves the defined one

It is all follows

Under our decisions

In fact, "There is no end" and a fixed set of rules …

Thus,

The circle of life how big or small we make

Holds nothings,

From the point of birth to death,

Rather does our circle

Intertwines deeply with others' circle

To glitter the beauty of

Interconnectedness of universe

Makes all the difference….

Therefore,

Let it go, embrace, welcome life's all avenues

Nothing ends

안젤라 코스타
(Angela Kosta)

1973년생으로 알바니아의 엘바산(Elbasan)에서 태어나 1995년부터 이탈리아에서 살고 있다. 이탈리아와 모국인 알바니아에서 출판된 다양한 소설, 시집, 동화의 저자이며, 번역가, 홍보 담당자이자 《Albania Press》 신문의 부편집장이다. 《칼라브리아 라이브 신문(Calabria Live Newspaper)》에 기사를 쓰고, 예술과 문화의 세계 국제 비월 잡지 《Le Muse》를 위해 이탈리아 시인들의 시를 알바니아어로 번역하고, 이탈리아 알바니아 신문 《Le Radici-Roots》에서 이탈리아 역사가와 학자 및 알바니아 학자의 다양한 기사를 번역한다. 국제 문학 잡지 《Saturno Magazine》에 글을 쓰고 있으며 알바니아 신문 《Gazeta Destinacioni》, Alb–Spirit, Word, Approach과 잡지 《Orfeu–Pristina》 등에 기사와 시를 쓰고 있다. 현재 한국세계문학협회 부회장으로 한국 문학의 국제화에 공헌하고 있다.

전주곡

어둠 속에 무릎 꿇은 채,

길거리에서 부서진 채로

폭풍과 동행하는

별 없는, 달 없는

진흙에 잠기며

생각에 잠긴 채로

어느 날 부자가 될 것을 꿈꾸며

모든 것이 존재하는 곳에서

수습되지 않은 옛 방식으로

같은 비참함의 보물을 파는

찢어진 시체로 가득 찬

전주곡

침묵하는 결투,

순수함을 간청하며

갈망하는 피 욕망의 먹이가 되어

전체, 무의식

영원히 함께 모이는 곳

그리고 나는 헛되이 늘어져 가며 계속되어

무능력한 채로, 묻혀 살아가며

어느 날에는

나 자신의 평화에 편안해질 것이라고 믿네.

Prelude

Kneeling in the dark,

Broken under a homeless shelter,

Companion of storm in the open air,

Starless, Moonless

Immersed in mud

Full of thoughts.

Dreaming that one day I'd get rich

With all that existed

Hands-free, old-fashioned

Digging the treasure of the same misery

Full of torn corpses.

Prelude

Silent Duel,

Begging for innocence

Prey to thirsty blood desires

Where the whole, the nothingness

They come together forever.

And I continue to transcend into futility

Disabled, buried alive

That one day

I will become comfortable with my own peace.

자 혼 기 르
노 모 조 프
(Jakhongir Nomozov)

1997년 1월 24일 우즈베키스탄 나망간(Namangan) 팝(Pop) 지역에서 태어났다. 아르헨티나의 Juntos por las Letras 회원이며 우즈베키스탄에 관한 국제 작가 그룹의 활동적인 회원이며 협력자이다. 우즈베키스탄의 터키 국영 전자 잡지 《SIIR SARNICI》의 대표자이며 카자흐스탄공화국 국제예술가협회 Kosh Kyang 회원, 우즈베키스탄 코디네이터, 카자흐스탄 공화국에 설립된 국제 협회 '세계 인재'의 회원이다. 'Abay' 메달, '국제 아미르 테무르 자선 기금 기념 배지' 및 '과학의 자부심' 상을 수상했다. 국제예술가협회 회원, 키르기스 공화국 키르기스 시인 및 작가 공공 기금 회원. 젊은 예술가들의 전통 워크숍에 참여하고 있다. 또한, 한국세계문학협회의 부회장으로서 한국과 우즈베키스탄의 문학 교류 협력에 공헌하고 있다. 시, 저널리즘, 번역 분야에서 창작 활동을 해왔으며, 그의 시는 국제적인 'Gospel'과 'Flashmab' 선집에 출판되었다. 그는 『내 마음의 반역자』, 『성스러운 공간』, 『각성 노래』라는 책의 저자이다. 2022년 터키 출판사 Baygenc에서 시집 『태양의 숨결』이 출간되었다. 다수의 국내 및 국제 대회에서 우승했으며 카자흐스탄, 키르기스스탄, 투르크메니스탄, 아제르바이잔, 터키 인도, 러시아, 방글라데시, 네팔, 파키스탄, 케냐, 알제리, 베트남, 세르비아, 마케도니아, 벨기에, 중국, 스페인, 이탈리아, 독일, 알바니아, 미국 등의 국가에서 신문 및 잡지 및 문학 사이트에 게재되었다. 그는 대학에서 저널리즘 및 매스커뮤니케이션을 공부하였으며 최근에 터키 국가의 'Guzel Alania Award'을 받았으며 신문 《Children's World》의 특파원으로 활동하고 있다.

감정

나는 오래된 괴로움으로 나 자신을 감쌀 것이다
머리는 다시 괴로움에 가려져 있다
내가 다시 울지 않겠다고 약속했지만
눈물이 마치 퍼붓는 비처럼 흐르고 있다

오늘 나의 눈에는 슬픔의 그림이 그려져 있다
내 마음은 먼지에 덮인 고서처럼
내 삶은 소용돌이처럼 혼란스럽다
나의 희망의 꽃들은 모두 노랗게 변했네, 아아!

나는 자면서 깨어 있다
자면서도 기도를 드린다
나는 이 세계와 시간에서 떨어져 있다
넌 나를 잃어버린 곳을 알고 있니?

밤의 별들 – 나의 슬픔, 나의 고통
그리고 밤 자체 – 매우 충실한 친구
사랑하지 않았었나, 사랑받지 못했었나?
나에 대한 혐오는 절대 끝나지 않을 것이다

내 꿈들은 기억의 땅으로 나를 이끈다
내 주머니에는 주름진 사진 뭉치가 있다
너만 내게 돌아온다면 얼마나 좋을까?
오, 우리 옛날 사진에 남은 행복이여

나의 가슴에 신성한 슬픔이 피어난다
그것은 위대한 사랑이며, 평생의 시이다
이것은 영원히 인류의 영혼에 닿을 것이다
내 마음을 다하여 노래를 부른다면

나의 영혼, 고통 때문에 포기하지 말아라
언제나 전투 준비를 하고 싸우라
진심 어린 소망들이 담긴 마음으로
아침의 일찍 떠오르는 빛을 환영한다

오, 나의 마음, 종이처럼 순수하게
꿈은 다르고, 목표는 살아 있다
슬픔을 위한 공간은 없다
나는 너를 행복이라고 불러, 인생의 새로운 페이지야!

Feeling

I wrapped myself with old troubles,
My head is veiled with distress again.
I had promised to cry no more, but
My eyes are weeing like a heavy rain.

Picture of sorrow is in my eyes today
Like an ancient book my heart is in dust.
My life is confusing like a whirlwind
Flowers of my hope turned all yellow, alas.

I am awake while I am sleeping
I pray even though I am asleep.
I am apart from this world and time
Do you know, where had I lost myself?

Stars of the night – my sorrow, my pain
And the night itself – very loyal friend.
Indeed, I didn't love, I were not loved?
My hatred of myself will never come to end.

My dreams take to the memory land
I hold a heap of crumpled photos in my fist
If only you would return back to me
Oh happiness left in our old pictures.

Godly sorrow blossoms in my chest
It is the great love, a poem lifelong.
It will reach souls of mankind forever
With all my heart if I sing a song.

My soul, never give up because of the pain
Always stay ready to battle, to fight.
With the heart full of sincere wishes
I welcome morning's early light.

Oh my heart, be pure as a sheet of paper,
Dreams are different, goals are alive.
There is no any space for sorrow
I call you happiness, new page of life!

프리앙카 네기
(Priyanka Neogi)

1988년 인도 쿠치베하르에서 태어났다. 도서관 사서이며 시인이자 소설가이다. 또한 라이브 방송 진행자, 댄서, 낭독자, 동기 부여 연설가로서 국내 및 국제 분야의 문학단체와 교류 활동을 하였으며 많은 국내 및 국제회의에 참석했으며 현재 한국세계문학협회 부회장으로 국제문학 교류 활동에 참여하고 있다. 도서관 및 정보 과학에 관한 7판 책을 출판하고 한 권의 책을 썼다. 그의 많은 시와 이야기를 여러 나라에서 출판했다. 그녀는 2022년 UAP 미스 인디아 2위 준우승자이며 50개 크리켓볼협회와 로켓볼협회의 서부 벵골 비서이자 서부 벵골의 8개 축구 연맹 회장이다. 《All live do ex》 잡지의 브랜드 홍보 대사이며, 미국, 호주 Magic Masa의 인도 대사로 그녀는 국제적인 토지/부동산 사업을 하고 있으며 Lio Messi 수출입 회사의 CEO이기도 하다. 그녀는 다재다능하고 국제적으로 여러 분야에서 두각을 나타내고 있다.

나는 여성이에요

나는 인내의 본질을 가지고 태어났어요
사회의 절대주의 사상과 끊임없이 싸워야 해요

난 여성이에요,
가족을 돌볼 책임이 있는 사람,
자유를 위한 하크의 투쟁,
낙인을 공유하는 대부분 사람은 여성이에요
멍청한 행동으로 표적을 증명하기 위해,
항의하는 두르가(Durga) 여신의 형태를 취하고,
그냥 자신을 증명하세요

난 여성이에요,
난 할 수 있어요
성공하려는 불굴의 열망은 회오리바람과 같아요
할 수 있기를 원함으로써 사기가 높아져요

나는 고집이 세지요
일을 완수하려는 마음가짐
마지막 라냐까지 배달합니다

나는 불꽃이에요
필요한 경우 두르가(Durga) 여신이 되기도 해요
오늘 나는 돈을 버는 사람이에요
내 돈으로 아파트를 짓고,
번 돈으로 스쿠티 자동차를 사요

나는 자비심이 많아요
천 가지 일 후에
자비심으로 상황을 바로잡아요.

I am a woman

I was born with the essence of patience,

One has to constantly fight against the Absolutist thoughts of the society.

I am a woman,

Who is responsible for taking care of the family,

Haq's struggle for freedom,

Most of the sharers of the stigma are women.

To prove a target by acting dumb,

Taking the form of Durga in protest,

Just proving yourself.

I am a woman,

I can

The indomitable desire to succeed is like a whirlwind

Increases morale by wanting to be able to.

I'm stubborn

The mindset of getting things done

Delivers to the last lagna.

I am the flame,

Durga if necessary.

Today I am an earner,

Build a flat house within your own means,

Buy scooty, car with earnings.

I am compassionate

After a thousand things

Fix the situation with compassion.